丘瓊蓀著

詩賦詞曲概論

中華書局印行

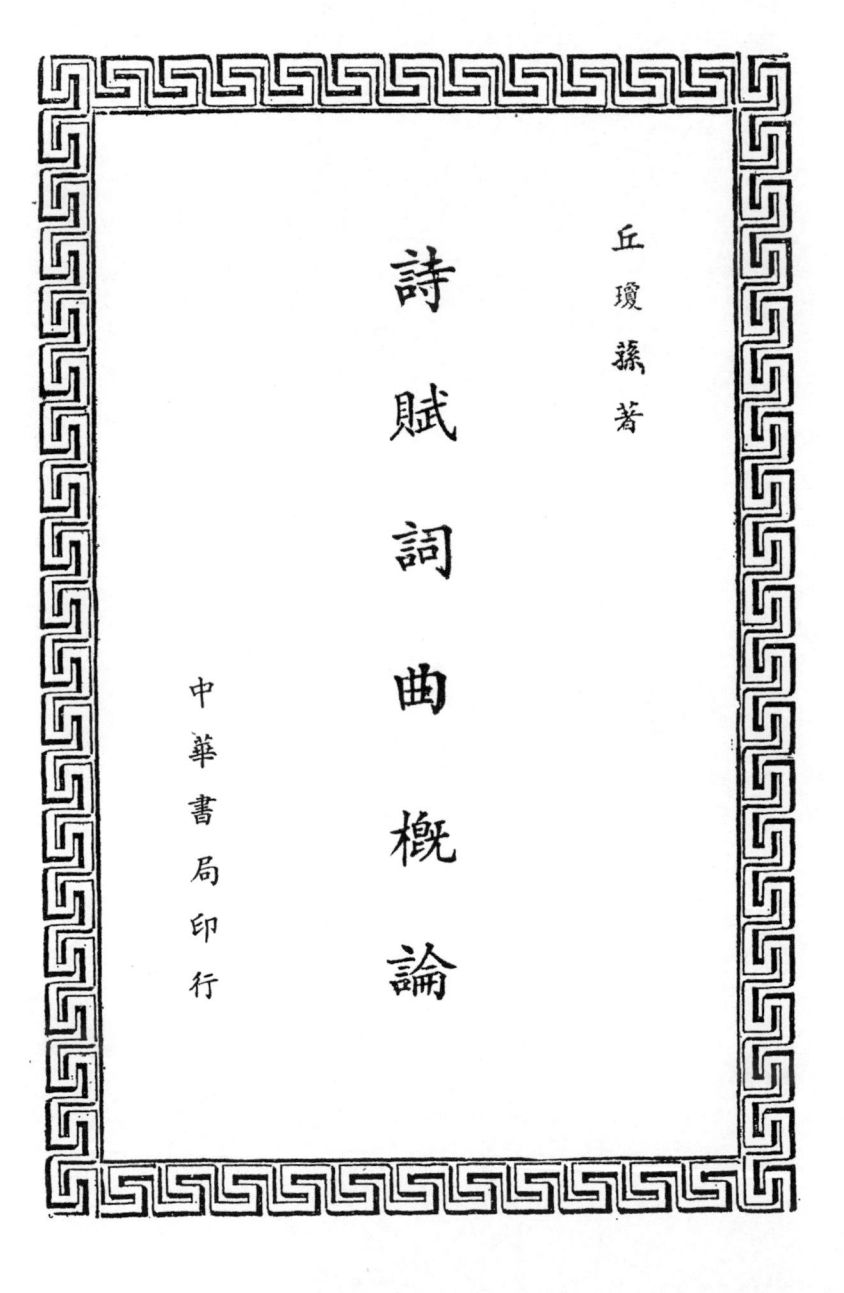

編輯大意

一、中國文學中之韻文，以詩賦詞曲四種爲最重要。本書爰分爲四編敍述之。

二、本書敍述方法，每編之體例相同。先述起源，詳論其原始形式，與其成立之時代，及其所以成立之故。次述體製及其聲律：詳論體裁、結構、格律、聲韻等等，是爲內容的。次述演進：詳論成立後之演變與進化，直至形式固定，不再演進爲止，是爲歷史的。并附錄名篇若干首，以示範例。

三、詩之敍述，上自皇古及三代之歌謠，下及詩經、楚辭，兩漢魏晉南北朝之詩篇樂府，至唐代之古近體詩爲止。

四、賦之敍述，上自屈宋及荀卿之賦篇，下逮兩漢之古賦，魏晉六朝之俳賦，唐代之律賦，宋代之文賦皆附列焉。

五、詞之敍述，上自南朝之雜言樂府，唐五代之小令，下及兩宋之作。

六、曲之敍述，上自宋大曲、雜戲、金院本、元雜劇，下及明清傳奇，旁及小令散套等。

七、本書可供高中程度國文科教學之用，并可供一般文學上之參考及瀏覽。

詩賦詞曲概論

目錄

詩賦詞曲概論

緒論

中國文字中用韻，是很古的，如尚書、易經中，很多叶韻的句子。中國詩歌的產生，並不較散文為遲。有整篇或整段散文的時候，即可找得出有韻的詩歌來。用韻這件事，好像很技巧，很雕飾的，實在很自然，很原始的。

中國文學中有韻的文字，大別為詩、賦、詞、曲四類。這是一般中國文學者所公認的。茲編所論，即分詩、賦、詞、曲四部。此外在宗教文字中亦頗有韻文存在，以非文學的範圍，可不論。民間小曲，大都有韻，其中不乏有極美妙的抒情，極成熟的技巧，與散詞散曲相較，決不多讓。然而材料之收集較難，且多猥褻的作品，能俗不傷雅，好色不淫者，十不得一，故未為一般學者所注意。近來雖有稍稍搜討之者，亦僅采輯而已，不遑深論。近年在敦煌石室中，發見俗曲數種，亦為有韻的聲學文字，論其性質，實與今之宣卷同科，為含有宗教性的民間樂曲，可視為聲樂文字之一支派。惟材料絕少，本編亦略而弗論。即如漢魏以下之樂府，繁衍亙九世紀，各家所作，不下千萬首昔人亦目之爲詩，認爲詩之一體，本編卽附入詩的部分，不另立焉。

詩、賦、詞、曲四者之次第，是依其產生的時代排列的，其間不一定有連續的關係，他們繁衍的曲綫，及其興衰的時距，大有參差，四者之中，詩的發生最早，幾經變演，傳嬗至今。其間可分先秦爲一時期，以詩經及楚辭爲代表；詩經多四言，楚辭則稱騷體，此詩之二大派也，以四言詩爲大宗。漢魏以降，演爲五言，下逮六朝，厥體未變，所變者只在牠的氣局與風調，牠的體式還是五言。這又是一時期，此五言詩之時期也。在這一時期中，別有所謂樂府詩者，與五言詩異趣，在當時也盛極一時的，雖現存的數量並不比五言詩爲多，然而在當時是惟一的聲樂文字，且是一種抒情文學。到了唐代，詩體又起一大變化，有所謂近體詩者出，其託體雖在六朝，但是格律體式的完成，是在初唐。從此近體詩十分發達，且形成千古未有的昌盛局面，一直傳到現在，有一千三百年之久。兩宋以後的詩，都是唐人的舊面目，所有著作，僅能另翻新意，要未能軼出唐人的藩籬。故以李唐一代之詩作以後一千年詩的代表，實無不可。這是詩的又一時期，此近體詩之時期也。

在唐代詩的變化，尙不止此。卽近體詩成立後，民間歌曲，幾有爲近體詩獨占之勢。漢魏以來之樂府，雖一班文人仍有擬代之者，但已殭化而爲徒詩。樂府詩的發展，到唐代便停止了。

這也有原因的其間自有綫索可尋決不是突變的樂府詩的後期吳歌及西曲很爲發達這吳歌與西曲多五言四句不能不說是與五言絕句很相近的東西不過沒有聲律的限制罷了。進一步說五言絕句的形成不無受牠的影響或者竟於此變演而成亦未可知。這五言絕句時人稱之爲近體詩不與五古或樂府相混樂府詩便從此衰歇了在聲樂上的地位也被奪了。

這樣說來在唐代似乎又聲詩合一起來好像三百篇的時期。這又不然。唐代的五七絕大概可歌的成分很多但也決不能說是一齊可歌的。那律體詩可歌的便很少。擬樂府既成徒詩五七古本不能合樂聲唐代所創的七言長歌也不能歌唱合樂。所謂聲詩合一的作品只占唐詩中一小部分況且唐代的樂聲中尙有所謂大曲法曲又有所謂教坊曲者。大曲法曲的歌詞類爲五七絕但又不能完全肯定。教坊曲詞今已無傳就其調名觀之似爲樂府之遺其中有不少與詞調同名者是否亦五七絕殊未可必也。且中唐以後小詞已漸發達這不用說是唐代樂府之一。故唐代的詩一部分與聲樂合爲唐樂府的一部分。比了漢魏六朝之詩與樂府截然異趨者已見融合若竟謂爲聲詩合一則又未也。

宋以後詩與樂便完全分離了。

賦非聲樂文字，楚辭雖可以歌誦，但宋玉之風賦、高唐、神女等，不言可歌，這大概不可歌的。兩漢的古賦，魏晉以後之俳賦，唐以後之律賦、文賦，自然是更不可歌了。賦雖是古詩之流，但是牠一變而爲非聲樂文字，這是賦與詩、詞、曲三者不同之點一。

詩、詞、曲是抒情的文字，重在發抒內在的情感，或表達意志，牠描寫的對象，偏重在作者的內心。賦是體物的文字，多描寫外界的事物，體察萬物，以形容之，牠的對象，偏重在作者的外觸。陸士衡說：詩緣情而綺靡，賦體物而瀏亮。這緣情體物四字，便抉出了詩賦的精髓，也辨明了詩賦的體製。這是賦與詩、詞、曲三者不同之點二。

屈宋爲賦家二祖，楚辭中所著錄的幾篇，大都是抒情的聲樂文字，與詩歌不相遠，應認爲詩歌中的一支派。宋玉的風賦、高唐、神女等賦，爲賦之一大轉變，由此演化而爲漢賦，遂與詩歌大異，除用韻外，幾不復包含詩歌中重要的因素，而另有其所託命者了。

賦的繁衍時期，不十分長。兩漢以迄六朝，爲賦的極盛時代。唐以賦取士，故律賦獨發達，而古賦俳賦微矣。但這並不是賦的自然發展的途徑，一方有名利富貴在引誘他，一方又須布規律以限制他。因有名利富貴的引誘，遂使天下之士競入此途；因有規律的限制，而體格非常嚴整，雕飾非常精巧，遂蔚成一代的奇文。宋、元、明、清四代因之，律賦之傳，獨遞嬗不絕。今科舉旣廢，作者無人，古俳二體，能者亦尠。賦的創作，將從此停止了。

唐代中葉以後，小詞已逐漸發達，到了晚唐，牠已占聲樂上重要的地位。由五代而至宋，牠已成爲唯一的聲樂文字，宋代也有大曲法曲等，皆由唐代沿襲而來，但其詞句已變爲詞的形式，不復爲五七絕之舊。故兩宋的樂府，幾爲詞所獨占，詞之於兩宋，乃特別昌盛。但詞的這種地位，並不很久，前後不過三百多年。自其類似的曲興起之後，其地位便被奪了。但此後六百多年間，詞的創作，並不見得有如何的衰退，至今還是不絕若縷，若與詩相較，作詞的數量，自然遠不及詩。卽就其最繁昌的兩宋計之，也是如此，何況現在呢！此其故，詩在中國文學中，據有一極高的地位，三百篇的詩，至尊爲儒家經典之一，爲國家教化所繫，所以特別尊重牠。固然詩在文學中自有牠客觀的高價，詞所以不及詩的發達，尙有他種原因在，卽此一端，詩已足當得起風雅二字，可凌駕乎一般文學之上，詞乃目爲小道，不爲正人君子所喜了。

曲之於詞，尤其變也。其間多雜胡元俗諺，坊曲俚辭。雖六百年來，歌場獨步，然不爲一般文人所重，僅視爲詩文餘事，類於遊戲筆墨而已。明清的傳奇，高華典麗得多了，比之於詞，毫無遜色，然終目爲優俳之事，非雅正之文，所謂雕蟲末技，不是傳統的文學者所尙的。此中有一事足資印證，即乾隆時有一次太后萬壽節，大張慶典，廷臣中有不少人作曲進奉，備宮中採擇，所以上壽而娛耳目。於此可見皇皇大典也用牠作樂章的。但乾隆纂修四庫全書時，卻以曲為俚俗，全不著錄。這是一極矛盾的現象，而當時一班纂修的文人也全都同意的，此其故，自不難想像得之。

乾嘉而後，作曲者漸少。皮黃的範圍，逐漸推廣，到現在皮黃已完全取而代之。能歌南北曲的人既不數數覯，能作曲製譜的，眞似鳳毛麟角。數十年之後，此道將成絕學，與賦同為中國文學上的一種陳迹。但是賦，僅為文字方面的事，即數十百年之後，未嘗不可摹擬舊文，效為新製，蓋作賦並不是十分的難事，為後人所不可能，不過，牠的時代早已過去，又無應用之處，或沒有人去做牠了。

曲則不然，其法一經失傳，將僅存徒詞，後之人偶作曲以自娛，亦將限於散曲，與今之塡詞同。雜劇傳奇，恐不復有人仿效，牠的演唱的功用既失，誰耐煩去做這冗長的東西！即使去做，難免錯誤百出，文字之優劣還在其次呢。

第一編　詩之部

第一章　詩的起源

第一節　古歌謠

文學最古的產物是歌謠，歌謠卽是詩。牠的產生尙在有文字以前，人類語言成立之後。牠從何而產生的呢？

司馬遷說：

詩三百篇，大抵皆聖賢發憤之所爲作也。（報任安書）

聖賢，不一定指具備最高道德標準的人如孔、孟、顏、曾；發憤，不一定是怒髮衝冠或晝夜苦吟。我們應當解作『這三百篇的詩，大抵一班能詩的人有所感動，憤發而做的。』尙書云：

詩言志。

樂記也云：

詩言其志也。

這類解釋，太含混而不顯豁，最好莫如詩大敍：

詩者，志之所之也。在心爲志，發言爲詩。情動於中而形於言，言之不足，故嗟嘆之；嗟嘆之不足，故詠歌之；

詠歌之不足，不知手之舞之足之蹈之也。

這是最精詳、切當的解釋，不但闡明了詩的起原，差不多把歌曲、舞蹈、戲劇的成因也都說及了。她們原來是藝術之宮中的姊妹行，是一母同生的呵！朱熹也說：

人生而靜，天之性也。感於物而動，性之欲也。夫既有欲矣，則不能無思；既有思矣，則不能無言；既有言矣，則言之所不能盡而發於咨嗟詠歎之餘者，必有自然之音響節族而不能已焉。此詩之所以作也。

（詩經傳序）

朱熹的話實沒有什麼發明，不過詩大敍的詮注而已。

然則，中國詩的原始產物，究竟是些什麼？曰：古歌謠。這類歌謠，產生在文字以前，以口語傳授，乃後人加以記載的。牠的形式與實質，俱未能十分成熟，祇是斷句殘篇，零金碎玉而已。其斐然成章，卓然可見者，乃有詩經與楚辭；這是中國詩的二元，也是中國一切文學的二元。——這當然指純文學而言。

這裏所稱的古歌謠，乃指三百篇以上和以外的作品，至多與三百篇同時，而未被采入三百篇中的。然而皇古渺矣！黃農虞夏的事跡，未可全據為信史，何況紀載這古歌謠的書籍，又多漢魏以後的偽作呢。

中華民族的文化，至殷始由新石器時代而進入銅器時代。其經濟社會，還在游牧時代。其生活情形，則『以肉爲食兮酪爲漿。』因爲是游牧民族，在謀生之外頗有餘暇以重事創作；因爲已入銅器時代，可於堅硬的龜甲或獸骨上雕刻原始形的文字；（多象形，似圖畫）因爲他們信鬼，差不多事事都取決於鬼，便在許多甲骨上雕刻卜辭。故中國文字之所可徵信者，始自殷代，殷之前還沒有眞實的發見。詩歌的起原雖隨語言以俱來，但是用文字去寫定，至早在殷周之際。故古歌謠之所可徵信者，當在殷周以後了。

固然，歌謠的保存和流傳，儘有靠着口語的，何嘗不可以口語傳至漢魏才有人用文字寫定呢？不過流傳的時間愈長，傳播的地域愈廣，則其實質與形式，必經過幾多變動，決難保持原始狀態。但在未曾確定所有的古歌謠句句都是僞作，決無絲毫原始狀態之前，我們正不妨隨舉幾篇，藉以窺見數千年來理想中所虛搆的黃農虞夏時代，究竟怎樣的一個情狀。雖屬虛搆，諒必有所依託，安知沒有眞實的消息存乎其間呢？

伊耆氏蜡辭

土反其宅，水歸其壑。昆蟲毋作，草木歸其澤。（禮記郊特牲）

蜡者，爲田報祭，行於年終，類於後世的秋社，此其祝辭也。故或以爲伊耆卽神農。中國至周初始入耕稼時代，其說恐不可靠。但：

洪水橫流，泛濫於中國。草木暢茂，禽獸繁殖。五穀不登，禽獸逼人。（孟子）

的幾句，與那種祝禱希望的話頗相合的。

擊壤歌

日出而作，日入而息；鑿井而飲，耕田而食。帝力於我何有哉！

帝堯之世，天下太和，百姓無事，有老人擊壤而歌。（帝王世紀）

此歌從『鑿井』『耕田』二句看來，謂爲堯時作品，自亦不可靠。但初民社會中無爲而治的景象，表現得頗適切的。尙有牠的姊妹篇：

康衢謠

立我蒸民，莫匪爾極。不識不知，順帝之則。（列子）

據說堯微服遊於康衢，聞兒童謠云云。牠所表現的，與擊壤歌同是一種狉榛渾噩之民的意識，兩篇十分相肖。列子是僞書，此自不可靠。

尚書大傳云：『帝將禪禹，於是俊乂百工，相和而歌卿雲；帝偈之，八伯咸稽首而和，帝乃載歌。』

卿雲爛兮，糺縵縵兮。
日月光華，旦復旦兮。（卿雲歌）
明明上天，爛然星陳。
日月光華，弘予一人。（八伯歌）

帝載歌不錄。這曾經充過中國國歌的卿雲，應該靠得住了！不料大傳係僞作。四句中三用『兮』字，又不像純粹的北方文學。

關於舜的，尙有孔子家語中說『舜彈五弦之琴，歌南風之詩，其詩曰：

南風之薰兮，可以解吾民之慍兮。
南風之時兮，可以阜吾民之財兮。』（南風歌）

孔子家語亦是僞書。其他南風操思親操等都不可靠。

荊州記說『禹登南嶽而祭之，獲金簡玉字之書曰：

祝融司方發其英，沐日浴月百寶生。（禹玉牒辭）

湘中記也有類似的記載。禹之事蹟，已多神話，金簡玉字之書，又近怪異。惟其辭句頗奇橫可喜。

此外關於禹的，有襄陵操塗山歌等；其後有五子之歌桀臣歌等，都不足徵信。黃農虞夏的詩歌，既不可信，殷代的又如何呢？湯之盤銘曰：

苟日新，日日新，又日新。（禮記大學）

禮記一書已屬可疑，銘辭雖質樸近古，其可信的程度甚淺。世傳商鼎銘十六句，見國語，其文體與現存金文之實證不類，亦不無可疑之處。

麥秀歌

麥秀漸漸兮，禾黍油油。彼狡童兮，不與我好兮！

箕子朝周，過故殷墟，感宮室毀壞生禾黍，箕子傷之，欲哭則不可，欲泣爲其近婦人，乃作麥秀之詩。（史記）

在古詩歌中，這是比較可信的最古的一篇。鄭風狡童之詩曰：『彼狡童兮，不與我言兮。』又曰：『彼狡童兮，不與我食兮。』麥秀歌中，僅差得一「好」字，此處似稍有疑竇。近人陸侃如作中國詩史，因此指爲直抄國風，其詩不可靠。案箕子乃紂之諸父而佯狂爲奴者。紂都朝歌，（今淇縣）周時其地屬衛，箕子朝周，過此而歌麥秀。近今發現甲骨文字之安陽故墟，即在其北，亦衛地。鄭衛爲鄰，國土皆褊小，其語言習俗，當差不遠。鄭之效衛，衛之效鄭，這是極

「流氓」「滑頭」是當時極普通的一個名詞，有如現在的「狡童」「滑頭」頗相可能的，或者各不相效。「狡童」是當時極普通的一個名詞，有如現在的「滑頭」「流氓」之類（鄭風山有扶蘇亦有『不見子充，乃見狡童』之句。大概彼時所稱『狡童』頗相當於現稱『滑頭碼子』。）當時的詩，卽用當代的言語寫成的，其有字句相同，這是不謀而合，實不足異。三百篇及漢魏古詩中很有相同的句子。決不能一定指爲抄襲（陸氏中國詩史中也這樣說）況且寫定此歌者係司馬遷，在寫定的時候，應不出四途：

一、全眞。

二、半眞半僞——卽確有依據，曾經其竄易者。如被譯爲司馬遷當時所習用的語文，或受到鄭詩的影響之類。

三、雖眞實僞——卽司馬遷所依據的亦完全靠不住。亦卽陸氏的論斷『顯然司馬遷誤信了僞的傳說。』

四、全僞——卽全係司馬遷所僞託的。

我人未能將其餘三項確切否定，何能將這第三項獨十分肯定呢？陸氏所持的理由，除『直抄國風』之外，尙有「騷體」一點。（陸氏考證古詩歌時所常用的一種否定證據）「騷」卽離騷，楚屈平所作。詩歌中用「兮」字者，都稱騷體。這論斷也有危險，於時間空間的關係，容有未合查衞風十篇用「兮」字者五鄭風猶不止此。其他各風幾莫不用有「兮」字者。然則此十五國風，將謂爲半屬僞作，或采錄的人『誤信了僞的傳說』耶？

采薇歌

登彼西山兮，采其薇矣。以暴易暴兮，不知其非矣！神農虞夏，忽焉沒兮，吾安適歸矣？吁嗟徂兮！命之衰矣。

（史記）

據史記說『武王已平殷亂，天下宗周，伯夷叔齊恥之，義不食周粟；隱於首陽山，采薇而食之，及餓且死，作歌。』云云。這件事實，不問牠可信與否，終未免近於滑稽。不食周粟而采西山之薇，怪不得有人要問：西山是不是周之國土？不幸薇也采盡了，此外諒又別無可吃，乃不得不仍歸餓死。這種富有睽氣的辦法，大約祇有淳樸忠義的古人和淸風亮節的夷齊所做的。這故事的本身已難置信，那相隨而來的詩歌，又不知誰在他們『及餓且死』的時候，特爲記下來的？想來他們不會很從容的殺靑汗簡，猶欲垂之久遠吧？這自然很可疑的。

箕子、夷齊，都是周初的殷遺民，那文、武、周公的創作，又怎樣呢？除掉不甚可靠的琴操和銘詞以外，純粹的詩歌，實少概見。（三百篇中周頌的幾篇，很難確信是否有周公的作品。）

盥盤銘

與其溺於人也，寧溺於淵；溺於淵，猶可游也；溺於人，不可救也。（大戴禮）

矛銘

造矛造矛，少間弗忍，終身之羞。余一人所聞，以戒後世子孫。（大戴禮）

武王所作的銘辭很多，這是其中的兩篇。其語氣都帶有哲理和敎訓的意味，銘辭之體製是這樣的。

春秋以後，歌謠漸繁，其可信者亦多。蓋文字組織，已歸完密，書寫的工具，亦較簡便；記錄者又多當代的人，非後世追述者可比。惟材料太多，論列不便，我們只能擇其華實相映者，略示數篇，以見一斑。

飯牛歌

(一)南山矸，白石爛。生不逢堯與舜禪。短布單衣適至骭，從昏飯牛薄夜半；長夜漫漫何時旦！

(二)滄浪之水白石粲，中有鯉魚長尺半。弊布單衣裁至骭，清朝飯牛至夜半。黃犢上坂且休息，吾將捨汝相齊國。

(三)出東門兮厲石班，上有松柏青且闌。麤布衣兮縕縷，時不遇兮堯舜主。牛兮努力食細草，大臣在爾側，吾當與汝適楚國。（淮南子）

據說：甯戚欲干齊桓公，困窮無以自達，任車以商於齊，暮宿郭門外。桓公夜迎郊客，戚飯牛車下，擊牛角而歌，桓公聞之，因授以政。

龜山操

予欲望魯兮，龜山蔽之；
手無斧柯，奈龜山何！（琴操）

季桓子受齊女樂，孔子欲諫不得，退而望魯龜山，作歌。

漁父歌

日月照照乎寖已馳。與子期乎蘆之漪。日已夕兮，予心憂悲！月已馳兮，何不渡爲？事寖急兮將奈何！蘆中人，豈非窮士乎？（吳越春秋）

伍員奔吳，至江而遇漁父，漁父欲渡，因歌云云。既渡，子胥疑其洩焉。漁者覆舟自沈於江。這故事恐不可靠。

越人歌

今夕何夕兮？搴舟中流。今日何日兮？得與王子同舟！蒙羞被好兮，不訾詬恥。心幾煩而不絕兮，得知王子。
山有木兮木有枝，心說君兮君不知！（說苑）

鄂君子晳泛舟於新波之中，越人擁楫而歌。句中「枝」字，暗射「知」字。此類諧聲雙關的字，在吳歈中多用之，其詳後述。

渡易水歌

風蕭蕭兮易水寒，壯士一去兮不復還！

這是一個悲壯的易水送荊卿的故事，是荊卿歌的，作變徵之聲，我們再讀：

易水蕭蕭西風冷，滿座衣冠似雪；正壯士悲歌未徹

的詞句，眞有『天地英雄氣，千秋尙凜然』之概。

古歌謠的敍述，卽此爲止。以下將論述詩經，實則易水歌已遠在三百篇之後了。

第二節　詩經

上節所述的古歌謠，都是零碎的篇章，散見於各書中的。東周以後，始有整部的文學總集及長篇的優美的詩歌出現；一是詩經，一是楚辭。前者爲北方文學的代表，（間有產生在南方的）後者爲南方文學的代表，卽上節所稱中國文學的二元。

我們先論詩經。但此處只能作簡略的敍述。

孔子說：『詩三百，一言以蔽之曰：「思無邪。」』又曰：『不學詩，無以言。』古時於三百篇單稱曰「詩」「經」乃後世的尊稱雖云三百實三百十一篇其中六篇笙詩，有聲無辭，實得三百有五篇。

詩經的來歷，有謂周太師所采的其說似不可信。有謂原有三千餘篇，經孔子刪賸此數，其說也無確證。照孔子的語氣，好似三百篇的詩在孔子時代業已固定爲一部普通習見的書，決不像他新編的。我們還是相信這三百篇的詩係漸次積聚而成的；或由無名詩人纂錄成功之後，曾經若干人的增刪改訂，始成這最後的形式。似不能相信是出自一人之手的。

詩經爲一部文學總集，非一人所作，這是毫無異辭的。究屬那幾多人做的呢？這就衆口紛紜了。在雅頌之中，或有可以考定作者姓名的可能，那十五國風，便萬分困難了。或有人說：這是莊姜的，這是共姜的，這是后妃之德，這是文王之化。我們祇可姑妄聽之。要知這是儒生的謬說，他們的眼光總不放在文學的本質上，什麼都加以倫理觀念胡亂的去曲解，不獨穿鑿附會，迂腐得可笑，連文學本身的價值都被他們汩沒盡了。這種雾霧，我們應當加以擴清。

詩經的編次，分風、雅、頌三類。

風，風也，教也。……是以一國之事，繫一人之本，謂之風。

言天下之事，形四方之風，謂之雅。雅者，正也；言王政之所由廢興也。政有小大，故有小雅焉，有大雅焉。

頌者，美盛德之形容，以其成功告於神明者也。（詩大敍）

這是解釋風、雅、頌的意義與其致用的，然終不外乎「詩教」的說法，禮記：「溫柔敦厚，詩教也。」孔子云：「思無邪。」又曰：「詩可以興，可以觀，可以羣，可以怨，邇之事父，遠之事君。」大都是這麼一套，並不當作文學去欣賞牠，而視為有關教化文物的經典，好似詩人為了教化世俗而作的，像國家社會間的禮法一樣。

風有周南、召南、邶、鄘、衛、王、鄭、齊、魏、唐、秦、陳、檜、曹、豳十五國風。雅有小雅、大雅。頌有周頌、魯頌、商頌。這個分類，尤其是詩中開首的二南，很引起了許多人的疑惑。有人以為應分四類：南、風、雅、頌。把二南從風中獨立出來，其理由是：

（一）周南召南並非二國，列入國風中為不倫。

（二）南在風雅頌之外，是一種獨特的聲樂之名，應與風雅頌並立為四。

（三）當時因二南詩篇較少，故列在國風之前，未曾另立南之一類。

他們的理由很充足，似乎言之成理；但未能將『周』『召』兩個區別字闡明出來，其功夫都用在「南」字上只可說解答了一半，或連一半都不可靠，猶未可以為定論。因為風之別鄭衛，雅之別小大，頌之別周魯，都有他的取義所在，非漫然加上去的。

詩經時代的考定，又較為困難的事。從直覺上看來，商頌似乎商代的詩，然經近人證明，商頌實為宋詩，作在東遷以後。詩經最早的作品為周頌與大雅，其中或有文武時代的產物；次之為小雅，最後為風。其次序適與其編次相倒。其最後的時代當在周定王時，前後約五六百年。（西曆紀元前十二世紀至六世紀）

詩經的產地是容易查考的，我們已知頌為宗廟樂章，雅為朝廷聘會燕饗之樂，則知周頌與大小雅，當出自豐鎬之間，魯頌出自曲阜，商頌出自商丘。十五國風中，惟二南無確切可指之地，大概在河南及湖北的北部。邶即燕，鄘為魯地，皆有目無詩，其詩已亡，後人以衞詩獨多，分隸於邶鄘之下，實皆衞風也。於是僅存十一國，其中以齊為最東，今山東益都一帶；秦為最西，今甘肅隴西一帶；陳為最南，今河南淮陽一帶；唐為最北，今山西陽曲一帶。總之不出黃河流域的冀、晉、陝、甘、魯、豫等省，所以稱為北方文學的代表。楚居江漢間，為當時唯一的南國，在周夷王時業已強大，僭稱王號。（平王東遷前約一百二十年，西紀元前九世紀末。）厲王時，畏其伐楚，乃去王號，這時南北的交通已很頻繁了。（並不是說南北的交通在此時開始）交通既啓，自不免有多少楚聲流入北國，詩經中有用「兮」字的地方，或即此故。（當然先假設「兮」字爲「楚聲」——即陸氏所云騷體。楚聲二字尙有別解——作大前提，否則二千年來所沿用的楚聲二字的意義便將不穩固了。）

昔人以風、賦、比、興、雅、頌爲詩之六義，這是不倫不類的話。風、雅、頌原是詩的分類，關乎內容、致用方面的；賦、比、興是描寫的方法，或用直陳，或用比喻，或借他物以興起，關乎形式技術方面的，豈可混爲一談？

詩經的修辭，有可得而言者：

一、字句——一言至九言都有。

二、句調——多反復歌詠。前章與後章，有祇換得一二字以反復詠歎之者。

三、用韻——其例甚繁，有連句者；有間句者；有用於句首者；有用於句中者；有連章者；有特變者。詳析之，可得七十餘種，亦云夥矣。

一、關關雎鳩，在河之洲。窈窕淑女，君子好逑。

二、參差荇菜，左右流之。窈窕淑女，寤寐求之。求之不得，寤寐思服。悠哉悠哉，輾轉反側。

三、參差荇菜，左右采之。窈窕淑女，琴瑟友之。參差荇菜，左右芼之。窈窕淑女，鐘鼓樂之。（周南關雎）

一、采采卷耳，不盈頃筐。嗟我懷人，置彼周行。
二、陟彼崔嵬，我馬虺隤。我姑酌彼金罍，維以不永懷。
三、陟彼高岡，我馬玄黃。我姑酌彼兕觥，維以不永傷。
四、陟彼砠矣，我馬瘏矣。我僕痡矣，云何吁矣！（周南卷耳）
一、野有死麕，白茅包之。有女懷春，吉士誘之。
二、林有樸樕，野有死鹿。白茅純束，有女如玉。
三、舒而脫脫兮，無感我帨兮！無使尨也吠！（召南野有死麕）
一、簡兮簡兮，方將萬舞。日之方中，在前上處。
二、碩人俁俁，公庭萬舞。有力如虎，執轡如組。
三、左手執籥，右手秉翟。赫如渥赭，公言錫爵。
四、山有榛，隰有苓。云誰之思？西方美人。彼美人兮，西方之人兮。（邶風簡兮）
一、靜女其姝，俟我於城隅；愛而不見，搔首踟躕。
二、靜女其孌，貽我彤管。彤管有煒，說懌女美。
三、自牧歸荑，洵美且異。匪女之爲美，美人之貽。（邶風靜女）

一、汎彼柏舟，在彼中河。髧彼兩髦，實維我儀。之死矢靡他！母也天只！不諒人只！

二、汎彼柏舟，在彼河側。髧彼兩髦，實維我特。之死矢靡慝！母也天只！不諒人只！（鄘風柏舟）

一、牆有茨，不可埽也。中冓之言，不可道也。所可道也，言之醜也。

二、牆有茨，不可襄也。中冓之言，不可詳也；所可詳也，言之長也。

三、牆有茨，不可束也。中冓之言，不可讀也；所可讀也，言之辱也。（鄘風牆有茨）

一、碩人頎頎，衣錦褧衣。齊侯之子，衛侯之妻，東宮之妹，邢侯之姨，譚公維私。

二、手如柔荑，膚如凝脂，領如蝤蠐，齒如瓠犀，螓首蛾眉；巧笑倩兮，美目盼兮。

三、碩人敖敖，說于農郊；四牡有驕，朱幩鑣鑣，翟茀以朝。大夫夙退，無使君勞。

四、河水洋洋，北流活活。施罛濊濊，鱣鮪發發。葭菼揭揭，庶姜孽孽，庶士有朅。（衛風碩人）

一、氓之蚩蚩，抱布貿絲；匪來貿絲，來卽我謀。送子涉淇，至於頓丘；匪我衍期，子無良謀；將子無怒，秋以爲期。

二、乘彼垝垣，以望復關；不見復關，泣涕漣漣；既見復關，載笑載言。爾卜爾筮，體無咎言。以爾車來，以我賄遷。

三、桑之未落，其葉沃若。于嗟鳩兮，無食桑葚！于嗟女兮，無與士耽！士之耽兮，猶可說也，女之耽兮，不可說也。

四、桑之落兮，其黃而隕。自我徂爾，三歲食貧。淇水湯湯，漸車帷裳。女也不爽，士貳其行；士也罔極，二三其德。

五、三歲為婦，靡室勞矣；夙興夜寐，靡有朝矣。言既遂矣，至于暴矣；兄弟不知，咥其笑矣；靜言思之，躬自悼矣。

六、及爾偕老，老使我怨。淇則有岸，隰則有泮。總角之宴，言笑晏晏；信誓旦旦，不思其反；反是不思，亦已焉哉。（衛風氓）

一、彼黍離離，彼稷之苗。行邁靡靡，中心搖搖。知我者，謂我心憂，不知我者，謂我何求。悠悠蒼天！此何人哉？

二、彼黍離離，彼稷之穗。行邁靡靡，中心如醉。知我者，謂我心憂；不知我者，謂我何求。悠悠蒼天！此何人哉？

三、彼黍離離，彼稷之實。行邁靡靡，中心如噎。知我者，謂我心憂；不知我者，謂我何求。悠悠蒼天！此何人哉？

（王風黍離）

一、將仲子兮，無踰我里！無折我樹杞！豈敢愛之，畏我父母！仲可懷也，父母之言，亦可畏也。

二、將仲子兮，無踰我牆！無折我樹桑！豈敢愛之，畏我諸兄！仲可懷也，諸兄之言，亦可畏也。

三、將仲子兮，無踰我園！無折我樹檀！豈敢愛之，畏人之多言！仲可懷也，人之多言，亦可畏也。（鄭風將仲

子）

一、風雨淒淒，雞鳴喈喈。既見君子，云胡不夷？
二、風雨瀟瀟，雞鳴膠膠，既見君子，云胡不瘳？
三、風雨如晦，雞鳴不已，既見君子，云胡不喜？（鄭風風雨）

一、青青子衿，悠悠我心。縱我不往，子寧不嗣音？
二、青青子佩，悠悠我思。縱我不往，子寧不來？
三、挑兮達兮，在城闕兮。一日不見，如三月兮！（鄭風子衿）

一、綢繆束薪，三星在天。今夕何夕？見此良人。子兮子兮，如此良人何！
二、綢繆束芻，三星在隅。今夕何夕？見此邂逅。子兮子兮！如此邂逅何！
三、綢繆束楚，三星在戶。今夕何夕？見此粲者。子兮子兮，如此粲者何！（唐風綢繆）

一、蒹葭蒼蒼，白露爲霜。所謂伊人，在水一方。遡洄從之，道阻且長；遡游從之，宛在水中央。
二、蒹葭淒淒，白露未晞。所謂伊人，在水之湄。遡洄從之，道阻且躋；遡游從之，宛在水中坻。
三、蒹葭采采，白露未已。所謂伊人，在水之涘。遡洄從之，道阻且右；遡游從之，宛在水中沚。（秦風蒹葭）

一、交交黃鳥，止於棘。誰從穆公？子車奄息。維此奄息，百夫之特；臨其穴，惴惴其慄。彼蒼者天！殲我良人；如可贖兮，人百其身！

二、交交黃鳥，止於桑。誰從穆公？子車仲行。維此仲行，百夫之防；臨其穴，惴惴其慄。彼蒼者天！殲我良人。如可贖兮，人百其身！

三、交交黃鳥，止於楚。誰從穆公？子車鍼虎。維此鍼虎，百夫之禦；臨其穴，惴惴其慄。彼蒼者天！殲我良人；如可贖兮，人百其身！（秦風黃鳥）

一、七月流火，九月授衣。一之日觱發，二之日栗烈。無衣無褐，何以卒歲？三之日于耜，四之日舉趾。同我婦子，饁彼南畝，田畯至喜。

二、七月流火，九月授衣。春日載陽，有鳴倉庚。女執懿筐，遵彼微行，爰求柔桑。春日遲遲，采蘩祁祁，女心傷悲，殆及公子同歸。

三、七月流火，八月萑葦。蠶月條桑，取彼斧斨，以伐遠揚，猗彼女桑。七月鳴鵙，八月載績。載玄載黃，我朱孔陽，爲公子裳。

四、四月秀葽，五月鳴蜩；八月其穫，十月隕蘀。一之日于貉，取彼狐狸，爲公子裘。二之日其同，載纘武功，言私其豵，獻豜于公。

五、五月斯螽動股，六月莎雞振羽；七月在野，八月在宇，九月在戶；十月蟋蟀，入我牀下。穹窒熏鼠，塞向墐戶。嗟我婦子，曰爲改歲，入此室處。

六、六月食鬱及薁，七月亨葵及菽。八月剝棗，十月穫稻；爲此春酒，以介眉壽。七月食瓜，八月斷壺，九月叔苴，采荼薪樗，食我農夫。

七、九月築場圃，十月納禾稼。黍稷重穋，禾麻菽麥。嗟我農夫！我稼既同，上入執宮功。晝爾于茅，宵爾索綯；亟其乘屋，其始播百穀。

八、二之日鑿冰沖沖，三之日納于凌陰，四之日其蚤，獻羔祭韭。九月肅霜，十月滌場；朋酒斯饗，曰殺羔羊。躋彼公堂，稱彼兕觥，萬壽無疆！（豳風七月）

一、呦呦鹿鳴，食野之苹。我有嘉賓，鼓瑟吹笙。吹笙鼓簧，承筐是將。人之好我，示我周行。

二、呦呦鹿鳴，食野之蒿。我有嘉賓，德音孔昭。視民不恌，君子是則是傚。我有旨酒，嘉賓式燕以敖。

三、呦呦鹿鳴，食野之芩。我有嘉賓，鼓瑟鼓琴。鼓瑟鼓琴，和樂且湛。我有旨酒，以燕樂嘉賓之心。（小雅鹿鳴）

一、采薇采薇，薇亦作止。曰歸曰歸，歲亦莫止。靡室靡家，玁狁之故；不遑啓居，玁狁之故。

二、采薇采薇，薇亦柔止。曰歸曰歸，心亦憂止。憂心烈烈，載飢載渴；我戍未定，靡使歸聘。

三、采薇采薇，薇亦剛止。曰歸曰歸，歲亦陽止。王事靡盬，不遑啓處，憂心孔疚，我行不來。

四、彼爾維何？維常之華。彼路斯何？君子之車。我車既駕，四牡業業。豈敢定居，一月三捷。
五、駕彼四牡，四牡騤騤。君子所依，小人所腓。四牡翼翼，象弭魚服。豈不曰戒，玁狁孔棘。
六、昔我往矣，楊柳依依；今我來思，雨雪霏霏。行道遲遲，載渴載飢；我心傷悲，莫知我哀。（小雅采薇）

一、我出我車，于彼牧矣。自天子所，謂我來矣。召彼僕夫，謂之載矣。王事多難，維其棘矣。
二、我出我車，于彼郊矣。設此旐矣，建彼旄矣。彼旟旐斯，胡不旆旆？憂心悄悄，僕夫況瘁。
三、王命南仲，往城于方。出車彭彭，旂旐央央。天子命我，城彼朔方。赫赫南仲，玁狁于襄。
四、昔我往矣，黍稷方華；今我來思，雨雪載塗。王事多難，不遑啓居。豈不懷歸？畏此簡書。
五、喓喓草蟲，趯趯阜螽。未見君子，憂心忡忡；既見君子，我心則降。赫赫南仲，薄伐西戎。
六、春日遲遲，卉木萋萋。倉庚喈喈，采蘩祁祁。執訊獲醜，薄言旋歸。赫赫南仲，玁狁于夷。（小雅出車）

一、蓼蓼者莪，匪莪伊蒿。哀哀父母，生我劬勞。
二、蓼蓼者莪，匪莪伊蔚。哀哀父母，生我勞瘁！
三、缾之罄矣，維罍之恥。鮮民之生，不如死之久矣。無父何怙？無母何恃？出則銜恤，入則靡至。
四、父兮生我，母兮鞠我；拊我畜我，長我育我；顧我復我，出入腹我。欲報之德，昊天罔極！
五、南山烈烈，飄風發發。民莫不穀，我獨何害？

六、南山律律，飄風弗弗。民莫不穀，我獨不卒？（小雅蓼莪）

一、緜緜瓜瓞，民之初生，自土沮漆。古公亶父，陶復陶穴，未有家室。

二、古公亶父，來朝走馬，率西水滸，至於岐下。爰及姜女，聿來胥宇。

三、周原膴膴，菫荼如飴。爰始爰謀，爰契我龜，曰止曰時，築室於茲。

四、迺慰迺止；迺左迺右；迺疆迺理，迺宣迺畝。自西徂東，周爰執事。

五、乃召司空，乃召司徒。俾立室家，其繩則直。縮版以載，作廟翼翼。

六、捄之陾陾，度之薨薨；築之登登，削屢馮馮。百堵皆興，鼛鼓弗勝。

七、迺立皋門，皋門有伉；迺立應門，應門將將。迺立冢土，戎醜攸行。

八、肆不殄厥慍，亦不隕厥問。柞棫拔矣，行道兌矣。混夷駾矣，維其喙矣。

九、虞芮質厥成，文王蹶厥生，予曰有疏附，予曰有先後，予曰有奔奏，予曰有禦侮。（大雅緜）

一、於皇武王！無競維烈。允文文王，克開厥後。嗣武受之，勝殷遏劉，耆定爾功。（周頌武）

第三節　楚辭

北人性剛，南人性柔；北人的意識偏於現實，南人的思想近於浪漫。北方山川雄渾，南方山水清幽；北人生活較難而樸質，南人生活較易而奢靡。因南北地域之不同，文學上亦顯然發生了差異。

詩經楚辭，同是代表一地方的文學作品，其中有一差異之點，即詩經爲文學的總集，楚辭乃文學的專集；詩經爲民族全體的，楚辭乃一二專家的；詩經的國風多出自民間，楚辭乃貴族的手筆。

楚辭的主要作者爲屈平，其中十之七八都是他做的。其餘大概宋玉、景差、唐勒之徒所做的，不過景差和唐勒的作品，今已無可考證，或者全部散佚了。

屈平字原，楚之同姓，爲楚懷王左徒，又做過三閭大夫。他是個忠憤憂國之士，他爲人所讒，不容於楚，眼見諂佞當道，國事日壞，故『憂愁幽思而作離騷。』

楚辭的結集，始於劉向，向裒集屈宋以下長沙淮南諸賦，及向所作九歎，爲楚辭十七篇，後王逸爲楚辭章句，朱熹又隱栝舊編，略加取舍，爲楚辭集注八卷，删去其中七諫九懷九歎九思等篇，增入弔屈原服鳥賦及離騷三篇，又以大招一篇斷爲景差作，其目如下：

卷一　離騷

卷二　九歌　（十一篇）

卷三　天問

卷四　九章（九篇）

卷五　遠遊　卜居　漁父

以上離騷，凡七題二十五篇皆屈原作。（朱註）

卷六　九辯（宋玉作）

卷七　招魂（宋玉作）　大招（景差作）

卷八　惜誓　弔屈原　服賦（賈誼作）

哀時命（莊忌作）　招隱士（淮南小山作）

以上續離騷，凡八題十六篇。（朱註）

朱氏又刊補晁旡咎集錄的續楚辭變離騷五十二篇爲楚辭後語六卷。屈、宋、景皆楚人，餘皆擬楚聲者，故通稱之曰楚辭。本節所論僅及屈宋的作品，是眞正的楚辭。

據朱注屈平所作凡二十五篇，依近人的考證，離騷、天問、及九章中的涉江、哀郢、抽思、懷沙、橘頌是他作的。九歌作在屈平之前，或曾經屈平修改過，卜居、漁父、遠遊作在屈平之後，或漢人的僞託。

宋玉所做的僅存九辯、招魂。景差、唐勒的已失傳，或不可考定。大招也許是漢人的擬作，非屈平或景差做的。

楚爲南蠻之國，文化開發較遲。上述詩經時代至晚在西曆紀元前六世紀，楚辭的產生，則在紀元前三世紀後詩經有三百年。這三百年間，在南方興起了光芒萬丈的楚辭，而北方文學則突然消逝了。

楚辭的興起，好像獨特而毫無憑藉的，其實不然。楚辭作於詩經後三百年，其時南北交通已繁，屈宋之徒，安知不受到詩經的影響，不過沒有跡象可尋罷了。即就南國文學而論，如優孟之歌慨慷，楚狂之歌鳳兮，再前有祭公謀父之詩，及滄浪孺子之歌。所以楚辭決不是突然興起的，其中自有綫索可尋。惟其演進得如此迅速，成功又如此的偉大，這是很可驚異的。

楚辭和詩經不同的地方，我們分形式、內容兩方面略述如下：

形式　詩經多四言整句，楚辭多長短句。詩經的章句多重複，楚辭無有。詩經短篇而分章，楚辭多長篇。詩經間用「兮」字，楚辭幾兩句中必有一「兮」字（獨天問體裁截然不同。多四言間句而無兮字。招魂句末多用些字，故此後詩歌中用兮字些字者，每稱騷體或楚聲。）

內容，楚辭中多神話，其思想極爲浪漫，又富於想像力且極活潑，其描寫爲唯美的，其情緒則傷感的。

這都是楚辭的特色。

帝子降兮北渚，目眇眇兮愁予。嫋嫋兮秋風，洞庭波兮木葉下。登白薠兮騁望，與佳期兮夕張；鳥何萃兮蘋中？罾何爲兮木上？沅有芷兮澧有蘭，思公子兮未敢言。荒忽兮遠望，觀流水兮潺湲。麋何爲兮庭中？蛟何爲兮水裔？朝馳余馬兮江皋，夕濟兮西澨。聞佳人兮召予，將騰駕兮偕逝。築室兮水，葺之兮荷蓋。蓀壁兮紫壇，匊芳椒兮成堂；桂棟兮蘭橑，辛夷楣兮葯房；罔薜荔兮爲帷，擗蕙櫋兮既張；白玉兮爲鎮，疏石蘭兮爲芳；芷葺兮荷屋，繚之兮杜衡。合百草兮實庭，建芳馨兮廡門。九嶷繽兮並迎，靈之來兮如雲。捐余袂兮江中，遺余褋兮澧浦；搴汀洲兮杜若，將以遺兮遠者。時不可兮驟得，聊逍遙兮容與。（九歌湘夫人）

秋蘭兮麋蕪，羅生兮堂下；綠葉兮素華，芳菲菲兮襲予。夫人兮自有美子，蓀何以兮愁苦？秋蘭兮青青，綠葉兮紫莖。滿堂兮美人，忽獨與余兮目成。入不言兮出不辭，乘回風兮載雲旗。悲莫悲兮生別離！樂莫樂兮新相知！荷衣兮蕙帶，儵而來兮忽而逝，夕宿兮帝郊，君誰須兮雲之際，與女沐兮咸池，晞女髮兮陽之阿。望美人兮未來，臨風怳兮浩歌。孔蓋兮翠旍，登九天兮撫彗星。竦長劍兮擁幼艾，蓀獨宜兮爲民正。（九歌少司命）

朱熹九歌序說：『沅湘之間，其俗信鬼而好祀，其祀必使巫覡作樂歌舞以娛神，蠻荆陋俗，詞既鄙俚……原既放逐，見而感之故頗爲更定其詞。』

帝高陽之苗裔兮，朕皇考曰伯庸。攝提貞於孟陬兮，惟庚寅吾以降。皇覽揆余於初度兮，肇錫余以嘉名。名余曰正則兮，字余曰靈均。紛吾既有此內美兮，又重之以脩能。扈江蘺與辟芷兮；紉秋蘭以爲佩。汨余若將不及兮，恐年歲之不吾與。朝搴阰之木蘭兮，夕攬洲之宿莽。日月忽其不淹兮，春與秋其代序。惟草木之零落兮，恐美人之遲暮。不撫壯而棄穢兮，何不改乎此度。乘騏驥以馳騁兮，來吾導夫先路。昔三后之純粹兮，固衆芳之所在。雜申椒與菌桂兮，豈惟紉夫蕙茝。彼堯舜之耿介兮，既遵道而得路。何桀紂之昌披兮，夫唯捷徑以窘步。惟黨人之偷樂兮，路幽昧以險隘。豈余身之憚殃兮，恐皇輿之敗績。忽奔走以先後兮，及前王之踵武。荃不察余之中情兮，反信讒而齌怒。余固知謇謇之爲患兮，忍而不能舍也。指九天以爲正兮，夫惟靈脩之故也。曰黃昏以爲期兮，羌中道而改路。初既與余成言兮，後悔遯而有佗。余既不難夫離別兮，傷靈脩之數化。余既滋蘭之九畹兮，又樹蕙之百畝。畦留夷與揭車兮，雜杜衡與芳芷。冀枝葉之峻茂兮，願竢時乎吾將刈。雖萎絕其亦何傷兮，哀衆芳之蕪穢。

衆皆競進以貪婪兮，憑不厭乎求索。羌內恕己以量人兮，各興心而嫉妒。忽馳騖以追逐兮，非余心之所急。老冉冉其將至兮，恐脩名之不立。朝飲木蘭之墜露兮，夕餐秋菊之落英。苟余情其信姱以練要兮，長顑頷亦何傷。擥木根以結茝兮，貫薜荔之落蕊。矯菌桂以紉蕙兮，索胡繩之纚纚。謇吾法夫前脩兮，非時俗之所服。雖不周於今之人兮，願依彭咸之遺則。長太息以掩涕兮，哀人生之多艱。余雖好脩姱以鞿羈兮，謇朝誶而夕替。既替余以蕙纕兮，又申之以攬茝。亦余心之所善兮，雖九死其猶未悔。怨靈脩之浩蕩兮，終不察夫民心。衆女嫉余之蛾眉兮，謠諑謂余以善淫。固時俗之工巧兮，偭規矩而改錯。背繩墨以追曲兮，競周容以爲度。忳鬱邑余侘傺兮，吾獨窮困乎此時也。寧溘死以流亡兮，余不忍爲此態也。鷙鳥之不羣兮，自前世而固然。何方圜之能周兮，夫孰異道而相安。屈心而抑志兮，忍尤而攘詬。伏淸白以死直兮，固前聖之所厚。悔相道之不察兮，延佇乎吾將返。回朕車以復路兮，及行迷之未遠。步余馬於蘭皋兮，馳椒邱且焉止息。進不入以離尤兮，退將復修吾初服。製芰荷以爲衣兮，集芙蓉以爲裳。不吾知其亦已兮，苟余情其信芳。高余冠之岌岌兮，長余佩之陸離。芳與澤其雜糅兮，唯昭質其猶未虧。忽反顧以遊目兮，將往觀乎四荒。佩繽紛其繁飾兮，芳菲菲其彌章。民生各有所樂兮，余獨好修以爲常。雖體解吾猶未變兮，豈余心之可懲。

女嬃之嬋媛兮，申申其詈予。曰鮌婞直以亡身兮，終然殀乎羽之野。汝何博謇而好脩兮，紛獨有此姱節。薋菉葹以盈室兮，判獨離而不服。衆不可戶說兮，孰云察余之中情。世並舉而好朋兮，夫何煢獨而不予聽。

依前聖以節中兮，喟憑心而歷茲。濟沅湘以南征兮，就重華而陳辭。啓九辯與九歌兮，夏康娛以自縱。不顧難以圖後兮，五子用失乎家衖。羿淫遊以佚田兮，又好射夫封狐。固亂流其鮮終兮，浞又貪夫厥家。澆身被服強圉兮，縱欲而不忍。日康娛而自忘兮，厥首用夫顛隕。夏桀之常違兮，乃遂焉而逢殃。后辛之菹醢兮，殷宗用之不長。湯禹嚴而致敬兮，周論道而莫差。舉賢才而授能兮，修繩墨而不頗。皇天無私阿兮，覽民德焉錯輔。夫維聖哲之茂行兮，苟得用此下土。瞻前而顧後兮，相觀民之計極。夫孰非義而可用兮，孰非善而可服。阽余身而危死兮，覽余初其猶未悔。不量鑿而正枘兮，固前脩以菹醢。

曾歔欷余鬱悒兮，哀朕時之不當。攬茹蕙以掩涕兮，沾余襟之浪浪。跪敷衽以陳辭兮，耿吾既得此中正。駟玉虬以乘鷖兮，溘埃風余上征。朝發軔於蒼梧兮，夕余至乎縣圃。欲少留此靈瑣兮，日忽忽其將暮。吾令羲和弭節兮，望崦嵫而勿迫。路漫漫其脩遠兮，吾將上下而求索。飲余馬於咸池兮，總余轡乎扶桑。折若木以拂日兮，聊須臾以相羊。前望舒使先驅兮，後飛廉使奔屬。鸞皇爲余先戒兮，雷師告余以未具。吾令鳳鳥飛騰兮，又繼之以日夜。飄風屯其相離兮，帥雲霓而來御。紛總總其離合兮，班陸離其上下。吾令帝閽開關兮，倚閶闔而望予。時曖曖其將罷兮，結幽蘭而延佇。世溷濁而不分兮，好蔽美而嫉妬。朝吾將濟於白水兮，登閬風而緤馬。忽反顧以流涕兮，哀高丘之無女。溘吾遊此春宮兮，折瓊枝以繼佩。及榮華之未落兮，相下女之可貽。吾令豐隆乘雲兮，求虙妃之所在。解佩纕以結言兮，吾令蹇脩以爲理。紛總總其離合兮，忽緯繣其難遷。夕歸次於窮石兮，朝濯髮乎洧盤。保厥美以驕傲兮，日康娛以淫遊。雖信美而無禮兮，來違棄而改求。覽相觀於四極兮，周流乎天余乃下。望瑤臺之偃蹇兮，見有娀之佚女。吾令鴆為媒兮，鴆告余以不好。雄鳩之鳴逝兮，余猶惡其佻巧。心猶豫而狐疑兮，欲自適而不可。鳳皇既受詒兮，恐高辛之先我。欲遠集而無所止兮，聊浮遊以逍遙。及少康之未家兮，留有虞之二姚。理弱而媒拙兮，恐導言之不固。時溷濁而嫉賢兮，好蔽美而稱惡。閨中既以邃遠兮，哲王又不寤。懷朕情而不發兮，余焉能忍而與此終古。

索瓊茅以筳篿兮，命靈氛為余占之。曰兩美其必合兮，孰信脩而慕之。思九州之博大兮，豈唯是其有女。曰勉遠逝而無狐疑兮，孰求美而釋汝。何所獨無芳草兮，爾何懷乎故宇。世幽昧以眩曜兮，孰云察余之美惡。民好惡其不同兮，惟此黨人其獨異。戶服艾以盈要兮，謂幽蘭其不可佩。覽察草木其猶未得兮，豈珵美之能當。蘇糞壤以充幃兮，謂申椒其不芳。欲從靈氛之吉占兮，心猶豫而狐疑。

巫咸將夕降兮，懷椒糈而要之。百神翳其備降兮，九疑繽其並迎。皇剡剡其揚靈兮，告余以吉故。曰勉升降以上下兮，求矩矱之所同。湯禹儼而求合兮，摯咎繇而能調。苟中情其好脩兮，何必用夫行媒。說操築於傅巖兮，武丁用而不疑。呂望之鼓刀兮，遭周文而得舉。甯戚之謳歌兮，齊桓聞以該輔。及年歲之未晏兮，時亦猶其未央。恐鵜鴂之先鳴兮，使百草為之不芳。何瓊佩之偃蹇兮，衆薆然而蔽之。惟此黨人之不亮兮，恐嫉妒而折之。時繽紛其變易兮，又何可以淹留。蘭芷變而不芳兮，荃蕙化而為茅。何昔日之芳草兮，今直為此蕭艾也。豈其有他故兮，莫好修之害也。余以蘭為可恃兮，羌無實而容長。委厥美以從俗兮，苟得列乎衆芳。椒專佞以慢諂兮，樧又欲充其佩幃。既干進而務入兮，又何芳之能祗。固時俗之從流兮，又孰能無變化。覽椒蘭其若茲兮，又況揭車與江離。

惟茲佩之可貴兮，委厥美而歷茲。芳菲菲而難虧兮，芬至今猶未沬。和調度以自娛兮，聊浮遊而求女。及余飾之方壯兮，周流觀乎上下。靈氛既告余以吉占兮，歷吉日乎吾將行。折瓊枝以為羞兮，精瓊爢以為粻。為余駕飛龍兮，雜瑤象以為車。何離心之可同兮，吾將遠逝以自疏。邅吾道夫崑崙兮，路修遠以周流。揚雲霓之晻藹兮，鳴玉鸞之啾啾。朝發軔於天津兮，夕余至乎西極。鳳皇翼其承旂兮，高翺翔之翼翼。忽吾行此流沙兮，遵赤水而容與。麾蛟龍使梁津兮，詔西皇使涉予。路修遠以多艱兮，騰衆車使徑待。路不周以左轉兮，指西海以為期。屯余車其千乘兮，齊玉軑而並馳。駕八龍之婉婉兮，載雲旗之委移。抑志而弭節兮，神高馳之邈邈。奏九歌而舞韶兮，聊假月以媮樂。陟升皇之赫戲兮，忽臨睨夫舊鄉。僕夫悲余馬懷兮，蜷局顧而不行。

亂曰：已矣哉！國無人莫我知兮，又何懷乎故都！既莫足與為美政兮，吾將從彭咸之所居。（離騷）

離騷是屈平作品中最重要、最長的一篇，亦中國詩歌中最偉大的一篇，都二千四百九十字，不啻中國文學的寶庫，萬丈光芒，炤燿千古，古今無與倫比。

太史公說：『離騷者，猶離憂也。』班固也說：『離，猶遭也。』獨王逸以爲『離，別也；騷，愁也。』言原既放，離別楚國，乃作此詩以抒其憂愁也。王氏的解釋，朱熹以爲非是，實在最爲直捷了當。

悲哉！秋之爲氣也。蕭瑟兮草木搖落而變衰，憭慄兮若在遠行，登山臨水兮送將歸。泬寥兮天高而氣清，寂寥兮收潦而水清；憯悽增欷兮薄寒之中人，愴怳懭悢兮去故而就新。坎廩兮貧士失職而志不平，廓落兮羈旅而無友生。惆悵兮而私自憐。燕翩翩其辭歸兮，蟬寂漠而無聲；雁廱廱而南遊兮，鵾雞啁哳而悲鳴。獨申旦而不寐兮，哀蟋蟀之宵征，時亹亹而過中兮，蹇淹留而無成。（九辯）

朕幼清以廉潔兮，身服義而未沫。主此盛德兮，牽於俗而蕪穢。上無所考此盛德兮，長離殃而愁苦。帝告巫陽曰：有人在下，我欲輔之。魂魄離散，汝筮予之。巫陽對曰：掌夢，上帝其難從！若必筮予之，恐後之謝，不能復用巫陽焉。乃下招曰：

魂兮歸來！去君之恆幹，何爲四方些？舍君之樂處，而離彼不祥些。魂兮歸來，東方不可以託些！長人千仞，惟魂是索些；十日代出，流金鑠石些；彼皆習之，魂往必釋些。歸來歸來！不可以託些！

魂兮歸來，南方不可以止些！雕題黑齒，得人肉以祀，以其骨爲醢些；蝮蛇蓁蓁，封狐千里些；雄虺九首，往來儵忽，吞人以益其心些。歸來歸來！不可以久淫些！

魂兮歸來，西方之害，流沙千里些！旋入雷淵，靡散而不可止些；幸而得脫，其外曠宇些；赤蟻若象，玄蠭若壺些；五穀不生，藂菅是食些；其土爛人，求水無所得些；彷徉無所倚，廣大無所極些。歸來歸來！恐有遺賊些！

魂兮歸來，北方不可以止些！增冰峨峨，飛雪千里些。歸來歸來！不可以久些！

魂兮歸來，君無上天些！虎豹九關，啄害下人些；一夫九首，拔木九千些；豺狼從目，往來侁侁些；懸人以娭，投之深淵些；致命於帝，然後得瞑些。歸來歸來！往恐危身些！

魂兮歸來，君無下此幽都些！土伯九約，其角觺觺些；敦脄血拇，逐人駓駓些；參目虎首，其身若牛些；此皆甘人，歸來歸來！恐自遺災些！

魂兮歸來，入修門些！工祝招君，背行先些；秦篝齊縷，鄭綿絡些；招具該備，永嘯呼些！

魂兮歸來，反故居些；天地四方，多賊姦些！像設君室，靜閒安些；高堂邃宇，檻層軒些；層臺累榭，臨高山些；網戶朱綴，刻方連些；冬有突廈，夏室寒些；川谷徑復，流潺湲些；光風轉蕙，氾崇蘭些。經堂入奧，朱塵筵些；砥室翠翹，挂曲瓊些；翡翠珠被，爛齊光些；蒻阿拂壁，羅幬張些；纂組綺縞，結琦璜些；室中之觀，多珍怪些。蘭膏明燭，華容備些；二八侍宿，射遞代些；九侯淑女，多迅眾些；盛鬋不同制，實滿宮些；容態好比，順彌代些；弱顏固植，謇其有意些；姱容修態，絚洞房些；蛾眉曼睩，目騰光些；靡顏膩理，遺視矊些；離榭修幕，侍君之閒些。翡帷翠帳，飾高堂些；紅壁沙版，玄玉梁些；仰觀刻桷，畫龍蛇些；坐堂伏檻，臨曲池些；芙蓉始發，雜芰荷些；紫莖屏風，文緣波些；文異豹飾，侍陂陁些；軒輬既低，步騎羅些；蘭薄戶樹，瓊木籬些。

魂兮歸來，何遠爲些！室家遂宗，食多方些；稻粢穱麥，挐黃粱些；大苦鹹酸，辛甘行些；肥牛之腱，臑若芳些；和酸若苦，陳吳羹些；胹鼈炮羔，有柘漿些；鵠酸臇鳧，煎鴻鶬些；露雞臛蠵，厲而不爽些；粔籹蜜餌，有餦餭些；瑤漿蜜勺，實羽觴些；挫糟凍飲，酎清涼些；華酌既陳，有瓊漿些。歸來反故室，敬而無妨些。肴羞未通，女樂羅些；陳鐘按鼓，造新歌些；涉江采菱，發揚荷些；美人既醉，朱顏酡些；娭光眇視，目曾波些；被文服纖，麗而不奇些；長髮曼鬋，豔陸離些；二八齊容，起鄭舞些；衽若交竿，撫案下些；竽瑟狂會，搷鳴鼓些；宮庭震驚，發激楚些；吳歈蔡謳，奏大呂些；士女雜坐，亂而不分些；放陳組纓，班其相紛些；鄭衛妖玩，來雜陳些；激楚之結，獨秀先些；菎蔽象棋，有六簙些；分曹並進，遒相迫些；成梟而牟，呼五白些；晉制犀比，費白日些；鏗鐘搖簴，揳梓瑟些；娛酒不廢，沈日夜些；蘭膏明燭，華鐙錯些；結撰至思，蘭芳假些；人有所極，同心賦些；酎飲盡歡，樂先故些。魂兮歸來，反故居些！

亂曰：獻歲發春兮，汩吾南征；菉蘋齊葉兮，白芷生。路貫廬江兮，左長薄，倚沼畦瀛兮，遙望博。青驪結駟兮齊千乘，懸火延起兮玄顏烝。步及驟處兮誘騁先，抑騖若通兮引車右還。與王趨夢兮課後先，君王親發

兮憚青兕。朱明承夜兮時不可以淹，皐蘭被徑兮斯路漸，湛湛江水兮上有楓。目極千里兮傷春心。魂兮歸來哀江南！（招魂）

第二章　詩的體製

古代的詩，皆可以歌。史記有：『詩三百篇，孔子皆絃歌之』之語。可見三百篇中，不但雅、頌可以被之樂章，十五國風，也沒有不可以歌的。詩之與歌，簡直無所區別，到得漢代，古詩已不復可歌，詩與歌乃漸次分離。其可以歌者，仍稱曰歌，如安世房中歌，瓠子歌等；其不可歌者，則稱之曰詩，如諷諫詩，誡子詩等。但體製上實在沒有什麼差別，如安世房中歌，大都四言整句，厥體似雅；而諷諫詩亦四言整句，可稱變雅。然而一則可歌，一則已爲徒詩。

所以詩樂的分離，始於漢代；徒詩的產生，也始於漢代。

漢代徒詩中，尙有吟、行等名稱，後人雖有種種解說，要想區別牠，但祗有抽象、含渾之詞，終究沒有明白的說出來。兩漢、六朝的樂府詩很盛，也因牠沒有一定的體製和格調，究屬何者爲歌，何者爲詩，何者爲樂府，在形式上還是區別不出來。及沈約四聲八病之說起，作者漸斷斷於聲律，加之駢儷之文正盛極一時，其末流亦泛濫入詩歌中。這樣經過了多時的醞釀，至李唐，遂有所謂『近體詩者』，完成創立。而後詩的體製中，便有截然不同的兩類：一稱古體，一稱近體。茲作一概表如下：

- 詩
  - 古體
    - 古詩
      - 三言
      - 四言
      - 五言
      - 七言
    - 樂府——整句或長短句
  - 近體
    - 絕句
      - 五言
      - 七言
    - 律詩
      - 五言
      - 七言
      - 五言排律
      - 七言排律

古體者，對近體而言。近體乃唐人之稱，現在已不近了。

古體中復有古詩與樂府的區別。自漢武立樂府之後，凡當時可歌之詩，概稱之曰樂府，其不可歌之徒詩，稱之曰詩，後世稱之曰古詩。

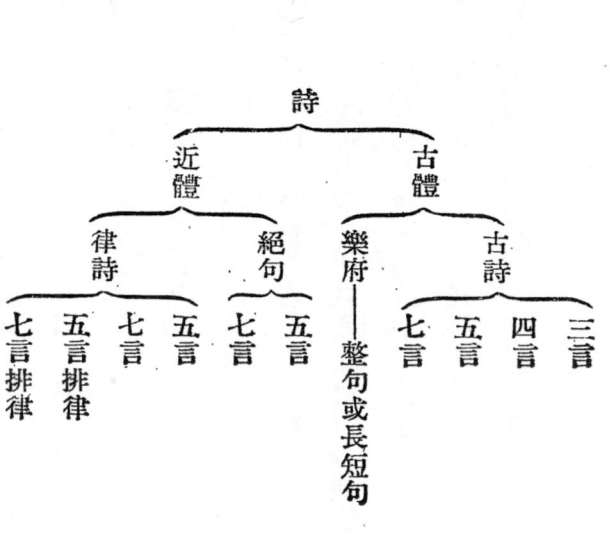

樂府有整句，有長短句。古詩多整句，間有長短句。詩經多四言，漢魏六朝多五言，間有四言七言和三言。

古詩與樂府的篇幅無定，少則十數字，多者有一千七百八十五字。（古詩爲焦仲卿妻作。）

近體詩，篇有定句，句有定字。（排律無定句，故長短無定。）短則二十字的五絕，長則五十六字的七律。

近體詩不論律、絕、排律，皆爲整句，不許長短的。或爲五言，或爲七言；間有六言，甚少。

律詩爲形式上有一定格律的詩。絕句二字無確解，或謂斷章零句之義。或謂：絕者，截也。言截取律詩中的兩聯以成詩者。但絕句之製，昉於齊梁，至唐始爲定體，然則他們所截的是什麼呢？

三言詩例：

豐草葽，女蘿施。善何如？誰能回？大莫大，成教德；長莫長，被無極。（安世房中歌）

四言詩例：

鴻鵠高飛，一舉千里；羽翼已就，橫絕四海；橫絕四海，又可奈何？雖有矰繳，將安所施？（鴻鵠歌）

五言詩例：

涉江采芙蓉，蘭澤多芳草；采之欲遺誰？所思在遠道。還顧望舊鄉，長路漫浩浩！同心而離居，憂傷以終老。（古詩十九首）

七言詩例：

秋風蕭瑟天氣涼，草木搖落露爲霜。羣燕辭歸雁南翔，念君客遊思斷腸。慊慊思歸戀故鄉，君何淹留寄他方？賤妾煢煢守空房。憂來思君不敢忘，不覺淚下霑衣裳。援琴鳴絃發淸商，短歌微吟不能長。明月皎皎照我牀，星漢西流夜未央。牽牛織女遙相望，爾獨何辜限河梁？（燕歌行）

整言樂府例：

江南可採蓮，蓮葉何田田！魚戲蓮葉間；魚戲蓮葉東，魚戲蓮葉西，魚戲蓮葉南，魚戲蓮葉北。（江南）

雜言樂府例：

上邪，我欲與君相知，長命無絕衰！山無陵，江水爲竭；冬雷震震，夏雨雪，天地合，乃敢與君絕。（上邪）

詩經以四言爲正格；漢魏六朝古詩，以五言爲正格；近體詩以五七言爲正格。

四言詩源於古歌謠。

五言詩起於蘇李贈答及十九首，據近人考證，蘇李詩係僞託；十九首也不是枚乘傅毅等作的。牠的產生當在建安之際，或稍前些。故五言詩的起源，當在漢末。

七言詩或謂起於柏梁臺聯句，但爲後人擬託，不可靠。可靠者惟魏文之燕歌行，當在建安之際。

第三章　詩的聲律

第一節　詩的聲韻

古人之詩，純任自然，所謂天籟，沒有聲韻的制限。且古時祇有平入二聲，魏晉之際，四聲始備。故古詩中平上去三聲每多通叶。如魯頌泮水章云：『思樂泮水，薄采其藻。魯侯戾止，其馬蹻蹻，其音昭昭。』「藻」上聲，「蹻」上聲，「昭」平聲。以平上二聲通叶。迨沈約四聲譜出，始應用在文學上，平上去入，號爲四聲，區別至嚴，不可通借。然此僅指押韻而言。至若『若前有浮聲，則後須切響；一簡之內，音韻盡殊；兩句之中，輕重悉異。』如此連句中都要講求浮切，文字的格律益嚴。唐人近體，權與於是。

古體詩有獨韻，有轉韻，獨韻謂一韻到底，轉韻爲平仄互轉也。

近體詩祇用平聲韻，五七絕間有押仄韻者。

第二節　詩的格律

浮切，卽後人所稱平仄，以平聲爲平，上去入三聲爲仄。「前有浮聲，後須切響」者，卽一句之中奇偶之間，均須平仄相調然後聲韻鏗鏘，音節諧美。詩之格律卽指此也。

沈約在四聲外，尙有八病之說。八病者：

(1)平頭　第一第二字不得與第六第七字同聲，如『今日良宴會，歡樂難具陳。』其中「今」「歡」皆平聲，「日」「樂」皆入聲。一說句首二字並是平聲爲平頭，如『朝雲晦初景，丹池晚飛雪。』

(2)上尾　第五字不得與第十字同聲，如『靑靑河畔草，鬱鬱園中柳。』

(3)蜂腰　第二字不得與第五字同聲，如『聞君愛我甘，竊欲自修飾。』一說第三字不得與第七字同聲，如『徐步金門旦，言尋上苑春。』又一說第三字不得與第八字同聲，如前例中之「愛」與「自」皆去聲。

(4)鶴膝　第五字不得與第十五字同聲，如『客從遠方來，遺我一書札；上言長相思，下言久離別。』一說第四字不得與第九字同聲，如上例中之「方」與「書」。

(5)大韻　五言兩句中除韻外，餘九字不得與韻同韻。如『胡姬年十五，春日獨當壚。』

(6)小韻　五言兩句中除韻外，餘九字不得自相同韻，如『薄帷鑒明月，淸風吹我襟。』

(7)旁紐　五言兩句內不得有雙聲，如『田夫亦知禮，寅賓延上坐。』

(8)正紐　五言兩句中不得疊韻，如『我本漢家子，來嫁單于庭。』或人以為正紐即正雙聲，如『關關雎鳩』關鳩同為「見」紐。旁紐即準雙聲，如『君子好逑』君為「見」紐，逑為「羣」紐，同屬淺喉音。故凡同屬舌頭舌上重唇輕唇等等都是旁紐，詩中不可犯。

王世貞說：『休文所載八病，以上尾、鶴膝為最忌。休文之拘滯，正與古體相反，惟與近體稍有關耳；然不免商君之酷。……後四病尤無謂，不足道也。』

本來，詩沒有一定的聲調和格律的，我們讀三百篇、離騷及漢魏人樂府，都覺得音節諧暢，順乎自然。何嘗講什麼聲律呢？詩即是歌，原是自然所發的一種天籟，不應當如此刻劃的。自從休文倡了四聲、八病之說，後又加上對偶的制限，到唐初沈佺期、宋之問出，便有五七言八句詩的程式，稱為律詩，從此詩便有了格律。

第三節　五律詩式

(1)正格——仄起

仄仄平平仄　平平仄仄平（韻）——起聯

平平平仄仄　仄仄仄平平（韻）——頷聯
仄仄平平仄　平平仄仄平（韻）——頸聯
平平平仄仄　仄仄仄平平（韻）——尾聯

(2)偏格——平起

平平平仄仄　仄仄仄平平（韻）——起聯
仄仄平平仄　平平仄仄平（韻）——頷聯
平平平仄仄　仄仄仄平平（韻）——頸聯
仄仄平平仄　平平仄仄平（韻）——尾聯

於第一句的第二字用仄聲，稱做仄起；用平聲，稱平起。五律以仄起爲正格，七律反是。詩以四句爲一週期，八句則兩週期。試案上列二式，其後四句與前四句悉同，此週期之證也。若以平起與仄起相較，知平起之一二兩句同仄起之三四兩句，其三四兩句又同仄起之一二兩句，適顚倒之以成一週期。

頷聯與頸聯，須兩句各自爲對，起聯尾聯不必對，七律同。

第四節　七律詩式

(1)正格——平起

平平仄仄仄平平(韻)　仄仄平平仄仄平(韻)
仄仄平平平仄仄　平平仄仄仄平平(韻)
平平仄仄平平仄　仄仄平平仄仄平(韻)
仄仄平平平仄仄　平平仄仄仄平平(韻)

(2)偏格——仄起

仄仄平平仄仄平(韻)　平平仄仄仄平平(韻)
平平仄仄平平仄　仄仄平平仄仄平(韻)
仄仄平平平仄仄　平平仄仄仄平平(韻)
平平仄仄平平仄　仄仄平平仄仄平(韻)

七律以首句押韻爲正格，落韻爲變體。因此兩週期之首句微有不同，實則爲押韻故，僅將句中第五字與第七字對調耳。所以七律的程式，應以後一週期爲準。其他關係，與五律同。

又同一週期中，將第二句的第五第七兩字對調，卽成第三句；又將第一句的第五第七兩字對調，卽成第四句。又因週期的複疊，故一四兩句卽同五八兩句，二三兩句卽同六七兩句，全首八句中只有兩句是不同的。故我們只要記任何一式的兩句已足。——其實只要記任何一式的一句，因爲一二兩句的平仄，恰完全相反故也。絕詩同。

又一句中的平仄，極爲簡單，不過「相間」「疊用」而已。首二字平平，卽爲平起；仄仄卽仄起。若句末一字平仄不合，五言可與第三字對調，七言與第五字對調卽得。

如此分析之後，連一句死的程式都不必記，只要記得幾個原則，如：五律以仄起爲正格，七律反是；七律首句又須押韻，落韻爲變體等等好了。所有格式都可依原則隨時編排出來。排律同律詩，惟多加週期而已，不備格。

第五節 五絕詩式

(1)平起順黏格

平平仄仄平(韻) 仄仄仄平平(韻)

仄仄平平仄 平平仄仄平(韻)

(2)仄起順黏格

仄仄仄平平(韻)　平平仄仄平(韻)

平平平仄仄　仄仄仄平平(韻)

(3)平起偏格

平平平仄仄　仄仄仄平平(韻)

仄仄平平仄　平平仄仄平(韻)

(4)仄起偏格

仄仄平平仄　平平仄仄平(韻)

平平平仄仄　仄仄仄平平(韻)

第六節　七絕詩式

(1)平起順黏格

平平仄仄仄平平(韻)　仄仄平平仄仄平(韻)

仄仄平平平仄仄　平平仄仄仄平平(韻)

(2)仄起順黏格

仄仄平平仄仄平(韻)　平平仄仄仄平平(韻)

平平仄仄平平仄　仄仄平平仄仄平(韻)

(3)平起偏格

平平仄仄平平仄　仄仄平平仄仄平(韻)

仄仄平平平仄仄　平平仄仄仄平平(韻)

(4)仄起偏格

仄仄平平平仄仄　平平仄仄仄平平(韻)

平平仄仄平平仄　仄仄平平仄仄平(韻)

順黏格猶正格，起句卽押韻。

押仄韻的五七絕，作者甚少，非絕句正格，不備格。

近體詩例用平韻，故句末用平必押韻，非押韻處必用仄。

俗有一三五不論，二四六分明之說。言七言中第一第三第五字之平仄可寬假，其二四六三字則不可不合；在五言中應爲一三不論，二四分明，但七言之第五字與五言之第三字爲近體詩聲調重要處所，不可輕易也。卽第一字與七言之第三字，有時亦不可假借，否則卽成拗句，須視以下各字之平仄而酌定之。

近體詩中有拗體者，有一句拗有二三句拗……有全拗者，其式頗多，以非近體之正格，不備格。

第七節　五七言古詩平仄論

古詩之格式，自來罕有定之者，蓋句中若干字之平仄，雖有一定之法度可尋，然難能著爲成法，以周內千古詩家也。尤其是七古，其句法章法千變萬化，往往莫測端倪。卽以唐代而論，初唐古體，猶是六朝風格；盛唐自少陵崛起，創爲蒼勁之句調，由是古詩之聲律一變；然其時王、孟、高、岑諸家，猶未盡脫初唐聲響。中唐之昌黎，最爲拗強，其橫絕一世之生硬句調，直是前無古人，全平全仄之句，比比然也。與之同調者，有柳州、東野、長江、昌谷諸家。其同時之元、白，則務爲圓熟流轉之調，又別成一派者也。晚唐風調又變，每以律句作古體，此其詩格之卑也。有故：

然竊有疑焉：何以律句之格調，如此之嚴整？而古體之變化無定，又若是其甚歟？曰、是亦

1. 律句之篇章有限制，通常爲四韻，多則六韻、八韻之排律——排律有多至一二百韻者，乃多加週期，與篇章之長短無關，惟將週期一再重疊而已。猶坫墁者築三尺之雞塒與千仞之宮牆，其材料同此甎甓一物，少墚則低僅三尺，多砌則高及千仞。古體則不然，少則二韻，多則數十百韻；有時似有週期，有時全無週期。在七古中更雜有三、四、五、六言及九言以上之長句，其句數或奇或偶，隨意變化，不可捉摸，以此著譜，不其難哉？

2. 唐代以詩賦取士——詩用律詩，律詩既成爲科試中物，其格律之嚴整而不容稍有軼出，自不待言。五言六韻或八韻，遂爲後世科場中之定式。古體未經此種桎梏，故縱橫馳騁，不可羈勒。欲定一普遍而有規律之法式以準繩之，殊不易得也。

然則古體果絕無格律乎？曰，是又未也。翁覃溪云『古詩平仄無一定，而實有至定者。』至定者何？

王漁洋古詩平仄論云：（祗論七言，未及五言。）

七言古自有平仄，若平韻到底者，斷不可雜以律句。其要在第五字必平；第五字既平，第四字又必仄；第四第五字平仄既合，第二字可平可仄，然不如平之諧也，古人多用平。

至其出句，（出句卽奇句，偶句稱落句。上段所云，皆落句之平仄。）第五字多用仄，如間有用平者則第六字多仄至出句之第二字，又多用平。

總之出句第二字平，第五字仄，其餘四仄五仄亦諧。

落句第五字平，第四字仄，上有三仄、四仄，亦皆古句正式。

古大家亦有別律句者，然出句終以二五爲憑，落句終以三平爲式。間有雜律句者，行乎不得不行，究亦小疵也。

若仄韻到底，間似律句無妨；以用仄韻，半非近體，其平仄抑揚，多以第二字第五字爲關捩。

若換韻者，已非近體，用律句無妨。大約首、尾、腰、腹，須銖兩勻稱爲正。

今將漁洋所論平仄各節，演爲一圖如下：

七言古體、平韻到底、主要平仄圖

出句

落句

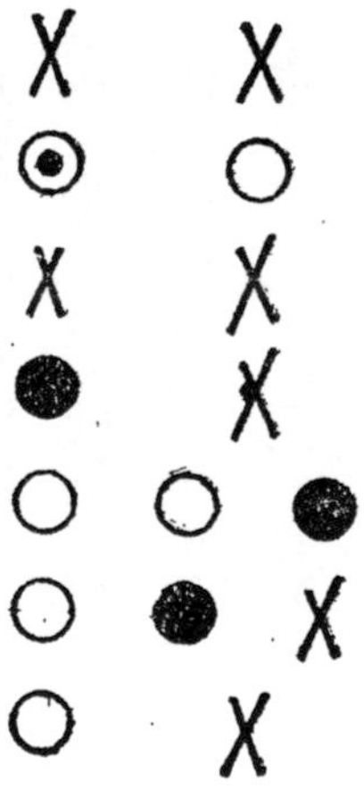

（○ 平 ● 仄 ◉ 可平可仄 ╳ 未言平仄）

翁覃溪謂漁洋所云落句第三字古人多用平之語失實，故圖中采漁洋可平可仄說表之。

趙秋谷聲調譜云：

前譜　五言古詩

間以律句，卽以古句救之。（案趙譜無此二語，翁氏著錄之譜有之。）總之兩句一聯，斷不得與律詩相亂也。

後譜　五言古詩

無一聯是律者，平韻古體，以此爲式。（案此指岑參與高適薛據同登慈恩寺塔詩）

平平仄平仄，爲拗律句，乃仄韻古詩下句正調也。

七言古詩

此篇各種句法俱備，（案此指韓愈陸渾山火和皇甫湜用其韻詩）然中有數句，雖是古體，止可用於柏梁，至於尋常古詩，斷不可用。轉韻尤不可用，用之則失調，當細辨之。如仄仄平平平平平，仄仄仄平平平平平是也。又如平平平平仄平平，亦當酌用之，轉韻中不宜，以其乖於音節耳。

聲調譜中關於古體詩聲調之原則方面者，略盡於此矣。其他多句中夾注，乃瑣碎之評論，不甚與原則相關，故不錄，亦不勝錄也。

今將趙譜所云平韻古體（五古）以此爲式之岑詩，單錄其平仄，與律句之平仄比較研究之，以明古近體之分。

岑參與高適薛據同登慈恩寺塔詩平仄圖

出句

1	3	5	7	9	11	13	15	17	19	21
●	○	●	●	●	○	○	○	●	●	●
●	○	●	●	○	○	○	●	○	●	○
○	●	●	●	●	●	●	○	●	●	●
●	●	○	●	○	○	○	○	○	●	○
●	●	○	●	●	○	●	○	●	●	●

落句

2	4	6	8	10	12	14	16	18	20	22
○	●	○	●	●	○	○	○	●	●	●
○	●	○	○	○	●	●	○	●	○	●
●	○	○	○	○	○	○	●	○	●	○
○	○	●	○	○	○	○	○	○	●	○
○	○	○	○	○	○	○	○	○	○	○

漁洋云：『出句第二字平，第五字必仄。』七古之第五字，相當於五古之第三字；（秋谷云：『七言不過於五言上加平平、仄仄耳，拗處總在五六字上，七言之五六字，卽五言之三四字。』）七古之第二字，五古無，今以岑詩觀之，出句中第三字用仄者，凡十一分之九，與王說合。

漁洋又云：『落句第五字必平，第四字必仄。』又云：『落句終以三平爲式。』覃溪亦云：『漁洋先生論五七言詩，大約以對句（卽落句）末三字疊峙三平，以見蒼勁，是固然已。』案岑詩十一句中，末三字用三平者，凡七句，第三字（卽七古之第五字）用平者，凡八，與王說亦合。惟第二字用仄者，僅五句，似與王說不符，但王氏指七古而言，其平仄論中所舉歐陽永叔啼鳥一詩，合者固十之八九也。

若以王說之平仄與律詩比較之，（見本章第三第四兩節）乃知五言律出句之第三字，不論平起仄起，盡用平聲；七律之第五字，則三平一仄，（七律起句因押韻故，其末一字與第五字對調，本亦平也。說見第四節）王氏所論古詩平仄，與律詩完全相反。

再閱五七律詩式中所列出句之平仄，除末一字當然用仄，及七律起句因押韻而將五七兩字對調不計外，其他各字，莫不一平一仄，（各句橫列看去）獨五律之第三字與七律之第五字，全用平聲，此乃律詩聲調之重要處，而古體詩於此偏用仄聲，以拗強爲和諧，此古體之所以爲古體而不同於律句者一也。

又五律落句之第三字與七律落句之第五字，全用仄聲，此亦律詩聲調之重要處，而古體詩於此偏用平聲，其上一字又必用仄以再拗強之。案五律詩式中落句之平仄，名爲八句，實祗仄仄仄平平，平平仄仄平二式，若將仄仄仄平平句之第三字易以平，即成末三平之式，已合古體之句法，可勿論。若將平平仄仄平句之第三字易以平，則成平平平仄平，並不拗強，故必將其前一字再易爲仄，以拗救之，如此成爲平仄平仄平，乃拗強矣。再閱七律之落句，亦祗平平仄仄仄平平，仄仄平平仄仄平二式（即五律之前加平平、仄仄，說見前）若將第三字易爲平，一成平平仄仄平平平之三平調，一成仄仄平平平仄平之句，再易第四字爲仄，乃成仄仄平仄平仄平之拗句，合乎古體之聲調矣。以拗強爲和諧，此古體之所以爲古體而不同於律體者二也。

又趙秋谷云：『若平仄平仄仄，則古詩句矣。』（案此指首句）又云：『平平仄平仄，爲拗律句，乃仄韻古詩下句之正調也。』細繹此二句及前段中所指爲拗句者，其拗何在？曰在第二字與第四字上。蓋五律之二四兩字與七律之四六兩字，須一平一仄，如此方和諧，若兩平兩仄乃拗。（參閱下節五七古詩式，每一式四句中，必有兩平兩仄之句一句或兩句；而五古拗體式中凡八句盡作此式，在五七律詩式中一句也無。）上列各句之所以拗者在此。試將其中二四或四六兩字中之任何一字易之，使成一平一仄，則必和諧如律句矣。此又古律體之判也。他若全平、全仄以及四平、四仄之句，與夫王氏所云：『若平韻到底者，斷不可雜以律句。』（因一雜律句，更近於排律聲調也。他體何以可雜律句？曰仄韻到底與換韻體之詩，已非近體，故間用律句無妨。亦王氏說，見前。）又聲調譜中所稱拗律句，別律句，間有律句，即以古句救之云云，無一不使與律句異，以成其拗強之聲調，以拗強爲和諧，此古體之所以爲古體而不同於律句者三也。

然則古體固拗強而不和諧乎？曰否否！古體自有其和諧之音節。聚若干拗強不一之句，間以不拗者，而善爲搭配之，使之縱橫取協，奇正交錯，以成古詩之特有聲調，其不和諧者，正成其和諧也。譬如詞中瑞龍吟、憶舊遊、淒涼犯諸調，頗入拗句，初讀之，每格格不上口，讀之稍久，轉覺非此不諧。以曲喻之，律句似南曲，主柔媚；古體似北曲，主剛勁。北曲中多用乙凡二半音及其繁急之音節，聽之何嘗不諧？苟采一二句雜南曲中，未有不揜耳却走者。個中消息，有未易爲口舌筆墨所可宣達者也。

總括上述各段得一拗句之法則如下：

1. 全平全仄者拗。
2. 疊用六平六仄者拗。
3. 疊用五平五仄者拗。
4. 疊用四平四仄者拗。
5. 句末疊用三平者拗。
6. 七言末疊用三仄，上又疊用三平者拗。
7. 五言末疊用三仄，上不用二平者拗。（趙譜論五律云：下有三仄，上必有二平。）
8. 五言之二四兩字與七言之四六兩字成二平二仄者拗。
9. 七言之二四兩字成二平二仄者拗。
10. 七言之二六兩字成一平一仄者拗。

第八節　五七言古詩式

王漁洋爲詩律最有研究的人，其律詩定體、漁洋詩話、然燈紀聞、師友詩傳錄、續錄、古詩平仄論中，論格律之處頗多，惟不著圖，多錄舉古人成作，即於其旁注。•（即平仄之標識）以爲式。其甥趙秋谷以古詩聲調請教於漁洋不得，乃憤而作聲調譜，厥體與漁洋古詩平仄論相若，亦無圖表。其後翟儀仲翁覃溪諸氏，雖有著作，然皆祖述王、趙，或稍有駁正。逮董研樵聲調四譜圖說出，而後於古體有圖表可憑。惟古體詩變化萬千，圖表所示，亦僅一大概之原則，若以之與古人成作逐一相較，恐千百篇中難得一完全符合者，近體尚然，況古體乎。

五言古詩

平韻平起式（原用黑白圈圖）

平平仄平仄　仄仄平平平（韻）
仄仄仄平仄　平平平仄平（韻）

平韻仄起式

仄仄仄平仄　平平平仄平（韻）
平平仄平仄　仄仄平平平（韻）

仄韻平起式

平平仄仄仄　仄仄平平仄（韻）

仄仄平平平　平平仄平仄(韻)

又一式

仄仄平平仄　平平仄平仄(韻)

平平平仄平　仄仄仄平仄(韻)

仄韻仄起式

仄仄平平平　平平仄平仄(韻)

平平仄仄仄　仄仄平平仄(韻)

又一式

仄仄平平仄　平平仄平仄(韻)

平平平仄平　仄仄仄平仄(韻)

平韻拗體式

仄平平平仄　平仄仄平仄平仄平(韻)

仄仄平仄仄　仄平平仄平平(韻)

仄韻拗體式

平平仄平平仄　仄仄平仄仄（韻）
平仄仄仄仄平　仄平平平仄（韻）

七言古詩

平韻平起式

平平仄仄平平平　仄仄平平平仄平（韻）
仄仄平平仄平仄　平平仄仄平平平（韻）

平韻仄起式

仄仄平平平仄平　平平仄仄平平平（韻）
平平仄仄仄平仄　仄仄平平平仄平（韻）

平韻平起拗體式

平平仄仄仄仄平　仄仄仄仄平平平（韻）
仄仄平仄平平仄　平平仄平平仄平（韻）

平韻仄起拗體式

仄仄仄仄平平平　平平仄仄平平平（韻）

平平仄仄仄仄仄　仄仄仄仄平平平(韻)

仄韻平起式

平平仄仄仄平仄　仄仄平平仄平仄(韻)

仄仄仄平平仄平　平平仄仄平平仄(韻)

仄韻仄起式

仄仄平平仄平仄　平平仄仄平平仄(韻)

平平仄仄平平平　仄仄平平仄平仄(韻)

仄韻平起拗體式

平平仄仄仄仄仄　仄仄仄仄平平仄(韻)

仄仄平平平仄平　平平仄仄仄平仄(韻)

仄韻仄起拗體式

仄仄仄仄平平仄　平平仄仄仄仄仄(韻)

平平仄仄仄仄平　仄仄平仄平平仄(韻)

平韻拗黏式（第三句之第二第四字，與第二句之第二第四字成二平二仄者爲黏，一平一仄者爲拗黏。）

平平仄仄平仄仄　仄仄平仄平平平（韻）

平平仄仄仄仄仄　仄仄仄仄平平平（韻）

仄韻拗黏式

平平仄仄平平仄　仄仄平平仄平仄（韻）

平平仄仄平平平　仄仄平仄平平仄（韻）

句句用韻式

平平仄仄平平平（韻）　仄仄平平平仄平（韻）

仄仄仄平仄仄平（韻）　平平仄仄仄仄平（韻）

平平仄平仄仄平（韻）　仄仄仄仄平平平（韻）

仄仄平仄仄仄平（韻）　平平仄平平仄平（韻）

董氏圖譜中有譜無圖者尚多，以不重要，均不備錄。然以近體詩式較之，已不啻倍蓰矣。因古體變化多，不若近體之簡單也。

第四章 詩的演進

第一節 兩漢的詩

兩漢歷四百餘年，而流傳下來的詩很少。並且找不出一位作詩的專家，不要說李、杜，不要說陶、謝，像黃初諸子都舉不出一個，這眞是件怪事！何以兩漢的詩這樣的少，而又沒有偉大的詩人呢？大概有兩個原因：

(1) 經學的專精　秦皇一炬，經籍散亡；字體又經了兩度的變更，雖有古籍，識讀者少。漢武崇獎儒術，置五經博士之官，所以兩漢的文人，很多窮研經術，把這件事當爲專業的。

(2) 辭賦的發達　漢武也很獎掖文學詞章之士，若枚乘、司馬相如等，都很被看重。因枚乘年老，以安車蒲輪去徵召他；司馬相如尙有千金賣賦的故事，可見當時對於辭賦的貴重。鍾嶸詩品說：『自王揚枚馬之徒，詞賦競爽，而吟詠靡聞。』既於詞賦十分崇尙，作詩的自然很少。

兩漢的詩，雖似那樣消沈，樂府則頗爲發達。這兩者的隆替，於詩樂的分離，實有密切的關係。

漢武又設立樂府，採詩夜誦，以李延年爲協律都尉，多舉司馬相如等造爲詩賦，作十九章之歌。所謂樂府，卽掌樂的官署。後人竟把這類的歌辭統稱之爲樂府，與原義已不甚相符。漢樂府篇名之可考者，幾三百曲，存者約百曲。其中郊祀歌等純爲貴族文學；大部分則出自民間，是很可寶貴的。

綜觀兩漢詩歌：開國之初，多屬楚聲；入後樂府歌辭很盛；其末葉五七言詩始漸次興起

垓下歌　項籍

力拔山兮氣蓋世，時不利兮騅不逝。騅不逝兮可奈何？虞兮虞兮奈若何？

秋風辭　劉徹

秋風起兮白雲飛，草木黃落兮雁南歸。蘭有秀兮菊有芳，懷佳人兮不能忘。汎樓船兮濟汾河，橫中流兮揚素波。簫鼓鳴兮發櫂歌，懽樂極兮哀情多。少壯幾時兮奈老何！

悲愁歌　烏孫公主

吾家嫁我兮天一方，遠托異國兮烏孫王。穹廬爲室兮氈爲牆，以肉爲食兮酪爲漿。居常土思兮心內傷，願爲黃鵠兮歸故鄉！

別妻　蘇武

結髮爲夫妻，恩愛兩不疑。歡娛在今夕，燕婉及良時。征夫懷往路，起視夜何其。參辰皆已沒，去去從此辭。
行役在戰場，相見未有期。握手一長歎，淚爲生別滋。努力愛春華，莫忘歡樂時。生當復來歸，死當長相思。

與蘇武詩　李陵

良時不再至，離別在須臾。屏營衢路側，執手野踟躕。仰視浮雲馳，奄忽互相踰。風波一失所，各在天一隅。
長當從此別，且復立斯須！欲因晨風發，送子以賤軀。

佳人歌　李延年

北方有佳人，絕世而獨立。一顧傾人城，再顧傾人國。寧不知傾城與傾國！佳人難再得。

四愁詩　張衡

我所思兮在太山，欲往從之梁父艱，側身東望涕霑翰。美人贈我金錯刀，何以報之英瓊瑤。路遠莫致倚
逍遙，何爲懷憂心煩勞？
我所思兮在桂林，欲往從之湘水深，側身南望涕沾襟。美人贈我金琅玕，何以報之雙玉盤。路遠莫致倚
惆悵，何爲懷憂心煩傷？
我所思兮在漢陽，欲往從之隴阪長，側身西望涕沾裳。美人贈我貂襜褕，何以報之明月珠。路遠莫致倚

踟躕，何爲懷憂心煩紆？

我所思兮在雁門，欲往從之雪雰雰，側身北望涕霑巾。美人贈我錦繡段，何以報之青玉案。路遠莫致倚增歎，何爲懷憂心煩惋！

古詩十九首（錄十首）

行行重行行，與君生別離。相去萬餘里，各在天一涯。道路阻且長，會面安可知。胡馬依北風，越鳥巢南枝。相去日已遠，衣帶日已緩。浮雲蔽白日，遊子不顧返。思君令人老，歲月忽已晚。棄捐勿復道，努力加餐飯！

青青河畔草，鬱鬱園中柳。盈盈樓上女，皎皎當窗牖；娥娥紅粉妝，纖纖出素手。昔爲倡家女，今爲蕩子婦。蕩子行不歸，空牀難獨守。

西北有高樓，上與浮雲齊。交疏結綺窗，阿閣三重階。上有絃歌聲，音響一何悲？誰能爲此曲，無乃杞梁妻？清商隨風發，中曲正徘徊。一彈再三歎，慷慨有餘哀。不惜歌者苦，但傷知音稀。願爲雙鳴鶴，奮翅起高飛！

涉江采芙蓉，蘭澤多芳草。采之欲遺誰！所思在遠道。還顧望舊鄉，長路漫浩浩。同心而離居，憂傷以終老！

冉冉生孤竹，結根泰山阿。與君爲新婚，兔絲附女蘿。兔絲生有時，夫婦會有宜。千里遠結婚，悠悠隔山陂。思君令人老，軒車來何遲？傷彼蕙蘭花，含英揚光輝。過時而不采，將隨秋草萎。君亮執高節，賤妾亦何爲。

庭中有奇樹，綠葉發華滋。攀條執其榮，將以遺所思。馨香盈懷袖，路遠莫致之。此物何足貴？但感別經時。

迢迢牽牛星，皎皎河漢女。纖纖擢素手，札札弄機杼。終日不成章，泣涕零如雨。河漢清且淺，相去復幾許？盈盈一水間，脈脈不得語！

驅車上東門，遙望郭北墓。白楊何蕭蕭？松柏夾廣路。下有陳死人，杳杳即長暮。潛寐黃泉下，千載永不寤。浩浩陰陽移，年命如朝露。人生忽如寄，壽無金石固。萬歲更相送，賢聖莫能度。服食求神仙，多爲藥所誤。不如飲美酒，被服紈與素。

去者日已疏，來者日已親。出郭門直視，但見丘與墳。古墓犂爲田，松柏摧爲薪。白楊多悲風，蕭蕭愁殺人。思還故里閭，欲歸道無因。

生年不滿百，常懷千歲憂。晝短苦夜長，何不秉燭遊？爲樂當及時，何能待來茲？愚者愛惜費，但爲後世嗤。仙人王子喬，難可與等期。

古詩

上山采蘼蕪，下山逢故夫。長跪問故夫，新人復何如。新人雖言好，未若故人姝。顏色類相似，手爪不相如。新人從門入，故人從閤去。新人工織縑，故人工織素。織縑日一匹，織素五丈餘。將縑來比素，新人不如故。

盤中詩　　蘇伯玉妻

山樹高，鳥鳴悲。泉水深，鯉魚肥。空倉雀，常苦飢。吏人婦，會夫希。出門望，見白衣。謂當是，而更非。還入門，中心悲。北上堂，西入階。急機絞，杼聲催。長歎息，當語誰？君有行，妾念之。出有日，還無期。結巾帶，長相思。君忘妾，未知之。妾忘君，罪當治。妾有行，宜知之。黃者金，白者玉。高者山，下者谷。姓者蘇，字伯玉。人才多，知謀足。家居長安身在蜀，何惜馬蹄歸不數？羊肉千斤酒百斛，令君馬肥麥與粟。今時人，知四足。與其書，不能讀。當從中央周四角。

悲憤詩　　蔡琰

漢季失權柄，董卓亂天常。志欲圖篡弑，先害諸賢良。逼迫遷舊邦，擁王以自强。海內興義師，欲共討不祥。卓衆來東下，金甲耀日光。平土人脆弱，來兵皆胡羌。獵野圍城邑，所向悉破亡。斬截無孑遺，尸骸相牚拒。馬邊縣男頭，馬後載婦女。長驅西入關，迥路險且阻。還顧邈冥冥，肝脾爲爛腐。所略有萬計，不得令屯聚。或有骨肉俱，欲言不敢語。失意機微間，輒言斃降虜。要當以亭刃，我曹不活汝。豈敢惜性命，不堪其詈罵。或便加捶杖，毒痛參并下。旦則號泣行，夜則悲吟坐。欲死不能得，欲生無一可。彼蒼者何辜，乃遭此厄禍？邊荒與華異，人俗少義理。處所多霜雪，胡風春夏起。翩翩吹我衣，肅肅入我耳。感時念父母，哀歎無終已。有客從外來，聞之常歡喜。迎問其消息，輒復非鄉里。邂逅徼時願，骨肉來迎己。己得自解免，當復棄兒子。天屬綴人心，念別無會期。存亡永乖隔，不忍與之辭。兒前抱我頸，問母欲何之？人言母當去，豈復有還時！阿母常仁惻，今何更不慈？我尚未成人，奈何不顧思。見此崩五內，恍惚生狂癡！號呼手撫摩，當發復回疑。

兼有同時輩，相送告別離。慕我獨得歸，哀叫聲摧裂。能爲立踟躕，車爲不轉轍。觀者皆歔欷，行路亦嗚咽。
去去割情戀，遄征日遐邁。悠悠三千里，何時復交會？念我出腹子，胸臆爲摧敗！既至家人盡，又復無中外。
城郭爲山林，庭宇生荊艾。白骨不知誰？從橫莫覆蓋。出門無人聲，豺狼嗥且吠。煢煢對孤景，怛咤靡肝肺。
登高遠眺望，魂神忽飛逝。奄若壽命盡，傍人相寬大。爲復強視息，雖生何聊賴？託命於新人，竭心自勗勵。
流離成鄙賤，常恐復捐廢。人生幾何時？懷憂終年歲。

第二節　魏晉南北朝的詩

魏晉南北朝，爲五言古詩極盛時代。建安七子，並爲魏臣；曹氏父子，執當時牛耳；子建尤才高八斗，領袖騷壇。

兩晉崇尙老莊，玄風很盛。其文學約可分爲四時期：

(1)正始時期　此期以竹林七賢爲代表，嵇康、阮籍爲個中巨擘。

(2)太康時期　太康文學爲晉代極盛時期，二陸、三張、兩潘、一左，爲此期代表。陸機、潘岳，尤負盛名。

(3)永嘉時期　其時洛都淪陷，國勢淩夷。郭璞、劉琨，丁此時會，故其詩感傷憤激，慨然有渡江擊楫之思。景純之遊仙，允爲詩中別調。

(4)義熙時期　義熙文學，陶、謝並稱，淵明之詩，多歌詠田園，沖和恬澹，爲千古一大詩人；靈運之詩，多贊美山林，而逸蕩高博，自是一時豪士。

南朝文學，溯自元嘉，其時謝靈運猶還健在，與顏延年並稱顏謝。此外有俊逸之鮑參軍，是皆劉宋之雄。

齊梁之間，有所謂永明體者，沈約、謝朓爲之冠。其時聲律之講求益密，詩體乃突起變化；唐人近體，權輿於是。

梁武長於文事，與沈謝等同爲竟陵八友；文帝元帝，尤崇尙浮華，好爲輕豔；江左風流，於斯爲盛。

陳隋享國日淺，文士較少，孝穆、子山，並一時瑜亮，孝穆爲蕭梁舊臣，子山則留周不返。其主上亦酷好文藝，後主、煬帝，並擅文詞，然淫靡綺豔，自是亡國之音。

北朝文學，遠遜南方；元魏時代，文風尤替。之推、令綽，並爲齊周之雄，然皆長於文筆，非風騷之士。王褒、庾信，獨贍博清新，最爲傑出，然皆南朝人物，不得已而被留在北方的。即顏之推又何嘗不是南人北去的呢？

魏晉南北朝的樂府，更盛極一時。文人所擬的漢樂府和自創的新辭，固然不少，民間的清商曲更爲絢爛。自永嘉渡江以後，下及梁陳，吳聲歌曲，蕃衍江左。子夜、懊儂、前溪、讀曲等，都是民間的戀歌，流轉輕柔，情辭䏝摯，於歌曲中別具一種風調。現存者不下三百曲，其中很有不朽的佳構。

雜詩　曹丕

西北有浮雲，亭亭如車蓋。惜哉時不遇，適與飄風會。吹我時南行，行行至吳會。吳會非我鄉，安得久留滯？
棄置勿復陳，客子常畏人。

美女篇　曹植

美女妖且閑，採桑歧路間。柔條紛冉冉，落葉何翩翩。攘袖見素手，皓腕約金環。頭上金爵釵，腰佩翠琅玕。
明珠交玉體，珊瑚間木難。羅衣何飄飄？輕裾隨風還。顧盼遺光彩，長嘯氣若蘭。行使用息駕，休者以忘餐。
借問女安在？乃在城南端。青樓臨大路，高門結重關。容華耀朝月，誰不希令顏。媒氏何所營？玉帛不時安。
佳人慕高義，求賢良獨難。衆人徒嗷嗷，安知被所觀。盛年處房室，中夜起長歎！

贈白馬王彪　曹植

心悲動我神，棄置莫復陳！丈夫志四海，萬里猶比隣。恩愛苟不虧，在遠分日親。何必同衾幬，然後展殷勤！

憂思成疾疢，無乃兒女仁。倉卒骨肉情，能不懷苦辛？

七哀詩　　　　　　　　　　　　　　　　　　王粲

西京亂無象，豺虎方遘患。復棄中國去，委身適荆蠻。親戚對我悲，朋友相追攀。出門無所見，白骨蔽平原。路有饑婦人，抱子棄草間。顧聞號泣聲，揮涕獨不還。未知身死處，何能兩相完！驅馬棄之去，不忍聽此言。南登霸陵岸，回首望長安。悟彼泉下人，喟然傷心肝！

飲馬長城窟行　　　　　　　　　　　　　　　　陳琳

飲馬長城窟，水寒傷馬骨。往謂長城吏，愼莫稽留太原卒！官作自有程，舉築諧汝聲。男兒寧當格鬬死，何能怫鬱築長城？長城何連連，連連三千里。邊城多健少，內舍多寡婦。作書與內舍，便嫁莫留住！善待新姑嫜，時時念我故夫子！報書往邊地，君今出語一何鄙！身在禍難中，何爲稽留他家子？生男愼莫舉，生女哺用脯。君獨不見長城下！死人骸骨相撐拄。結髮行事君，慊慊心意間。明知邊地苦，賤妾何能久自全？

以上魏詩

詠懷　　　　　　　　　　　　　　　　　　　阮籍

昔年十四五，志尚好詩書。被褐懷珠玉，顏閔相與期。開軒臨四野，登高望所思。丘墓被山岡，萬代同一時。千秋萬歲後，榮名安所之？乃悟羨門子，噭噭今自嗤。

獨坐空堂上，誰可與歡者？出門臨永路，不見行車馬。登高望九州，悠悠分曠野。孤鳥西北飛，離獸東南下。日暮思親友，晤言用自寫。

駕言發魏都，南向望吹臺。歌舞曲未終，秦兵已復來。夾林非吾有，朱宮生塵埃。軍敗華陽下，身竟爲土灰。

贈秀才入軍　嵇康

息徒蘭圃，秣馬華山。流磻平皋，垂綸長川。目送歸鴻，手揮五絃。俯仰自得，游心太玄。嘉彼釣叟，得魚忘筌。郢人逝矣，誰與盡言？

短歌行　陸機

置酒高堂，悲歌臨觴。人壽幾何？逝如朝霜。時無重至，華不再揚。蘋以春暉，蘭以秋芳。來日苦短，去日苦長。今我不樂，蟋蟀在房。樂以會興，悲以別章。豈曰無感，憂爲子忘。我酒既旨，我肴既臧。短歌有詠，長夜無荒。

詠史（錄二首）　左思

鬱鬱澗底松，離離山上苗。以彼徑寸莖，蔭此百尺條。世冑躡高位，英俊沈下僚。地勢使之然，由來非一朝。金張藉舊業，七葉珥漢貂。馮公豈不偉？白首不見招。

主父宦不達，骨肉還相薄。買臣困樵採，伉儷不安宅。陳平無產業，歸來翳負郭。長卿還成都，壁立何寥廓。四賢豈不偉？遺烈光篇籍。當其未遇時，憂在塡溝壑。英雄有迍邅，由來自古昔。何世無奇才？遺之在草澤。

遊仙詩　郭璞

京華遊俠窟，山林隱遯棲。朱門何足榮？未若託蓬萊。臨源挹清波，陵岡掇丹荑。靈谿可潛盤，安事登雲梯？
漆園有傲吏，萊氏有逸妻。進則保龍見，退爲觸藩羝。高蹈風塵外，長揖謝夷齊。
青溪千餘仞，中有一道士。雲生梁棟間，風出窗戶裏。借問此何誰？云是鬼谷子。翹迹企潁陽，臨河思洗耳。
閶闔西南來，潛波渙鱗起。靈妃顧我笑，粲然啓玉齒。蹇修時不存，要之將誰使？

移居　陶潛

昔欲居南村，非爲卜其宅。聞多素心人，樂與數晨夕。懷此頗有年，今日從茲役。弊廬何必廣，取足蔽牀席。
鄰曲時時來，抗言談在昔。奇文共欣賞，疑義相與析。
春秋多佳日，登高賦新詩。過門更相呼，有酒斟酌之。農務各自歸，閑暇輒相思。相思則披衣，言笑無厭時。
此理將不勝，無爲忽去茲。衣食當須紀，力耕不吾欺。

飲酒　陶潛

結廬在人境，而無車馬喧。問君何能爾？心遠地自偏。采菊東籬下，悠然見南山。山氣日夕佳，飛鳥相與還。
此中有眞味，欲辨已忘言。
秋菊有佳色，裛露掇其英。泛此忘憂物，遺我遠世情。一觴雖獨進，杯盡壺自傾。日入羣動息，歸鳥趨林鳴。

嘯傲東軒下，聊復得此生。

故人賞我趣，挈壺相與至。班荊坐松下，數斟已復醉。父老雜亂言，觴酌失行次。不覺知有我，安知物爲貴。悠悠迷所留，酒中有深味。

以上晉詩

夜宿石門詩　謝靈運

朝搴苑中蘭，畏彼霜下歇。暝還雲際宿，弄此石上月。鳥鳴識夜棲，木落知風發。異音同至聽，殊響俱清越。妙物莫爲賞，芳醑誰與伐。美人竟不來，陽阿徒晞髮。

擬行路難　鮑照

瀉水置平地，各自東西南北流。人生亦有命，安能行歎復坐愁？酌酒以自寬，舉杯斷絕歌路難。心非木石豈無感，吞聲躑躅不敢言。

對案不能食，拔劍擊柱長歎息。丈夫生世會幾時？安能蹀蹀垂羽翼？棄置罷官去，還家自休息。朝出與親辭，暮還在親側。弄兒牀前戲，看婦機中織。自古聖賢盡貧賤，何況我輩孤且直！

中庭五株桃，一株先作花。陽春妖冶二三月，從風簸蕩落西家。西家思婦見悲惋，零淚霑衣撫心歎。初我送君出戶時，何言淹留節迴換。牀席生塵明鏡垢，纖腰瘦削髮蓬亂。人生不得恆稱意，惆悵倚徙至夜半。

梅花落　　鮑照

中庭雜樹多，偏爲梅咨嗟。問君何獨然？念其霜中能作花；霜中能作實，搖蕩春風媚春日。念爾零落逐寒風，徒有霜華無霜質。

和王中丞聞琴　　謝朓

涼風吹月露，圓景動清陰。蕙風入懷抱，聞君此夜琴。蕭瑟滿林聽，輕鳴響澗音。無爲瀞容與，蹉跎江海心。

別范安仁　　沈約

生平年少日，分手易前期。及爾同衰暮，非復別離時。勿言一樽酒，明日難重持。夢中不識路，何以慰相思？

古別離　　江淹

遠與君別者，乃至雁門關。黃雲蔽千里，游子何時還？送君如昨日，簷前露已團。不惜蕙草晚，所悲道里寒。君在天一涯，妾身長別離。願一見顏色，不異瓊樹枝。兎絲及水萍，所寄終不移。

以上南朝

隴上歌　　無名氏

隴上壯士有陳安，軀幹雖小腹中寬。愛養將士同心肝，驪驄文馬鐵鍛鞍。七尺大刀奮如湍，丈八蛇矛左右盤，十盪十決無當前。百騎俱出如雲浮，追者千萬騎悠悠，戰始三交失蛇矛。棄我驪驄竄巖幽，爲我外援而懸頭。西流之水東流河，一去不還奈子何！

楊白花　胡太后

陽春二三月，楊柳齊作花。春風一夜入閨闥，楊花飄蕩落南家？含情出戶脚無力，拾得楊花淚沾臆。春去秋來雙燕子，願銜楊花入窠裏。

敕勒歌　斛律金

敕勒川，陰山下。天似穹廬，籠蓋四野。天蒼蒼，野芒芒，風吹草低見牛羊。

梅花　庾信

當年臘月半，已覺梅花闌。不信今春晚，俱來雪裏看。樹動懸冰落，枝高出手寒。早知覓不見，眞悔著衣單！

重別周尙書　庾信

陽關萬里道，不見一人歸。唯有河邊雁，秋來南向飛。

以上北朝

送別詩　無名氏

楊柳青青著地垂，楊花漫漫攪天飛。柳條折盡花飛盡，借問行人歸不歸？

以上隋詩

第三節　漢魏晉南北朝的樂府

漢後樂府歌辭的采錄，宋郭茂倩所編的樂府詩集爲最完備，他一總分爲十二類：

(1)郊廟歌辭　(2)燕射歌辭　(3)鼓吹曲辭
(4)橫吹曲辭　(5)相和歌辭　(6)淸商曲辭
(7)舞曲歌辭　(8)琴曲歌辭　(9)雜曲歌辭
(10)近代曲辭　(11)雜歌謠舞　(12)新樂府辭

近人陸侃如著樂府古辭考和中國詩史，則將郭氏的分類，稍加删併，並顚倒其次第爲下列八類：

(1)郊廟歌　(2)燕射歌　(3)舞曲　(4)鼓吹曲
(5)橫吹曲　(6)相和歌　(7)淸商曲　(8)雜曲

他的理由是『琴曲本有聲無辭，其辭大都爲後人所假託。雜歌謠及新樂府皆爲雜詩，並不入樂，故當删去。近代曲則與雜曲相同（郭茂倩自己說）』又因舞曲的性質與郊廟歌及燕射歌相近些，所以又移前了。

他又『依其性質合這八類爲三組。郊廟歌、燕射歌及舞曲爲第一組，都是貴族特製的樂府。鼓吹曲及橫吹曲爲第二組，都是外國輸入的樂府。相和歌、淸商曲及雜曲爲第三組，都是民間採來的樂府。』

郊廟歌　祀天地、太廟、明堂、社稷的樂歌；『所以用於郊廟朝廷以接人神之歡者。』

燕射歌　有三類：(1)燕饗樂天子享宴之樂。(2)大射樂大射辟雍之樂。(3)食舉樂天子食飮之樂有宗廟、上陵、殿中御飯、太樂等分別；所奏的樂歌頗有增減。燕射歌中漢魏的古辭均亡，僅存兩晉和南北朝的作品。

鼓吹曲　鼓吹一名短簫鐃歌，軍樂也，建威揚德用之。漢世有黃門鼓吹者，有列於殿庭，有用於從行鹵簿。古今注曰：『漢樂府有黃門鼓吹，天子所以宴樂羣臣也。短簫鐃歌，鼓吹之一章爾。……然則黃門鼓吹，短簫鐃歌與橫吹曲，得通名鼓吹，但所用異耳。』

橫吹曲　樂府詩集云：『橫吹曲其始亦謂之鼓吹，馬上吹之，蓋軍中之樂也。北狄諸國皆馬上作樂，故自漢以來，北狄樂總歸鼓吹署。其後分爲二部：有簫笳者爲鼓吹，用之朝會道路，亦以給賜。……有鼓角者爲橫吹，用之軍中馬上所奏者是也。』據此橫吹卽騎吹，原爲鼓吹之一部，本胡樂，惟不用簫笳而用鼓角。然鐃歌亦名騎吹，兩者的分別，在鐃歌用簫笳，橫吹用鼓角，其器數較鐃歌爲簡易，故橫吹專用於軍中馬上，鐃歌等列於殿庭鹵簿，所謂『得通名鼓吹，但所用異耳。』

相和歌　宋書：『相和，漢舊曲也，絲竹更相和，執節者歌。……世謂之清商三調。』唐書：『平調、清調、瑟調，皆周房中曲之遺聲，漢世謂之三調。又有楚調、側調，楚調者，漢房中樂也，高帝樂楚聲，故房中樂皆楚聲也。側調者，生於楚調，與前三調總謂之相和調。』晉書：『凡樂章古辭之存者，並漢世街陌謳謠。……其後漸被於絃管。』

清商曲　樂府詩集：『清商樂一曰清樂，清樂者九代（似指漢、魏、晉、宋、齊、涼、前秦、後秦、北魏九代）之遺聲，其始卽相和三調是也。並漢魏以來舊曲，……自時以後，南朝文物，號爲最盛，民謠國俗，亦世有新聲。……後魏孝文討淮漢，宣武定壽春，收其聲伎，得江左所傳中原舊曲，……及江南吳歌，荆楚西聲，總謂之清商樂，至於殿庭饗宴，則兼奏之。』

舞曲　載歌載舞之曲，曲之合乎舞者，有雅舞，有雜舞。雅舞郊廟朝饗用之，雜舞始皆出自方俗，後寖陳於殿庭，所以宴饗朝會亦兼奏之。

琴曲　皆琴歌，然亦不一定，如垓下、大風、胡笳十八拍等，都不是琴曲。

雜曲　樂府詩集：『漢魏之世，歌詠雜興，而詩之流乃有八名：曰行、曰引、曰歌、曰謠、曰吟、曰詠，曰怨，曰歎，皆詩人六義之餘也。至其協聲律，播金石，而總謂之曲。』實則什九都是徒詩，並不能協聲律，播金石的，所以算不得樂府。

近代曲　樂府詩集：『近代曲者，亦雜曲也，以其出於隋唐之世，故曰近代曲。』此類當廢，陸氏之言是也。

新歌謠　錄皇古以還的歌謠，自爲一類，因爲都是徒歌，性質雜出，故名也不是樂府。

新樂府　樂府詩集：『新樂府者，皆唐世之新歌也。以其辭實樂府，而未常被於聲，故曰新樂府也。』既『未常被於聲』，便算不得樂府，徒詩徒歌之類耳。

凡不入樂的徒詩、徒歌，擬樂府等，均略見前節詩選中，茲不錄。既稱樂府，自當以曾被管絃者爲限，未可援郭氏樂府詩集之例也。

漢安世房中歌（錄一首）　　漢高祖唐山夫人

大海蕩蕩水所歸，高賢愉愉民初懷。大山崔，百卉殖。民何貴？貴有德。

儀禮：『與四方之賓燕，有房中之樂。』注：『弦歌周南召南，而不用鐘磬之節，謂之房中者，后夫人之所諷誦以事其君子。』照儀禮所說，則房中之樂，似爲燕射歌。依注及歌辭看來，又近於頌，故郭氏列入郊廟歌。歌凡十六章，皆高祖姬唐山夫人作，爲漢房中祠樂。孝惠時改名安世樂。『高祖樂楚聲，故房中樂楚聲也。』

鼓吹曲

漢鼓吹鐃歌（錄二首）

戰城南，死郭北。野死不葬烏可食。為我謂烏，且為客豪。野死諒不葬，腐肉安能去子逃！水深激激，蒲葦冥冥。梟騎戰鬥死，駑馬徘徊鳴。梁築室，何以南？何以北？禾黍不獲君何食？願為忠臣安可得？思子良臣，良臣誠可思。朝行出攻，暮不夜歸。（戰城南）

有所思，乃在大海南。何用問遺君，雙珠瑇瑁簪，用玉紹繚之。聞君有他心，拉雜摧燒之。摧燒之，當風揚其灰；從今以往，勿復相思。相思與君絕，雞鳴狗吠，兄嫂當知之。妃呼豨！秋風肅肅晨風颸，東方須臾高知之。（有所思）

漢鐃歌凡二十二曲，亡其四曲，今存十八曲，此其第六第十二曲也。字多訛誤，且聲辭合寫，不甚可讀。其辭原為民間歌曲，被采入鼓吹中者。詞意率直肫摯，無粉飾誇妄之氣，可愛也。

橫吹曲

隴頭歌

隴頭流水，流離山下。念吾一身，飄然曠野。朝發欣城，暮宿隴頭。寒不能語，舌卷入喉。隴頭流水，鳴聲幽咽。

遙望秦川，心肝斷絕。

木蘭辭

喞喞復喞喞，木蘭當戶織。不聞機杼聲，惟聞女歎息。問女何所思？問女何所憶？女亦無所思，女亦無所憶。昨夜見軍帖，可汗大點兵。軍書十二卷，卷卷有爺名。阿爺無大兒，木蘭無長兄。願爲市鞍馬，從此替爺征。東市買駿馬，西市買鞍韉，南市買轡頭，北市買長鞭。朝辭爺娘去，暮宿黃河邊。不聞爺娘喚女聲，但聞黃河流水鳴濺濺。旦辭黃河去，暮至黑水頭。不聞爺娘喚女聲，但聞燕山胡騎聲啾啾。萬里赴戎機，關山度若飛。朔氣傳金柝，寒光照鐵衣。將軍百戰死，壯士十年歸。歸來見天子，天子坐明堂。策勳十二轉，賞賜百千彊。可汗問所欲，木蘭不用尙書郎。願借明駝千里足，送兒還故鄉。爺娘聞女來，出郭相扶將；阿姊聞妹來，當戶理紅妝；小弟聞姊來，磨刀霍霍向豬羊。開我東閣門，坐我西閣牀，脫我戰時袍，著我舊時裳。當窗理雲鬢，對鏡帖花黃。出門看火伴，火伴始驚惶；同行十二年，不知木蘭是女郎。雄兔脚撲朔，雌兔眼迷離，兩兔傍地走，安能辨我是雄雌？

漢橫吹曲均亡。此梁鼓角橫吹曲也。亦民間樂曲，非廊廟之作，似皆出自北方。

相和歌

相和曲

薤上露，何易晞？露晞明朝更復落，人死一去何時歸？（薤露）

蒿里誰家地？聚斂魂魄無賢愚。鬼伯一何相催促？人命不得少踟躕？（蒿里）

薤露、蒿里，並喪歌也。本出田橫門人，橫自殺，門人傷之，爲作悲歌。漢武時，李延年分爲二曲，薤露送王公貴人，蒿里送士大夫庶人，使挽柩者歌之，亦謂之挽歌，爲現存挽歌之最古者。

日出東南隅，照我秦氏樓。秦氏有好女，自名爲羅敷。羅敷喜蠶桑，採桑城南隅。青絲爲籠係，桂枝爲籠鉤。頭上倭墮髻，耳中明月珠。緗綺爲下裙，紫綺爲上襦。行者見羅敷，下擔捋髭鬚；少年見羅敷，脫帽著帩頭。耕者忘其犂，鋤者忘其鋤。來歸相怨怒，但坐觀羅敷。一解 使君從南來，五馬立踟躕。使君遣吏往，問是誰家姝：秦氏有好女，自名爲羅敷。羅敷年幾何？二十尙不足，十五頗有餘。使君謝羅敷：寧可共載不？羅敷前致詞：使君一何愚！使君自有婦，羅敷自有夫。二解 東方千餘騎，夫壻居上頭。何用識夫壻，白馬從驪駒。青絲繫馬尾，黃金絡馬頭；腰中鹿盧劍，可直千萬餘。十五府小吏，二十朝大夫，三十侍中郎，四十專城居。爲人潔白晳，鬑鬑頗有鬚。盈盈公府步，冉冉府中趨。坐中數千人，皆言夫壻殊。三解（陌上桑）

陌上桑一曰羅敷豔歌行。古今注謂：羅敷邯鄲人，邑人千乘王仁妻。王後爲趙王家令。羅敷出採桑陌上，趙王登臺見而悅之，欲奪焉。羅敷巧彈箏，乃作陌上桑以自明，趙王乃止。此說恐不可靠，以其與古辭中語多有不合。或另有一羅敷，亦未可知。此辭十分生動，與古詩爲焦仲卿妻作有異曲同工之妙，惟篇幅較短，以敍事有繁簡也。

平調曲

青青園中葵，朝露待日晞。陽春布德澤，萬物生光輝。常恐秋節至，焜黃華葉衰。百川東到海，何時復西歸？少壯不努力，老大徒悲傷。（長歌行）

對酒當歌，人生幾何？譬如朝露，去日苦多！慨當以慷，憂思難忘；何以解憂？惟有杜康。青青子衿，悠悠我心。但為君故，沈吟至今。呦呦鹿鳴，食野之苹。我有嘉賓，鼓瑟吹笙。明明如月，何時可掇？憂從中來，不可斷絕！越陌度阡，枉用相存。契闊談讌，心念舊恩。月明星稀，烏鵲南飛，繞樹三匝，何枝可依？山不厭高，水不厭深。周公吐哺，天下歸心。（短歌行曹操作）

秋風蕭瑟天氣涼，草木搖落露為霜。羣燕辭歸雁南翔，念吾客遊思斷腸。慊慊思歸戀故鄉，君何淹留寄他方，賤妾煢煢守空房。憂來思君不敢忘，不覺淚下霑衣裳。援琴鳴絃發清商，短歌微吟不能長。明月皎皎照我床，星漢西流夜未央。牽牛織女遙相望，爾獨何辜限河梁。（燕歌行曹丕作）

清調曲

相逢狹路間，路隘不容車。不知何年少？夾轂問君家。君家誠易知，易知復難忘。黃金為君門，白玉為君堂。堂上置樽酒，作使邯鄲倡。中庭生桂樹，華燈何煌煌？兄弟兩三人，中子為侍郎。五日一來歸，道上自生光。

黃金絡馬頭，觀者盈道旁。入門時左顧，但見雙鴛鴦，鴛鴦七十二，羅列自成行。音聲何噰噰，鶴鳴東西廂。大婦織綺羅，中婦織流黃。小婦無所爲，挾瑟上高堂。文人且安坐，調絲方未央。（相逢行）

瑟調曲

出西門，步念之，今日不作樂，當待何時？逮爲樂，逮爲樂，當及時。何能愁怫鬱？當復待來茲；釀美酒，炙肥牛，請呼心所懽，可用解憂愁。人生不滿百，常懷千歲憂，晝短苦夜長，何不秉燭遊。遊行去去如雲除，弊車羸馬爲自儲。（西門行）

試將此辭與上錄古詩十九首中「生年不滿百」一首對看，知有許多辭句相同的。在漢代古詩及樂府中，很多這種例子。大概先有古詩，然後采入樂府而被之管絃的。不過樂府中也有互相雷同的，非把兩篇產生的時代加以考訂，一時不易斷定。我們再看下一首晉樂所奏的西門行，更知這三篇的關係如何，又古詩入樂府的跡象大略是怎樣的。

出西門，步念之。今日不作樂，當待何時？一解 夫爲樂，爲樂當及時。何能坐愁怫鬱，當復待來茲？二解 飲醇酒，炙肥牛。請呼心所歡，可用解愁憂。三解 人生不滿百，常懷千歲憂。晝短而夜長，何不秉燭遊？四解 自非仙人王子喬，計會壽命難與期。五解 人壽非金石，年命安可期？貪財愛惜費，但爲後世嗤。六解

（西門行，晉樂所奏）

青青河畔草，緜緜思遠道。遠道不可思，宿昔夢見之。夢見在我傍，忽覺在他鄉。他鄉各異縣，展轉不可見。枯桑知天風，海水知天寒。入門各自媚，誰肯相爲言。客從遠方來，遺我雙鯉魚，呼兒烹鯉魚，中有尺素書。長跪讀素書，書中竟何如？上言加餐飯，下言長相憶。（飲馬長城窟行）

或以此詩爲蔡邕作。全篇前後不甚相貫，客從遠方來起，似另爲一段。

孤兒生，孤子遇生，命獨當苦！父母在時，乘堅車，駕駟馬。父母已去，兄嫂令我行賈。南到九江，東到齊與魯。臘月來歸，不敢自言苦，頭多蟣蝨，面目多塵；大兄言辦飯，大嫂言視馬。上高堂，行取殿下堂，孤兒淚下如雨。使我朝行汲，暮得水來歸。手爲錯，足下無菲。愴愴履霜，中多蒺藜。拔斷蒺藜，腸肉中愴欲悲。淚下渫渫，清涕纍纍。冬無複襦，夏無單衣。居生不樂，不如早去，下從地下黃泉？春氣動，草萌芽。三月蠶桑，六月收瓜。將是瓜車，來到還家。瓜車反覆，助我者少，啗瓜者多。願還我蔕，兄與嫂嚴，獨且急歸，當興校計。亂曰：里中一何譊譊！願欲寄尺書，將與地下父母，兄嫂難與久居。（孤兒行）

句讀參差錯落，極古奧樸質，字字從至情至性中得來，毫無雕琢粉飾的痕跡。天地間有數之血淚文字。

樂府詩集：『諸曲調皆有辭、有聲，而大曲又有豔、有趨、有亂。辭者，其歌詩也。聲者若羊吾夷，伊那何之類也。豔在曲之前，趨與亂在曲之後，亦猶吳聲、西曲前有和後有送也。』

置酒高殿上，親交從我遊。中廚辦豐膳，烹羊宰肥牛。秦箏何慷慨？齊瑟和且柔。一解 陽阿奏奇舞，京洛出名謳。樂飲過三爵，緩帶傾庶羞。主稱千金壽，賓奉萬年酬。二解 久要不可忘，薄終義所尤。謙謙君子德，磬折欲何求？盛時不再來，百年忽我遒。三解 驚風飄白日，光景馳西流。生存華屋處，零落歸山丘。先民誰不死？知命復何憂！四解 （野田黃雀行）

此詩曹植作，晉樂所奏。『箜篌行亦用此曲。』（樂府詩集）亦稱箜篌引。（漢相和歌相和六引中一箜篌引，其辭已亡。漢鼓吹鐃歌二十二曲其二十一曲黃爵亦亡。不知曹氏此詩所擬者究為箜篌引抑黃雀行：曹子建集作箜篌行，樂府詩集作野田黃雀行。漢黃雀行屬鼓吹曲，箜篌引屬相和歌，郭氏雖名為野田黃雀行，然列入相和歌瑟調曲中。又野田黃雀行是否即黃雀行？兩者有沒有差別？亦一疑問。）

清商曲

吳聲歌

宿昔不梳頭，絲髮披兩肩。婉伸郎膝上，何處不可憐。（子夜歌）

歡愁儂亦慘，郎笑我便喜。不見連理樹？異根同條起。（子夜歌）

春林花多媚，春鳥意多哀。春風復多情，吹我羅裳開。（子夜四時歌，春歌）

青荷蓋淥水，芙蓉葩紅鮮。郎見欲採我，我心欲懷蓮。（夏歌）

吳聲歌曲中很多用諧聲雙關的字，以影射其他一字或一義，如前首之「蓮」即影射「憐」字。其用法有二：

一、兩字諧聲，用甲射乙。如：

「桑蠶不作繭，晝夜長懸絲。」以絲射思。

「月沒星不亮，持底明儂緒。」以星射心。

「不愛獨枝蓮，只惜同心藕。」以藕射偶。

「果得一蓮時，流離嬰辛苦。」以蓮射憐。

「朝看暮牛跡，知是宿蹄痕。」以蹄射啼。

「石闕生口中，銜碑不得語。」以碑射悲。

「願爲卜者策，長與千歲龜。」以龜射歸。

「頓書千丈闕，題碑無罷時。」以題碑射啼悲。

「桐樹生門前，出入見梧子。」以梧子射吾子。

也有兩字諧聲而即用本意者，如：

「梳頭入黃泉，分作兩死計。」計應作髻，此處卽用本意「計」字。

「餘光照已藩，坐見離日盡。」離應作籬，此處卽用本意「離」字。

「雙燈俱時盡，奈何兩無由。」由應作油，此處卽用本意「由」字。

二、一字兩義，用此喻彼。如：

「理絲入殘機，何悟不成匹。」以丈匹之匹，喻匹偶之匹。

「攤門不安橫，無復相關意。」以關閉之關，喻關懷之關。

「月沒星不亮，持底明儂緖。」以光亮之亮喻願亮之亮。

「葵藿生谷底，傾心不蒙照。」以光照之照喻照顧之照。

此外因物取譬之處很多，略舉一二如后：

「黃蘗鬱成林，當奈苦心多。」以黃蘗喻苦。

「合散無黃蓮，此事復何苦。」以黃蓮喻苦。

「三喚不一應，有何比松柏。」以松柏喻堅。

這種諧聲雙關的例子，在吳聲歌中還多着呢。也有很疑心他是諧聲或雙關的，然因空間時間之不同，語言音聲之變異，一時未能十分斷定。如：

「湖燥芙蓉委，蓮汝藕欲死。」

其中「藕」字頗似「我」字之諧聲，雖今之讀音頗有相似之處（如常州一帶）終不能如前舉諸例之切合，有待於聲韻學者之考定耳。

這諧聲雙關之法，尙很多的保存在現今的民歌中。

涼秋開窗寢，斜月垂光照。中宵無人語，羅幌有雙笑。（秋歌）

寒鳥依高樹，枯林鳴悲風。爲歡顦顇盡，那得好顏容。（冬歌）

黃葛生爛熳，誰能斷葛根？寧斷嬌兒乳，不斷郎殷勤。（前溪歌）

團扇復團扇，持許自遮面。憔悴無復理，羞與郎相見。（團扇郎）

碧玉破瓜時，相爲情顚倒。感郎不羞郎，回身就郎抱。（碧玉歌）

桃葉復桃葉，渡江不用檝。但渡無所苦！我自來迎接。（桃葉歌）

我與歡相憐，約誓底言者？常歎負情人，郎今果成詐。（懊儂歌）

憐歡敢喚名，念歡不呼字，連喚歡復歡，兩誓不相棄。（讀曲歌）

種蓮長江邊，藕生黃蘗浦。必得蓮子時，流離經辛苦。（讀曲歌）

莫江平不動，春花滿正開。流波將月去，潮水帶星來。（春江花月夜，隋煬帝作）

神弦歌

開門白水，側近橋梁。小姑所居，獨處無郎。（青溪小姑曲）

西曲歌

郎作十里行，儂作九里送。拔儂頭上釵，與郎資路用。（估客樂釋寶月作）

朝發襄陽城，暮至大堤宿。大堤諸女兒，花豔驚郎目。（襄陽樂）

草樹非一香，花葉百種色。寄語故情人，知我心相憶。（襄陽蹋銅蹄）

陽春二三月，草與水同色。道逢遊冶郎，恨不早相識！（孟珠）

春蠶不應老，晝夜常懷絲。何惜微軀盡！纏綿自有時。（作蠶絲）

遊戲五湖採蓮歸，發花田葉芳襲衣，爲君儂歌世所希。世所希，有如玉。江南弄，採蓮曲。（採蓮曲，梁武帝作。）

桂楫蘭橈浮碧水，江花玉面兩相似，蓮疏藕折香風起。香風起，白日低。採蓮曲，使君迷。（採蓮曲，梁昭明太子作）

舞曲

雜舞

獨祿獨祿，水深泥濁。泥濁尚可，水深殺我。 （獨祿，晉辭齊樂所奏）

琴曲

胡笳十八拍

戎羯逼我兮爲室家，將我行兮向天涯。雲山萬重兮歸路遐，疾風千里兮揚塵沙。人多暴猛兮如蟲蛇，控弦被甲兮爲驕奢。兩拍張懸兮弦欲絕，志摧心折兮自悲嗟！ （第二拍）

天無涯兮地無邊，我心愁兮亦復然！人生倏忽兮如白駒之過隙，然不得歡樂兮當我之盛年！怨兮欲問天，天蒼蒼兮上無緣。舉頭仰望兮空雲烟，九拍懷情兮誰爲傳？ （第九拍）

城頭烽火不曾滅，疆場征戰何時歇？殺氣朝朝衝塞門，胡風夜夜吹邊月。故鄉隔兮音塵絕，哭無聲兮氣將咽。一生辛苦兮緣離別，十拍悲深兮淚代血。 （第十拍）

十六拍兮思茫茫，我與兒兮各一方。日東月西兮徒相望，不得相隨兮空斷腸！對萱草兮徒想憂忘，彈鳴琴兮情何傷！今別子兮歸故鄉，舊怨平兮新怨長！泣血仰頭兮訴蒼蒼，生我兮獨罹此殃？ （第十六拍）

此胡笳十八拍傳稱蔡琰作，殊不可靠，可靠者有悲憤詩，已見前錄。此十八拍恐即演化悲憤而成者。惟文詞甚佳，音節頗悲勁，故錄之，猶前編錄蘇李贈答之例也。

雜曲

昔有霍家奴，姓馮名子都。依倚將軍勢，調笑酒家胡。胡姬年十五，春日獨當鑪。長裾連理帶，廣袖合歡襦；
頭上藍田玉，耳後大秦珠。兩鬟何窈窕！一世良所無；一鬟五百萬，兩鬟千萬餘。不意金吾子，娉婷過我廬。
銀鞍何煜爚，翠蓋空踟躕。就我求清酒，絲繩提玉壺；就我求珍餚，金盤鱠鯉魚；貽我青銅鏡，結我紅羅裾。
不惜紅羅裂，何論輕賤軀。男兒愛後婦，女子重前夫。人生有新故，貴賤不相踰。多謝金吾子，私愛徒區區！

（羽林郎 辛延年作）

悲歌可以當泣，遠望可以當歸。思念故鄉，鬱鬱累累。欲歸家無人！欲渡河無船，心思不能言，腸中車輪轉。

（悲歌行）

東飛伯勞西飛燕，黃姑織女時相見。誰家兒女對門居？開顏發豔照里閭。南窗北牖挂明光，羅幃綺帳脂
粉香。女兒年紀十五六，窈窕無雙顏如玉。三春已暮花從風，空留可憐誰與同！

（東飛伯勞歌 或云梁武帝作）

憶梅下西洲，折梅寄江北。單衫杏子紅，雙鬢雅雛色。西洲在何處？兩槳橋頭渡。日暮伯勞飛，風吹烏桕樹。
樹下卽門前，門中露翠鈿。開門郎不至，出門采紅蓮。采蓮南塘秋，蓮花過人頭；低頭弄蓮子，蓮子淸如水。
置蓮懷袖中，蓮心徹底紅。憶郎郎不至，仰首望飛鴻。飛鴻滿西洲，望郎上青樓。樓高望不見，盡日闌干頭。

闌干十二曲垂手明如玉；卷簾天自高，海水搖空綠。海水夢悠悠，君愁我亦愁。南風知我意，吹夢到西洲。

（西洲曲或云梁武帝作）

河中之水向東流，洛陽女兒名莫愁。莫愁十三能織綺，十四采桑南陌頭，十五嫁為盧家婦，十六生兒字阿侯。盧家蘭室桂為梁，中有鬱金蘇合香。頭上金釵十二行，足下絲履五文章。珊瑚掛鏡爛生光，平頭奴子擎履霜。人生富貴何可望？恨不早嫁東家王！

（河中之水歌梁武帝作）

秋風蕭蕭愁殺人！出亦愁，入亦愁！座中何人，誰不懷憂？令我白頭！胡地多飈風，樹木何修修！離家日趨遠，衣帶日趨緩！心思不能言，腸中車輪轉。

（古歌）

第四節　唐代的詩

李唐是詩的極盛時代，其時近體初興，作者尤衆。同時古體詩和擬樂府依舊很盛，且多很長的篇幅，並不為近體詩的新興勢力減滅牠舊有的光輝。全唐詩所著錄的，有二千餘家，不可謂非盛極一時了。宋清兩代的詩：決不少於唐代，然其內容很少新機，無非唐音的複奏而已。儘你去學盛唐，學晚唐，學李、杜，學元、白，學其他的一切；學來學去，終跳不出唐人的圈子，說得廣泛一點，跳不出前人的圈子，無論古體、近體、樂府，都是前人——尤其是唐人已有的定型，再不能有所變化。（除非詞曲，已在詩之外另成一體，屹然與詩齊肩，又當別論。）所以唐代爲詩的黃金時代，唐代最貴重的文學也就是詩。

唐詩的分期，通常分爲初盛中晚四期，有時雖覺牽强，但論述還算便利，故沿用之。

(1)初唐　高祖元年至武后末年（公元六一八——七一二）　約九五年

(2)盛唐　玄宗元年至代宗永泰末年（公元七一三——七六五）約五三年

(3)中唐　代宗大歷元年至武宗末年（公元七六六——八四四）約八一年

(4)晚唐　宣宗元年至唐亡（公元八四七——九〇六）　約六〇年

初唐的詩很是綺麗，猶有齊梁的遺風，而聲調更爲諧協，對偶更爲工整，近體詩的格調，已正式成立。其時詩家以上官、沈、宋、四傑爲首，上官儀很注意於對偶，辭甚穠豔，稱爲上官體。沈佺期宋之問乃確立律詩的格式，而被稱爲律詩之祖者。王勃、楊炯、盧照隣、駱賓王，也是齊梁派的詩人，得名甚盛，稱爲初唐四傑。

盛唐爲唐詩的極盛時期。崔顥、儲光羲、王昌齡、王之渙、高適、王維、李頎、岑參、孟浩然輩，都是此期的能手。李白杜甫成就更大，至被稱爲詩仙詩聖，爲中國詩史上兩顆最大的明星，『李杜文章在，光燄萬丈長』是的確的批評，決非過譽，大概千數百年來再沒有人能掩蓋得過這萬丈的光燄非但明星幾同月日了。那末誰是日、誰是月呢？這李杜優劣之論，亦已辯論了千數百年，然而沒有一確當的結論因爲他倆是兩個典型的人一個是天才，一個是學力；各有他獨特的風格與長處各踞每一個典型的最高峯。因爲太高了，沒有可充測量用的準確器械，所以斷不定究竟孰高孰低，只覺得巍巍乎仰止罷了。很有許多人據其窺測所得發爲優劣之論終類於用熏煙的或深色的玻璃看太陽一樣，常爲自己所用的顏色所蔽，不是原有的光彩。不過，李得之於天，杜得之於人；得天者不可學，得人者尚可以一己的功力去追躡，他所以左李右杜的人比較多些。我以爲不必强定優劣，揚此抑彼，儘管仁者樂山，智者樂水是了。

從內容上說，杜詩多貼近社會，李多超脫人生。一則近於寫實，一則跡近浪漫，有神仙和頹廢的色彩。李詩高曠飄逸，秉有南人的氣質；杜詩雄渾闊大，具有北人的魄力；這與產生的地域不無關係的。

此外，儲光羲爲一位偉大的田園詩人。王維、孟浩然長於山水詩，岑參、高適工邊塞之作。高適又與王昌齡、王之渙並爲旗亭畫壁的詩人，在當代已很負盛名的。

中唐的詩，在氣象、魄力方面，已沒有盛唐時的闊大與雄厚，蓋有李杜在前，實在難乎爲繼。此期的詩人很多，不乏傑出的作家。大歷時有十才子並稱，十才子的列名不一，若韋應物，劉長卿錢起盧綸韓翃李端李益都是其中佼佼者。（韋應物不在十子之列）

大歷之後，數到元和。其時韓孟並稱。韓愈本古文家亦工詩，他的詩倔强生硬，另有一種風格，那啓發韓詩的便是孟郊，孟爲韓愈極傾倒譽揚的人，也是一位寒苦孤悽的詩人，境遇的慘苦達於極點，所以人家稱之爲郊寒。同時有位島瘦島卽賈島，他的詩刻苦而瘦硬，與孟郊之奇險，又是不同。張籍亦韓門詩人，他的樂府尤爲著名，另成清雅的一派。此外有一位聰敏的短命詩人李賀，因爲他的詩極幽細，人稱之爲鬼才。王建則以宮詞百首出名的。

元和後便是長慶，始則元白齊稱，元死並稱劉白。元稹、白居易的交誼極篤，詩的風格是相同的。兩人間作贈答的排律，每每數十韻百韻，都是貪長好奇的朋友。他們的詩句，都平淡無奇，一反元和時奇險艱澀的格調。元和的詩，好似惟恐人懂，長慶的詩則又惟恐人不懂。故白詩有老嫗都解的話。所以他們的詩是平民化的，不單在形式上是如此，像樂天的新樂府，秦中吟等，都替階級社會寫照，爲被壓迫階級鳴不平。他的詩的對象多外緣而少內感，他的詩筆多議論、諷刺、憐憫與同情；他可算是位平民詩人。他在當代得名之盛，流傳之廣，亙古未有。老杜也有此等筆墨，如三吏三別等，都把惡毒社會作背景。在他描寫自己身世的時候，也很多映帶着那種紛亂的社會，所以有詩史之目。但不如白氏的專力於此而寫得那麼多，且各種被壓迫階級都被他寫到，並不單取平民階級作題材。他眞是千古偉大的詩人，元微之亦有所不逮。微之與白齊名，不幸他五十多歲便死了。他的成就，似乎不及樂天的大，樂天有七十多歲的高壽，晚年與劉禹錫友善，並稱劉白。劉工古文，又長於詩，白謽之爲詩豪。他的竹枝楊柳枝新詞，做得很好，在詩國中另開了一條新路。

元白二人的詩，有一事不可不論的，便是長歌，這是一種紀事詩，都用七言，多轉韻，於敍事中雜以議論及感慨。其敍事則顚倒錯落，聲調則跌宕搖曳，後人很多學牠，如白之長恨歌，琵琶行，元之連昌宮詞等，都可於其所詠的一人或一件事物上，得見家國的興亡，世事的滄桑，人生的變幻，實在也是一種詩史。在後世的詩篇中，很占一部分勢力。

晚唐詩人，杜牧、溫庭筠、李商隱爲大家，其風格頗與中唐爲近。杜牧人稱小杜，其詩華腴，以詞采勝，七絕尤多佳著。溫庭筠，李商隱並稱溫李。而溫不如李。二人之詩，風華尤茂，爲宮體之大宗。義山以無題詩見稱，其遺詞使事，殊幽晦僻澀，讀之不易了解，而藻采很盛，後世很有猜啞謎而學他的人。據說他是學老杜的，但看不出學杜的跡象來。韓偓的香奩集是學溫李的，比溫李更爲香豔。此外有皮日休、陸龜蒙，是學元和諸公筆法的。司空圖亦以詩名，他的詩品更爲人傳誦，他如杜荀鶴、三羅，亦皆晚唐之健者。三羅指羅隱、羅虬、羅鄴。隱、鄴，並餘杭人，虬台州人。三人中隱名最重，虬以比紅兒詩百首著稱。

唐代樂府多律絕句詩，絕句差不多都可以歌唱的，詩與樂沒有什麼差別，這也是唐詩發達的原因。雖有許多人還很高興的作樂府，或是擬古或是新製，但都不能入樂，與徒詩無二。盛唐以後，詞體興起，牠就替代了近體詩在樂府中的地位。其詳俟下編另及。故唐樂府此編便不述了。

唐後詩的發展的途徑殆絕，詞、曲乃起而代之，故詩的論述，卽於唐爲止。

五言古詩

月下獨酌　　李白

花間一壺酒，獨酌無相親。舉杯邀明月，對影成三人。月既不解飲，影徒隨我身。暫伴月將影，行樂須及春。我歌月徘徊，我舞影零亂。醒時同交歡，醉後各分散。永結無情遊，相期邈雲漢。

長干行　　李白

妾髮初覆額，折花門前劇。郎騎竹馬來，繞床弄青梅。同居長干里，兩小無嫌猜。十四爲君婦，羞顏未嘗開；低頭向暗壁，千喚不一回。十五始展眉，願同塵與灰；常存抱柱信，豈上望夫臺。十六君遠行，瞿塘灩澦堆；

五月不可觸，猿聲天上哀。門前遲行跡，一一生綠苔。苔深不能掃，落葉秋風早。八月蝴蝶黃，雙飛西園草。感此傷妾心，坐愁紅顏老！早晚下三巴，預將書報家。相迎不道遠，直至長風沙。

前出塞　杜甫

挽弓當挽強，用箭當用長。射人先射馬，擒賊先擒王。殺人亦有限，立國自有疆。苟能制侵陵，豈在多殺傷！

後出塞　杜甫

朝進東門營，暮上河陽橋。落日照大旗，馬鳴風蕭蕭。平沙列萬幕，部伍各見招。中天懸明月，令嚴夜寂寥。悲笳數聲動，壯士慘不驕。借問大將誰？恐是霍嫖姚。

石壕吏　杜甫

暮投石壕村，有吏夜捉人。老翁踰牆走，老婦出看門。吏呼一何怒？婦啼一何苦？聽婦前致辭，三男鄴城戍：一男附書至，二男新戰死；存者且偷生，死者長已矣。室中更無人，惟有乳下孫。孫有母未去，出入無完裙。老嫗力雖衰，請從吏夜歸！急應河陽役，猶得備晨炊。夜久語聲絕，如聞泣幽咽。天明登前途，獨與老翁別。

田家雜興（錄一首）　儲光羲

種桑百餘樹，種黍三十畝。衣食既有餘，時時會賓友。夏來菰米飯，秋至菊花酒。孺人喜逢迎，稚子解趨走。日暮閑園裏，團團蔭榆柳。酩酊乘夜歸，涼風吹戶牖。清淺望河漢，低昂看北斗。數甕猶未開，來朝能飲否。

買花　白居易

帝城春欲暮，喧喧車馬度。共道牡丹時，相隨買花去。貴賤無常價，酬値看花數。灼灼百朶紅，戔戔五束素。上張幄幕庇，旁織笆籬護。水灑復泥封，遷來色如故。家家習爲俗，人人迷不悟。有一田舍翁，偶來買花處。低頭獨長歎，此歎無人喩。一叢深色花，十戶中人賦。

議婚　白居易

天下無正聲，悅耳卽爲娛；人間無正色，悅目卽爲姝。顏色非相遠，貧富則有殊。貧爲時所棄，富爲時所趨。紅樓富家女，金縷綉羅襦；見人不斂手，嬌癡二八初；母兄未開口，已嫁不須臾。綠窗貧家女，寂寞二十餘；荊釵不値錢，衣上無眞珠；幾回人欲聘，臨日又踟躕。主人會良媒，置酒滿玉壺；四座且勿飮，聽吾歌兩途：富家女易嫁，嫁早輕其夫；貧家女難嫁，嫁晚孝於姑。聞君欲娶婦，娶婦意何如？

七言古詩

春江花月夜　張若虛

春江潮水連海平，海上明月共潮生。灩灩隨波千萬里，何處春江無月明？江流宛轉遶芳甸，月照花林皆如霰。空裏流霜不覺飛，汀上白沙看不見。江天一色無纖塵，皎皎空中孤月輪。江畔何人初見月？江月何年初照人？人生代代無窮已，江月年年望相似。不知江月照何人？但見長江送流水。白雲一片去悠悠，青楓浦上不勝愁。誰家今夜扁舟子？何處相思明月樓？可憐樓上月徘徊，應照離人粧鏡臺；玉尺簾中捲不去，擣衣砧上拂還來。此時相望不相聞，願逐月華流照君；鴻雁長飛光不度，魚龍潛躍水成文。昨夜閒潭夢落花，可憐春半不還家。江水流春去欲盡，江潭落月復西斜。斜月沉沉藏海霧，碣石瀟湘無限路；不知乘月幾人歸，落月搖情滿江樹。

宣州謝朓樓餞別校書叔雲　　李白

棄我去者，昨日之日不可留。亂我心者，今日之日多煩憂。長風萬里送秋雁，對此可以酣高樓。蓬萊文章建安國，中間小謝又清發。俱懷逸興壯思飛，欲上青天覽日月。抽刀斷水水更流，舉杯消愁愁更愁。人生在世不稱意，明朝散髮弄扁舟。

將進酒　　李白

君不見黃河之水天上來，奔流到海不復回？君不見高堂明鏡悲白髮，朝如青絲暮成雪？人生得意須盡歡，莫使金樽空對月。天生我材必有用，千金散盡還復來。烹羊宰牛且爲樂，會須一飲三百杯。岑夫子，丹丘生。將進酒，君莫停。與君歌一曲，請君爲我傾耳聽！鐘鼓饌玉不足貴，但願長醉不願醒。古來聖賢皆寂寞，惟有飲者留其名。陳王昔時宴平樂，斗酒十千恣歡謔。主人何爲言少錢，徑須沽取對君酌。五花馬，千金裘。呼兒將出換美酒，與爾同消萬古愁。

短歌行贈王郎司直　　杜甫

王郎酒酣拔劍斫地歌莫哀！我能拔爾抑塞磊落之奇才。豫章翻風白日動，鯨魚跋浪滄溟開，且脫劍佩休徘徊。西得諸侯棹錦水，欲向何門趿朱履？仲宣樓頭春已深，青眼高歌望吾子，眼中之人吾老矣！

兵車行　　杜甫

車轔轔，馬蕭蕭，行人弓箭各在腰。耶孃妻子走相送，塵埃不見咸陽橋。牽衣頓足攔道哭，哭聲直上干雲霄。道旁過者問行人，行人但云點行頻。或從十五北防河，便至四十西營田。去時里正與裹頭，歸來頭白還戍邊。邊庭流血成海水，武皇開邊意未已。君不聞漢家山東二百州，千村萬落生荊杞。縱有健婦把鋤犁，禾生隴畝無東西。況復秦兵耐苦戰，被驅不異犬與雞。長者雖有問，役夫敢申恨？且如今年冬，未休關西卒。縣官急索租，租稅從何出？信知生男惡，反是生女好。生女猶得嫁比鄰，生男埋沒隨百草！君不見青海頭！古來白骨無人收。新鬼煩冤舊鬼哭，天陰雨溼聲啾啾。

哀江頭　　杜甫

少陵野老吞聲哭。春日潛行曲江曲。江頭宮殿鎖千門，細柳新蒲為誰綠？憶昔霓旌下南苑，苑中萬物生顏色；昭陽殿裏第一人，同輦隨君侍君側。輦前才人帶弓箭，白馬嚼齧黃金勒；翻身向天仰射雲，一箭正墜雙飛翼。明眸皓齒今何在？血汚遊魂歸不得。清渭東流劍閣深，去住彼此無消息。人生有情淚霑臆，江草江花豈終極？黃昏胡騎塵滿城，欲往城南望城北。

白雪歌送武判官歸京　岑參

北風捲地白草折，胡天八月卽飛雪。忽然一夜春風來，千樹萬樹梨花開。散入珠簾濕羅幕，狐裘不暖錦衾薄。將軍角弓不得控，都護鐵衣冷難著。瀚海闌干百丈冰，愁雲慘澹萬里凝。中軍置酒飲歸客，胡琴琵琶與羌笛。紛紛暮雪下轅門，風掣紅旗凍不翻。輪臺東門送君去，去時雪滿天山路。山迴路轉不見君，雪上空留馬行處！

燕歌行　高適

漢家烟塵在東北，漢將辭家破殘賊。男兒本是重橫行，天子非常賜顏色。摐金伐鼓下榆關，旌旗逶迤碣石間；校尉羽書飛瀚海，單于獵火照狼山。山川蕭條極邊土，胡騎憑凌雜風雨。戰士軍前半死生，美人帳下猶歌舞。大漠窮秋塞草衰，孤城落日鬭兵稀。身當恩遇常輕敵，力盡關山未解圍。鐵衣遠戍辛勤久，玉筯應啼別離後；少婦城南欲斷腸，征人薊北空回首。邊風飄飄那可度？絕域蒼茫更何有？殺氣三時作陣雲，寒聲一夜傳刁斗。相看白刃血紛紛，死節從來豈顧勳！君不見沙場爭戰苦？至今猶憶李將軍。

古從軍行　李頎

白日登山望烽火，黃昏飲馬傍交河。行人刁斗風沙暗，公主琵琶幽怨多。野營萬里無城郭，雨雪紛紛連大漠。胡雁哀鳴夜夜飛，胡兒眼淚雙雙落。聞道玉門猶被遮，應將性命逐輕車。年年戰骨埋荒外，空見葡萄入漢家。

登幽州臺歌　陳子昂

前不見古人，後不見來者；念天地之悠悠，獨愴然而涕下！

長恨歌　白居易

漢皇重色思傾國，御宇多年求不得，楊家有女初長成，養在深閨人未識。天生麗質難自棄，一朝選在君王側；回眸一笑百媚生，六宮粉黛無顏色。春寒賜浴華清池，溫泉水滑洗凝脂；侍兒扶起嬌無力，始是新承恩澤時。雲鬢花顏金步搖，芙蓉帳暖度春宵；春宵苦短日高起，從此君王不早朝。承歡侍宴無閒暇，春從春遊夜專夜。後宮佳麗三千人，三千寵愛在一身；金屋妝成嬌侍夜，玉樓宴罷醉和春。姊妹兄弟皆裂土，可憐光彩生門戶；遂令天下父母心，不重生男重生女。驪宮高處入青雲？仙樂風飄處處聞。緩歌漫舞凝絲竹，盡日君王看不足；漁陽鞞鼓動地來，驚破霓裳羽衣曲。九重城闕煙塵生，千乘萬騎西南行。翠華搖搖行復止，西出都門百餘里；六軍不發無奈何，宛轉蛾眉馬前死！花鈿委地無人收，翠翹金雀玉搔頭；君王掩面救不得，回看血淚相和流。黃埃散漫風蕭索，雲棧縈紆登劍閣；峨嵋山下少人行，旌旗無光日色薄。蜀江水碧蜀山青，聖主朝朝暮暮情；行宮見月傷心色，夜雨聞鈴腸斷聲。天旋日轉迴龍馭，到此躊躊不能去，馬嵬坡下泥土中，不見玉顏空死處！君臣相顧盡霑衣，東望都門信馬歸。歸來池苑皆依舊，太液芙蓉未央柳。芙蓉如面柳如眉，對此如何不淚垂？春風桃李花開日，秋雨梧桐葉落時。西宮南內多秋草，落葉滿階紅不掃。梨園子弟白髮新，椒房阿監青娥老。夕殿螢飛思悄然，孤燈挑盡未成眠；遲遲鐘鼓初長夜，耿耿星河欲曙天。鴛鴦瓦冷霜華重，翡翠衾寒誰與共？悠悠生死別經年，魂魄不曾來入夢！臨邛道士鴻都客，能以精誠致魂魄；爲感君王輾轉思，遂敎方士殷勤覓。排雲馭氣奔如電，升天入地求之徧；上窮碧落下黃泉，兩處茫茫皆不見。忽聞海上有仙山，山在虛無縹緲間。樓閣玲瓏五雲起，其中綽約多仙子；中有一人字太眞，雪膚花貌參差是。金闕西廂扣玉扃，轉敎小玉報雙成。聞道漢家天子使，九華帳裏夢魂驚。攬衣推枕起徘徊，珠箔銀鈎迤邐開；雲髻半偏新睡覺，花冠不整下堂來。風吹仙袂飄飄舉，猶似霓裳羽衣舞；玉容寂寞淚闌干，梨花一枝春帶雨。含情凝睇謝君王，一別音容兩渺茫；昭陽殿裏恩愛絕，蓬萊宮中日月長。回頭下望人寰處，不見長安見塵霧；惟將舊物表深情，鈿合金釵寄將去。釵留一股合一扇，釵擘黃金合分鈿；但敎心似金鈿堅，天上人間會相見！臨別殷勤重寄詞，詞中有誓兩心知；七月七日長生殿，夜半無人私語時：在天願作比翼鳥，在地願爲連理枝。天長地久有時盡，此恨緜緜無絕期！

海漫漫（戒求仙也）　　白居易

海漫漫，直下無底旁無邊。雲濤煙浪最深處，人傳中有三神山。山上多生不死藥，服之羽化爲天仙。秦皇漢武信此語，方士年年采藥去；蓬萊今古但聞名，烟水茫茫無覓處。海漫漫，風浩浩；眼穿不見蓬萊島。不見蓬萊不敢歸，童男丱女舟中老。徐福文成多誑誕，上元太一虛祈禱。君看驪山頂上茂陵頭，畢竟悲風吹蔓草！何況玄元聖祖五千言：不言藥，不言仙，不言白日升青天。

上陽白髮人（愍怨曠也）　白居易

上陽人，紅顏暗老白髮新。綠衣監使守宮門，一閉上陽多少春？玄宗末歲初選入，入時十六今六十。同時采擇百餘人，零落年深殘此身。憶昔吞悲別親族，扶入車中不教哭。皆云入內便承恩，臉似芙蓉胸似玉。未容君王得見面，已被楊妃遙側目。妬令潛配上陽宮，一生遂向空房宿。宿空房，秋夜長，夜長無寐天不明。耿耿殘燈背壁影，蕭蕭暗雨打窗聲。春日遲，日遲獨坐天難暮。宮鶯百囀愁厭聞，梁燕雙棲老休妬！鶯歸燕去長悄然，春往秋來不記年；唯向深宮望明月，東西四五百迴圓。今日宮中年最老，大家遙賜尚書號；小頭鞋履窄衣裳，青黛點眉眉細長。外人不見見應笑，天寶末年時世粧。上陽人，苦最多。少亦苦，老亦苦，少苦老苦兩如何？君不見昔時呂向美人賦？又不見今日上陽白髮歌？

新豐折臂翁（戒邊功也）　白居易

新豐老翁八十八，頭鬢眉鬚皆似雪。玄孫扶向店前行，左臂憑肩右臂折。問翁臂折來幾年，兼問致折何因緣。翁云貫屬新豐縣，生逢聖代無爭戰。慣聽梨園歌管聲，不識旗鎗與刀箭。無何天寶大徵兵，戶有三丁點一丁，點得驅將何處去？五月萬里雲南行。聞道雲南有瀘水，椒花落時瘴煙起；大軍徒涉水如湯，未過十人二三死。村南村北哭聲哀，兒別爺娘夫別妻；皆云前後征蠻者，千萬人行無一回？是時翁年二十四，兵部牒中有名字；夜深不敢使人知，偷將大石搥折臂。張弓簸旗俱不堪，從茲始免征雲南；骨碎筋傷非不苦！且圖揀退歸鄉土。臂折折來六十年，一肢雖廢一身全。至今風雨陰寒夜，直到天明痛不眠，痛不眠，終不悔，猶幸老身今獨在。不然當時瀘水頭，身死魂飛骨不收。應作雲南望鄉鬼，萬人塚上哭呦呦。老人言，君聽取！君不聞開元宰相宋開府，不賞邊功防黷武？又不聞天寶宰相楊國忠，欲求恩幸立邊功？邊功未立生人怨，請問新豐折臂翁！

賣炭翁（苦宮市也）　白居易

賣炭翁，伐薪燒炭南山中。滿面塵灰煙火色，兩鬢蒼蒼十指黑。賣炭得錢何所營？身上衣裳口中食。可憐身上衣正單，心憂炭賤願天寒。夜來城外一尺雪，曉駕炭車輾冰轍。牛困人飢日已高，市南門外泥中歇。翩翩兩騎來是誰？黃衣使者白衫兒。手把文書口稱勑，迴車叱牛牽向北。一車炭，千餘斤，宮使驅將惜不得。半尺紅綃一丈綾，繫向牛頭充炭直。

連昌宮詞　元稹

連昌宮中滿宮竹，歲久無人森如束。又有牆頭千葉桃，風動落花紅簌簌。宮邊老人爲予泣，少年選進因骨入；上皇正在望仙樓，太眞同凭闌干立。樓上樓前盡珠翠，炫轉熒煌照天地。歸來如夢復如癡，何暇備言宮裏事。初過寒食一百六，店舍無煙宮樹綠。夜半月高弦索鳴，賀老琵琶定場屋。力士傳呼覓念奴，念奴潛伴諸郎宿。須臾覓得又連催，特勅街中許燃燭。春嬌滿眼睡紅綃，掠削雲鬟旋妝束。飛上九天歌一聲，二十五郎吹管逐。逡巡大徧涼州徹，色色龜茲轟錄續。李謩擫笛傍宮牆，偷得新翻數般曲。平明大駕發行宮，萬人鼓舞途路中。百官隊仗避岐薛，楊氏諸姨車鬥風。明年十月東都破，御路猶存祿山過。驅令供頓不敢藏，萬姓無聲淚潛墮。兩京定後六七年，卻尋家舍行宮前。莊園燒盡有苦井，行宮門闥樹宛然。爾後相傳六皇帝，不到離宮門久閉。往來年少說長安，玄武樓前花蕚廢。去年敕使因斫竹，偶值門開暫相逐。荊榛櫛比塞池塘，狐兔嬌癡緣樹木。舞榭欹傾基尚存，文窗窈窕紗猶綠。塵埋粉壁舊花鈿，烏啄風箏碎珠玉。上皇偏愛臨砌花，依然御榻臨階斜。蛇出燕巢盤斗栱，菌生香案正當衙。寢殿相連端正樓，太眞梳洗樓上頭。晨光未出簾影黑，至今反掛珊瑚鉤。指示旁人因痛哭，卻出宮門淚相續。自從此後還閉門，夜夜狐狸上門屋。我聞此語心骨悲，太平誰致亂者誰？翁言野父何分別，耳聞眼見爲君說。姚崇宋璟作相公，勸諫上皇言語切。燮理陰陽禾黍豐，調和中外無兵戎。長官淸平太守好，揀選皆言由相公。開元之末姚宋死，朝廷漸漸由妃子。祿山宮裏養作兒，虢國門前鬧如市。弄權宰相不記名，依稀憶得楊與李。廟謨顚倒四海搖，五十年來作瘡痏。今皇神聖丞相明，詔書纔下吳蜀平。官軍又取淮西賊，此賊亦除天下寧。年年耕種宮前道，今年不遣子孫耕。老翁此意深望幸，努力廟謨休用兵！

節婦吟　張籍

君知妾有夫，贈妾雙明珠；感君纏綿意，繫在紅羅襦。妾家高樓連苑起，良人執戟明光裏。知君用心如日月，事夫誓擬同生死。還君明珠雙淚垂，恨不相逢未嫁時！

五言律詩

望月懷遠　張九齡

海上生明月，天涯共此時。情人怨遙夜，竟夕起相思。滅燭憐光滿，披衣覺露滋。不堪盈手贈，還寢夢佳期。

幽州夜飲　張說

涼風吹夜雨，蕭瑟動寒林。正有高堂宴，能忘遲暮心。軍中宜劍舞，塞上重笳音。不作邊城將，誰知恩遇深？

雜詩　沈佺期

聞道黃龍戍，頻年不解兵。可憐閨裏月，長在漢家營。少婦今春意，良人昨夜情。誰能將旗鼓，一為取龍城？

觀獵　王維

風勁角弓鳴，將軍獵渭城。草枯鷹眼疾，雪盡馬蹄輕。忽過新豐市，還歸細柳營。回看射雕處，千里暮雲平。

送友人　李白

青山橫北郭，白水遶東城。此地一爲別，孤蓬萬里征。浮雲遊子意，落日故人情。揮手自茲去，蕭蕭班馬鳴。

月夜　杜甫

今夜鄜州月，閨中只獨看。遙憐小兒女，未解憶長安。香霧雲鬟濕，清輝玉臂寒。何時倚虛幌，雙照淚痕乾？

春望　杜甫

國破山河在？城春草木深。感時花濺淚，恨別鳥驚心。烽火連三月，家書抵萬金。白頭搔更短，渾欲不勝簪。

旅夜書懷　杜甫

細草微風岸，危檣獨夜舟。星臨平野闊，月湧大江流。名豈文章著？官因老病休。飄飄何所似？天地一沙鷗。

送李中丞歸漢陽別業　劉長卿

流落征南將，曾驅十萬師。罷歸無舊業，老去戀明時。獨立三邊靜，輕生一劍知。茫茫江漢上，日暮欲何之？

送李端　盧綸

故關衰草遍，離別正堪悲。路出寒雲外，人歸暮雪時。少孤爲客早，多難識君遲。掩泣空相向，風塵何所期？

雲陽館與韓紳宿別　司空曙

故人江海別，幾度隔山川？乍見翻疑夢，相悲各問年。孤燈寒照雨，深竹暗浮煙。更有來朝恨，離杯惜共傳。

蜀先主廟　劉禹錫

天地英雄氣，千秋尚凜然。勢分三足鼎，業復五銖錢。得相能開國，生兒不象賢。淒涼蜀故妓，來舞魏宮前！

旅夜宿石頭驛　戴叔倫

旅館誰相問？寒燈獨可親。一年將盡夜，萬里未歸人。寥落悲前事，支離笑此身。愁顏與衰鬢，明月又逢春。

七言律詩

黃鶴樓　崔顥

昔人已乘黃鶴去，此地空餘黃鶴樓。黃鶴一去不復返，白雲千載空悠悠。晴川歷歷漢陽樹，芳草萋萋鸚鵡洲。日暮鄉關何處是？煙波江上使人愁。

古意　沈佺期

盧家少婦鬱金香，海燕雙棲玳瑁梁。九月寒砧催木葉，十年征戍憶遼陽。白狼河北音書斷，丹鳳城南秋夜長。誰為含愁獨不見？更教明月照流黃。

登金陵鳳凰臺　李白

鳳凰臺上鳳凰遊，鳳去臺空江自流。吳宮花草埋幽徑，晉代衣冠成古邱。三山半落青天外，二水中分白鷺洲。總為浮雲能蔽日，長安不見使人愁。

秋興（錄三首）　杜甫

玉露凋傷楓樹林，巫山巫峽氣蕭森。江間波浪兼天湧，塞上風雲接地陰。叢菊兩開他日淚，孤舟一繫故園心。寒衣處處催刀尺，白帝城高急暮砧。

夔府孤城落日斜，每依北斗望京華。聽猿實下三聲淚，奉使虛隨八月槎。畫省香爐違伏枕，山樓粉堞隱悲笳。請看石上藤蘿月，已映洲前蘆荻花。

昆明池水漢時功，武帝旌旗在眼中。織女機絲虛夜月，石鯨鱗甲動秋風。波漂菰米沈雲黑，露冷蓮房墜粉紅。關塞極天惟鳥道，江湖滿地一漁翁。

曲江　杜甫

一片花飛減却春，風飄萬點正愁人。且看欲盡花經眼，莫厭傷多酒入脣。江上小堂巢翡翠，苑邊高冢臥麒麟。細推物理須行樂，何用浮名絆此身？

登高　杜甫

風急天高猿嘯哀，渚清沙白鳥飛迴。無邊木葉蕭蕭下，不盡長江滾滾來。萬里悲秋常作客，百年多病獨登臺。艱難苦恨繁霜鬢，潦倒新停濁酒杯。

九日藍田崔氏莊　杜甫

老去悲秋强自寬，興來今日盡君歡。羞將短髮還吹帽，笑倩旁人爲整冠。藍水遠從千澗落，玉山高並兩峯寒明年此會知誰健？醉把茱萸仔細看。

宿府　杜甫

清秋幕府井梧寒，獨宿江城蠟炬殘。永夜角聲悲自語，中天月色好誰看？風塵荏苒音書絕，關塞蕭條行路難。已忍伶俜十年事，强移棲息一枝安。

左遷至藍關示姪孫湘　韓愈

一封朝奏九重天，夕貶潮陽路八千。欲爲聖明除敝事，肯將衰朽惜殘年？雲橫秦嶺家何在？雪擁藍關馬不前。知汝遠來應有意，好收吾骨瘴江邊！

西塞山懷古　劉禹錫

王濬樓船下益州，金陵王氣黯然收。千尋鐵鎖沉江底，一片降旛出石頭。人世幾回傷往事？山形依舊枕寒流。從今四海爲家日，故壘蕭蕭蘆荻秋。

自河南經亂關內阻饑兄弟離散各在一處因望月有感聊書所懷寄上浮梁大兄於潛七兄烏江十五兄兼示符離及下邽弟妹　白居易

時難年荒世業空，弟兄羈旅各西東。田園寥落干戈後，骨肉流離道路中。弔影分爲千里雁，辭根散作九秋蓬。共看明月應垂淚，一夜鄉心五處同。

春題湖上　白居易

湖上春來似畫圖，亂峯圍繞水平鋪。松排山面千重翠，月點波心一顆珠。碧毯綫頭抽早稻，青羅裙底展新蒲。未能抛得杭州去，一半勾留是此湖。

咸陽城東樓　許渾

一上高城萬里愁，蒹葭楊柳似汀洲。溪雲初起日沈閣，山雨欲來風滿樓。鳥下綠蕪秦苑夕，蟬鳴黃葉漢宮秋。行人莫問當年事，故國東來渭水流。

錦瑟　李商隱

錦瑟無端五十絃，一絃一柱思華年。莊生曉夢迷蝴蝶，望帝春心託杜鵑。滄海月明珠有淚，藍田日暖玉生煙。此情可待成追憶？只是當時已惘然！

無題（四首）　李商隱

昨夜星辰昨夜風，畫樓西畔桂堂東。身無彩鳳雙飛翼，心有靈犀一點通。隔座送鉤春酒暖，分曹射覆蠟燈紅。嗟余聽鼓應官去，走馬蘭臺類轉蓬。

其二

來是空言去絕蹤，月斜樓上五更鐘。夢爲遠別啼難喚，書被催成墨未濃。蠟照半籠金翡翠，麝熏微度繡芙蓉。劉郎已恨蓬山遠，更隔蓬山一萬重！

其三

颯颯東風細雨來，芙蓉塘外有輕雷。金蟾嚙鏁燒香入，玉虎牽絲汲井迴。賈氏窺簾韓掾少，宓妃留枕魏王才。春心莫共花爭發，一寸相思一寸灰！

其四

相見時難別亦難，東風無力百花殘。春蠶到死絲方盡，蠟炬成灰淚始乾。曉鏡但愁雲鬢改，夜吟應覺月光寒。蓬萊此去無多路，青鳥殷勤爲探看。

經李徵君故居　溫庭筠

露濃煙重草萋萋，樹映闌干柳拂隄。一院落花無醉客，五更殘月有鶯啼。芳筵想像情難盡，故樹荒涼路已迷。風景宛然人自改，却經門巷馬頻嘶。

貧女　秦韜玉

蓬門未識綺羅香，擬託良媒亦自傷！誰愛風流高格調？共憐時世儉梳妝。敢將十指誇鍼巧？不把雙眉門畫長。苦恨年年壓金線，爲他人作嫁衣裳！

五言排律

省試湘靈鼓瑟　錢起

善鼓雲和瑟，常聞帝子靈。馮夷空自舞，楚客不堪聽。苦調淒金石，淸音入杳冥。蒼梧來怨慕，白芷動芳馨。
流水傳湘浦，悲風過洞庭。曲終人不見，江山數峯青。

七言排律作者不多，且少佳構，從略。

五言絕句

送別　王之渙

楊柳東風樹，青青夾御河。近來攀折苦，應爲別離多。

渡漢江　宋之問

嶺外音書斷，經冬復歷春。近鄉情更怯，不敢問來人。

送別　王維

山中相送罷，日暮掩柴扉。春草明年綠，王孫歸不歸？

相思　王維

紅豆生南國，春來發幾枝？願君多采擷！此物最相思。

春曉　孟浩然

春眠不覺曉，處處聞啼鳥。夜來風雨聲，花落知多少。

靜夜思　　李白

牀前明月光，疑是地上霜。舉頭望明月，低頭思故鄉。

絕句　　杜甫

江碧鳥逾白，山青花欲然。今春看又過，何日是歸年？

江雪　　柳宗元

千山鳥飛絕，萬徑人蹤滅。孤舟蓑笠翁，獨釣寒江雪。

古別離　　孟郊

欲別牽郎衣，郎今到何處？不恨歸來遲，莫向臨邛去！

尋隱者不遇　　孟郊

松下問童子，言師採藥去。只在此山中，雲深不知處！

問劉十九　　白居易

綠螘新醅酒，紅泥小火爐。晚來天欲雪，能飲一杯無？

故行宮　　元稹

寥落故行宮，宮花寂寞紅。白頭宮女在，閒坐說玄宗。

拜新月　李端

開簾見新月，即便下階拜。細語人不聞，北風吹裙帶。

鳴箏　李端

鳴箏金粟柱，素手玉房前。欲得周郎顧，時時誤拂絃。

伊州歌　蓋嘉運

打起黃鶯兒，莫敎枝上啼。啼時驚妾夢，不得到遼西。

塞下曲(其三)　盧綸

月黑雁飛高，單于夜遁逃。欲將輕騎逐，大雪滿弓刀。

江南曲　李益

嫁得瞿塘賈，朝朝誤妾期。早知潮有信，嫁與弄潮兒。

歸家　杜牧

稚子牽衣問：歸家何太遲？共誰爭歲月？贏得鬢如絲。

登樂遊原　李商隱

向晚意不適，驅車登古原。夕陽無限好，只是近黃昏！

七言絕句

回鄉偶書　賀知章

少小離鄉老大回，鄉音無改鬢毛催。兒童相見不相識，笑問客從何處來？

涼州詞　王翰

葡萄美酒夜光杯，欲飲琵琶馬上催。醉臥沙場君莫笑！古來征戰幾人回？

春宮曲　王昌齡

昨夜風開露井桃，未央前殿月輪高。平陽歌舞新承寵，簾外春寒賜錦袍。

西宮秋怨　王昌齡

芙蓉不及美人妝，水殿風來珠翠香。卻恨含情掩秋扇，空懸明月待君王。

長信秋詞　王昌齡

奉箒平明金殿開，且將團扇暫徘徊！玉顏不及寒鴉色，猶帶昭陽日影來。

閨怨　王昌齡

閨中少婦不知愁，春日凝妝上翠樓。忽見陌頭楊柳色，悔教夫壻覓封侯。

芙蓉樓送辛漸　王昌齡

寒雨連江夜入吳，平明送客楚山孤。洛陽親友如相問，一片冰心在玉壺！　王之煥

涼州詞

黃河遠上白雲間，一片孤城萬仞山。羌笛何須怨楊柳，春風不渡玉門關。　岑參

逢人入京師

故園東望路漫漫，雙袖龍鍾淚不乾。馬上相逢無紙筆，憑君傳語報平安！　岑參

山房春事

梁園日暮亂飛鴉，極目蕭條三兩家。庭樹不知人去盡，春來還發舊時花。　王維

九月九日憶山中兄弟

獨在異鄉爲異客，每逢佳節倍思親。遙知兄弟登高處，徧插茱萸少一人。　王維

送元二使西安

渭城朝雨浥輕塵，客舍青青柳色新。勸君更盡一杯酒，西出陽關無故人。　李白

少年行

五陵年少金市東，銀鞍白馬度春風。落花踏盡遊何處？笑入胡姬酒肆中。　李白

黃鶴樓送孟浩然之廣陵

故人西辭黃鶴樓，煙花三月下揚州。孤帆遠影碧空盡，惟見長江天際流。

山中問答　李白

問余何事棲碧山？笑而不答心自閒。桃花流水杳然去，別有天地非人間。

秋下荆門　李白

霜落荆門江樹空，布帆無恙掛秋風。此行不爲鱸魚膾，自愛名山入剡中。

越中覽古　李白

越王勾踐破吳歸，義士還家盡錦衣，宮女如花滿春殿，只今惟有鷓鴣飛！

陌上贈美人　李白

駿馬驕行踏落花，垂鞭直拂五雲車。美人一笑褰珠箔，遙指紅樓是妾家。

贈花卿　杜甫

錦城絲管日紛紛，半入江風半入雲。此曲祇應天上有，人間能得幾回聞？

江南逢李龜年　杜甫

岐王宅裏尋常見，崔九堂前幾度聞。正是江南好風景，落花時節又逢君。

滁州西澗　韋應物

獨憐幽草澗邊生，上有黃鸝深樹鳴。春潮帶雨晚來急，野渡無人舟自橫。

寒食　韓翃

春城無處不飛花，寒食東風御柳斜。日暮漢宮傳蠟燭，輕煙散入五侯家。

春怨　劉方平

紗窗日落漸黃昏，金屋無人見淚痕。寂寞空庭春欲晚，梨花滿地不開門。

江村即事　司空曙

罷釣歸來不繫船，江村月落正堪眠。縱然一夜風吹去，只在蘆花淺水邊。

宮怨　李益

露濕晴花春殿香，月明歌吹在昭陽。似將海水添宮漏，共滴長門一夜長。

夜上受降城聞笛　李益

回樂峯前沙似雪，受降城外月如霜。不知何處吹蘆管？一夜征人盡望鄉。

昭君詞　白居易

漢使卻回憑寄語？黃金何日贖蛾眉？君王若問妾顏色，莫道不如宮裏時！

楊柳枝詞　劉禹錫

煬帝行宮汴水濱，數枝殘柳不勝春。晚來風起花如雪，飛入宮牆不見人。

烏衣巷　劉禹錫

朱雀橋邊野草花，烏衣巷口夕陽斜。舊時王謝堂前燕，飛入尋常百姓家。

春詞　劉禹錫

新粧宜面下朱樓，深鎖春光一院愁。行到中庭數花朵，蜻蜓飛上玉搔頭。

自朗州至京戲贈看花諸君子　劉禹錫

紫陌紅塵拂面來，無人不道看花回。玄都觀裏桃千樹，盡是劉郎去後栽。

再遊玄都觀　劉禹錫

百畝庭中半是苔，桃花淨盡菜花開。種桃道士歸何處？前度劉郎今又來！

聽舊宮人穆氏唱歌　劉禹錫

曾隨織女渡天河，記得雲間第一歌。休唱貞元供奉曲，當時朝士已無多！

竹枝詞　劉禹錫

楊柳青青江水平，聞郎江上踏歌聲。東邊日出西邊雨，道是無晴還有晴。

集靈臺　張祜

虢國夫人承主恩，平明騎馬入金門。卻嫌脂粉汙顏色，淡掃蛾眉朝至尊。

宮中詞　　朱慶餘

寂寂花時閉院門，美人相並立瓊軒。含情欲說宮中事，鸚鵡前頭不敢言。

泊秦淮　　杜牧

煙籠寒水月籠沙，夜泊秦淮近酒家。商女不知亡國恨，隔江猶唱後庭花。

赤壁懷古　　杜牧

折戟沉沙鐵未消，自將磨洗認前朝。東風不與周郎便，銅雀春深鎖二喬。

遣懷　　杜牧

落魄江湖載酒行，楚腰纖細掌中輕。十年一覺揚州夢，贏得青樓薄倖名。

秋夕　　杜牧

銀燭秋光冷畫屏，輕羅小扇撲流螢。天階夜色涼如水，坐看牽牛織女星。

贈別（二首）　　杜牧

娉娉嫋嫋十三餘，豆蔻梢頭二月初。春風十里揚州路，卷上珠簾總不如！

其二　　杜牧

多情卻似總無情，惟覺尊前笑不成。蠟燭有心還惜別，替人垂淚到天明。

山行　杜牧

遠上寒山石徑斜，白雲深處有人家。停車坐愛楓林晚，霜葉紅於二月花。

謝亭送別　許渾

勞歌一曲解行舟，紅葉青山水急流。日暮酒醒人已遠，滿天風雨下西樓。

夜雨寄北　李商隱

君問歸期未有期，巴山夜雨漲秋池。何當共剪西窗燭？卻話巴山夜雨時。

嫦娥　李商隱

雲母屏風燭影深，長河漸落曉星沉。嫦娥應悔偷靈藥，碧海青天夜夜心！

楊柳枝　溫庭筠

館娃宮外鄴城西，遠引征帆近拂堤。繫得王孫歸意切，不關春草綠萋萋。

題昔所見處　崔護

去年今日此門中，人面桃花相映紅。人面不知何處去？桃花依舊笑春風。

江樓書懷　趙嘏

獨上江樓思悄然，月光如水水如天。同來玩月人何在？風景依稀似去年。

天津橋春望　雍陶

津橋春水浸紅霞，煙柳風絲拂岸斜。翠輦不來金殿閉，宮鶯啣出上陽花。

暮春滻水送別　韓琮

綠暗紅稀出鳳城，暮雲宮闕古今情。行人莫聽宮前水，流盡年光是此聲。

宮怨　司馬禮

柳色參差掩畫樓，曉鶯啼送滿宮愁。年年花落無人見，空逐春泉出御溝。

淮上別故人　鄭谷

揚子江頭楊柳春，楊花愁殺渡江人。數聲風笛離亭晚，君向瀟湘我向秦。

已涼　韓偓

碧欄干外繡簾垂，猩色屏風畫折枝。八尺龍鬚方錦褥，已涼天氣未寒時。

金陵圖　韋莊

江雨霏霏江草齊，六朝如夢鳥空啼。無情最是臺城柳，依舊煙籠十里隄。

隴西行　陳陶

誓掃匈奴不顧身，五千貂錦喪胡塵。可憐無定河邊骨，猶是春閨夢裏人。

寄人　張泌

別夢依依到謝家，小廊回合曲欄斜。多情只有春庭月，猶爲離人照落花。

雜詩　張泌

近寒食雨草萋萋，著麥苗風柳映隄。等是有家歸未得，杜鵑休向耳邊啼！

第二編　賦之部

第一章　賦的起源

賦是介乎詩文之間的一種文學。牠的原始形式十分像詩，自後幾經衍變，逐漸與文相近，詩的風味也逐漸輕淺，最後幾與駢文、散文無殊；所異者，牠的外形雖是十之八九已散文化了，却還保持牠叶韻的法則。因此賦還與詩詞等並稱，預於韻文、美文之列。班固兩都賦序云：

『賦者，古詩之流也。』漢書藝文志云：

『傳曰「不歌而誦謂之賦。」』古時的詩，都可以歌詠或播入樂章，其有不歌詠入樂而用以諷誦者，則又稱之爲頌（頌與誦通，）頌亦詩也。賦誦二字在古時似沒有什麼區別。招魂賦云：

『人有所極，同心賦些。』王逸注云：『賦，誦也。』

朱熹注尤其明白，曰：『賦者，不歌而誦其所撰之詞也。』於此可知古所謂賦，與謠辭及徒歌相類，亦詩歌之一，班固所說：『古詩之流』是不差的。誦，大概是朗讀，或者也有音拍節族，惟不入樂，至多像徒歌。且古時的詩歌也不一定入樂，或是永歌，或是諷誦，隨時隨地而異。

賦誦既同義，我們試檢古時的賦或誦究屬怎樣的體制。國語周語云：『故天子聽政，使公卿至於列士獻詩，瞽獻典，史獻書，師箴，瞍賦，矇誦。』韋昭分注云：『無眸子曰瞍。賦公卿列士所獻詩也。有眸子而無見曰矇。誦箴諫之語。』此處所說的賦，還只是諷誦的意義，其所諷誦者是詩，與矇所誦的箴諫之語有別。再看左傳襄公十四年有云：『自王以下，各有父兄子弟以補察其政。史爲書，瞽爲詩，工誦箴諫。』孔穎達分注曰：『采得民詩，乃使瞽人爲歌以風刺，非瞽人自爲詩也。工亦瞽也。詩辭自是箴諫，而箴諫之辭或有非詩者。如虞箴之類，其文似詩而別。詩必播之於樂，餘或直誦其言。』此處已不說賦而只言誦，『工誦箴諫』一語，似包涵『師箴，瞍賦，矇誦』三事而言。（瞍、矇、瞽三者之爲盲，其意甚明。師爲樂師，周樂官名，其長稱太師，以瞽者爲之。國語云：『瞽史教誨。』注云：瞽，樂太師，是師亦瞽也。）

在上面所引的兩節中，都沒有實在可誦的辭句，惟孔氏正義中僅說如虞箴之類。那末虞箴是怎樣的呢？左傳襄公四年有云：

芒芒禹迹，畫爲九州，經啓九道。民有寢廟，獸有茂草；各有攸處，德用不擾。在帝夷羿，冒于原獸，忘其國恤，而思其麀牡。

武不可重，用不恢于夏家；獸臣思原，敢告僕夫。

這大概是工誦的箴諫，其體制與詩無異，惟其語句，帶有諷諫訓誨的意味，故稱箴諫，至於宋玉及漢人的賦，每出以諷諭，蓋古誦之遺也。

左傳隱公元年『公（鄭莊公）入而賦：「大隧之中，其樂也融融。」姜（莊姜）出而賦：「大隧之外，其樂也洩洩。」』這可視為被稱為賦的最早的兩篇，然而各僅二句。僖公五年：『士蔿退而賦曰：「狐裘尨茸，一國三公，吾誰適從？」』這也只有三句，但不能不說是賦之始。

綜上觀之，所謂賦者，只是一動詞，乃諷誦之義。高唐、神女二賦中，亦有『試為寡人賦之』之語，此賦字亦作動詞，降及後世，始將所賦者之辭，稱之曰賦，由是賦便成為一種文體的專名了。

今之所謂賦，絕不像前例中的簡短，長者有千百言，這又何自而衍化成功的呢？

賦導源於古詩，然而漢魏人之賦，所涵詩的成分，非常之少，其格調的大部分，都從楚辭（指屈原宋玉二人之作，不限於楚辭一書）中來的。楚辭才是賦的眞實的源泉，此外還受些孫卿賦篇的影響。以下請分述之。

我們試將楚辭全部的體裁分析之，大約可括為三類及若干目。

一　騷體　(1)全篇用「兮」字者屬之，如離騷、九歌、九章、遠遊、九辯等是。

(2)全篇用「些」字間用「兮」字者屬之，如招魂是。

(3)全篇用「只」字者屬之，如大招是。

二　非騷體　(4)全篇四言似詩者屬之，如天問是。

(5)全篇似散文者屬之，如卜居、漁父、風賦是。

三　兩合體　(6)一二兩體兼用者屬之，如高唐、神女、登徒子好色等賦是。

楚辭的體裁，盡於此矣。兩漢的賦，亦莫不如是，鮮能出此範圍者。尤其是用(1)(5)(6)三式者為多。如賈誼之惜誓、弔屈原，莊忌之哀時命，司馬相如之大人、哀二世，揚雄之甘泉，胥屬(1)式。司馬相如之子虛、上林，揚雄之羽獵、長楊，枚乘之七發，班固之兩都，胥屬(5)式。如賈誼之服鳥，王褒之洞簫，班彪之北征，張衡之南都，曹植之洛神，胥屬(6)式。

(2)(3)(4)三式，賦中殊乏其例。卽楚辭中亦各僅一篇。

此外，賦中所有的其他的體製，亦皆自楚辭中得來。如：

1. 賦前之序　賦前或有序，其序率為散文，間有參以騷體者，皆出自卜居、風賦、高唐、神女招魂等篇。

2. 賦後之亂　賦後或有亂，亂必用騷體，此出自離騷招魂等篇。或有殿以詩或頌，率用四言，此又詩之遺也。

亂者，樂之卒章。論語：「關雎之亂，洋洋乎盈耳哉。」離騷朱熹註云：「凡作樂章既成，撮其大要以爲亂。」倘有相似於亂者曰「誶」，（賈誼弔屈原賦）即亂辭也。曰「系」（張衡思玄賦）系，繫也，言繫一賦之前意也。又有曰「倡」（九章、抽思）亦歌之音節，所以發歌句者也。曰「少歌」，（九章、抽思。荀卿佹詩作小歌）亦樂章音節之名。曰「重」（屈原遠遊，班婕妤自悼賦）有復歌之意。「倡」用於少歌之下，有獨用者。漢賦中有單稱「歌」者，當爲少歌之省。

以上各體俱同亂，用騷體。惟「系」用七言句，句必協韻。「誶」「倡」二者在後人賦中殊不多見，餘則不乏其例。

3. 用問答體　賦中用問答體者極多，乃自卜居、漁父、風賦、高唐、神女等中得來。

4. 用諷諫語　漢人作賦，縱極鋪張揚厲，盡態極妍，或寫田獵之盛，或狀宮室之美，或繪神女之姿，或記山川之勝，瓌詞麗句，纚纚千言，其措辭或結穴處，每託以諷諫，此雖爲工誦箴諫之遺，而其制則皆備於風賦、高唐等篇中。

綜此觀之賦的體制，十之八九得自楚辭，餘則源於孫卿之賦篇。孫賦六篇，以四言為主，亦用問答體。又成相一篇凡四章，純以三言七言與四言七言，參錯成文，用論述體。其陳義不外班固所云『或以抒下情而通諷諭，或以宣上德而盡忠孝。』是亦後之作賦者所取法焉。

「賦」之為言誦也，前既明之矣。此賦之初義也。後之言賦者，多作鋪陳解，源乎詩之大義。詩大敍云：

詩有六義焉：一曰風，二曰賦，三曰比，四曰興，五曰雅，六曰頌。

風、雅、頌為詩之體，其實因牠所用之處有不同而異其名稱的。賦、比、興為詩之用，實則是牠技術方法的不同，或用賦，或用比，或用興，三者之中，賦之為用最廣，而其效亦最宏，所以敷陳事理，抒寫物情，匪若比興二者其道甚窄，在詩詞中已覺用鋪敍的方法多，在似詩而實近於文的賦中，自非廣用不可了。

摯虞文章流別云：『賦者敷陳之稱，所以假象盡辭，敷陳其志。』

劉勰文心雕龍詮賦篇云：『賦者，敷也。鋪采摛文，體物寫志也。』

觀乎此，更可知「賦」之涵義，與其篇章之體製。

第二章 賦的體製

在前章中，爲敍述明瞭起見，把賦體的一部分，已大略說過。此章當專及賦的分類方面。賦的分類，有三分法與四分法。三分法分爲文、騷、駢三格，惟不甚通行。通常依徐師曾文體明辨的主張，分古、俳、文、律爲四體。若以其流變觀之，應爲古、俳、律、文。以下請略明其體式。

古賦　指楚辭、孫賦及兩漢篇章而言。其中實含有騷賦、漢賦兩門，惟其界限不甚明顯，如漢賦中不少騷體的存在，而楚辭中又不盡爲騷體也。

楚辭爲詩之變，亦賦之祖，其略已於第一編中言之。茲章稍補前編之所未及。

楚辭以騷體爲主，非騷體者十之二三。以騷體分析之，其式有三：

A. 多六言句，奇句之末，必有「兮」字。若離騷、九章（除涉江、橘頌）遠遊、九辯（除第二章及第一章之上半）等是。

B. 多五言及六言句，每句有「兮」字，必在句中。若九歌、九辯之第二章及第一章之上半，遠遊之「重」十二句等是。

C. 多四言句，偶句之末必用「兮」字以足四言，實爲四三言句。或確爲四言，加「兮」

字爲五言者。若橘頌及涉江，抽思，懷沙等三章之「亂。」招魂、大招亦同。惟招魂以「些」字代「兮」字。大招以「只」字代「兮」字。

九章中涉江一章，則以AB兩式參錯成文。今再以篇章爲本位，注其所用之體式於下：

離騷A亂A　九歌（十一章）B　惜誦A　涉江A.B亂C　哀郢A亂C　抽思A少歌A倡A亂C　懷沙A亂C　思美人A　惜往日A　橘頌C　遠遊A　重B　九辯第一章之上半B下半A第二章B三章至九章A　招魂C（用些字）亂B　大招C（用只字）

所謂騷賦，應指上列諸篇而言。其非騷體者，若嚴格論之，實不得謂爲騷。未可以其爲楚人之作而概稱之也。非騷體者，屈原有卜居、漁父兩篇，宋玉有風賦一篇，皆似散文。又宋玉之高唐、神女、登徒子好色賦，其序皆散，賦辭多四言或三言，間雜騷體數句。

漢賦之體，製同楚辭，騷體者多用前例之A式，用BC式者甚尠。亂辭與歌辭，每與賦辭異其式。非騷體者，多類高唐神女等篇，也有全用散文如卜居、風賦者。

凡非騷體之作，序與問答辭皆散文，賦辭皆叶韻，歌辭必用騷體，此即賦異於散文之處。

俳賦　俳賦亦稱駢賦，乃排比聲律，駢四儷六之作。導源於王褒，蘩衍於東漢，然排而不必盡偶，駢而不必盡儷也。下逮魏晉，其格始成，遂由古賦而流為俳賦矣。降及齊梁，徐庾繼起，創為隔句相對之制，由是於四六文之外，復有四六賦之體，自楚騷至此，蓋已三變矣。俳賦詞采紛綺而乏情性，蓋過重外形，忽於內在，六朝文學多尚堆砌，果不獨辭賦為然。

律賦　洎乎李唐，沿六代之舊，後又以賦取士，一拘於徐庾之隔句作對，再束於限用官韻，軌範愈嚴，其道益窄，作者但求音律諧協，對偶精工，雕飾過多，僅留外貌，賦情辭理，非所論已。以限韻之故，篇章率皆簡短，漢魏冗長之弊，轉因之一洗矣。宋元明清四代，概行科舉，為用既宏，而其行益廣，律賦之作，得亙千祀而不廢。

文賦　律賦格律過嚴，除科考時不得不然外，平日著作，漸為文士所不滿。且宋代為復古空氣很濃之時，此類非古的桎梏，盡行打破，於賦體上乃得一大解放；所謂文賦，即於此時出現。歐之秋聲，蘇之赤壁，咸推為此體之傑構。既不斷斷於格律，亦不兢兢於排比對偶，第以作散文方法行之。杜牧阿房宮賦為之濫觴，屈宋之卜居、漁父、風賦、高唐等篇，實開此體先河。

揚子法言吾子篇云：『詩人之賦麗以則，辭人之賦麗以淫。』我們讀宋玉好色賦云：『眉如翠羽，肌如白雪，腰如束素，齒如含貝。』曹植洛神賦云：『肩若削成，腰如約素，延頸秀項，皓質呈露。』又云：『丹脣外朗，皓齒內鮮，明眸善睞，靨輔承權。』等句，已覺賦情綺豔，體物纖妍。再讀司馬相如美人賦云：『女乃弛其上服，表其褻衣，皓體呈露，弱骨豐肌；時來親臣，柔滑如脂。』這眞是赤條條一絲不掛，且進而及於狎褻行爲矣。所謂辭人之賦麗以淫者，其在斯乎！劉勰文心雕龍物色篇云：『及長卿之徒，詭勢瓌聲，模山範水，字必魚貫；所謂詩人麗則而約言，辭人麗淫而繁句。』乃知所謂淫者，指繁縟溢過而言，非邪亂之義。相如子虛賦云：『其石，則赤玉玫瑰，琳瑉昆吾，瑊玏玄厲，碝石碔砆。其東則有蕙圃，蘅蘭芷若，穹藭菖蒲，茳蘺麋蕪，諸柘巴苴。……其中則有神龜蛟鼉，瑇瑁鼈黿。其北則有陰林其樹，楩枬豫章，桂椒木蘭，檗離朱楊，樝梨梬栗，橘柚芬芳。其上則有鵷雛孔鸞，騰遠射干。其下則有白虎玄豹，蟃蜒貙犴。』此卽「模山範水，字必魚貫」之例。然而猶未甚也。自馬楊而下，乃至班張，舉凡山川城郭，宮室都市，典章制度，衣冠文物，以及鳥獸蟲魚，草木金石之屬，務必侈陳駢列，夸目炫心，以至紛繁冗沓，有若類書。所以三都二京，均歷十年乃成，昔人所謂非構思之艱，實集材不易。是等作品，祇可偶爾爲之，長此推砌鋪排，文學情味，索然盡矣。勢必讀未終篇，往往棄之几格，殊無謂也。

漢魏六朝，短賦亦頗流行。其制昉自西漢，厥體與古賦、俳賦不殊，而篇幅甚短。少則四句、六句、八句，多則十數句，多用以詠物，有間用騷體者。羊勝屏風賦、劉歆燈賦，僅十句。張衡扇賦祇四句。此種短賦，實不能另成一類，非謂篇章過短，實因其體制猶是古賦、俳賦也，故附及之。

第三章　賦的聲律

賦的聲律，概比詩、歌、詞、曲爲寬，其中惟律賦較爲嚴格。律賦之用韻與近體詩同，「東」「冬」「江」「陽」皆分用。古、俳、文賦則否，各韻類可通轉，與古詩同。賦序與問答辭類用散文無韻。亂辭、歌辭必叶韻。賦辭之偶句多叶韻，在古賦、文賦中有不叶者，也有逐句連叶者。總之其叶韻方法殊不一定。字句既不必駢偶，又不講對仗，少則兩韻即轉，多則數十句方轉韻，此皆格律甚寬之證。其用騷體之A、C式者，必於偶句叶韻，用B式者多逐句連韻。

俳賦之格律，較古賦文賦爲嚴。句必俳比，字必對偶。逮隔句相對之制興，乃成四六。其所異於駢文者，有韻與無韻耳。俳賦之偶句必協韻，其隔句相對者，必於第四句協韻。其韻數與韻部數，尚無限制，此寬於律賦之處。

律賦自俳賦變衍而成，俳賦所有之格律，律賦一一保存之。既參以沈約之四聲八病，又限以官韻。一篇之中，至少用四韻部，每部至少用四韻。其所限之官韻，類爲四韻至八韻，故律賦之篇幅，無過長過短之差。賦前已無序，賦後間以詩歌作結，此猶亂辭歌辭之遺制。其限韻也，率以詩賦中成句或古語行之可任意取叶不拘次第，及清代科試，則非挨次押用不可矣。

於此當附帶的說一說楚辭的聲樂問題。漢書藝文志固有「不歌而誦謂之賦」的一句話，這是普遍的說法，非單指楚辭而言，前章曾說楚辭爲「賦之祖」亦「詩之變。」詩是歌唱入樂的，賦是不歌而誦的。然則非詩非賦，亦詩亦賦的楚辭如何呢？欲解答這問題，須把楚辭分成幾部分來研究，因爲其中篇章，不很一律，不能概括的說「歌」或「不歌。」

大概楚辭的小部分是歌的，幷且入樂的，其大部分是不歌而誦的。牠的誦，恐不僅是朗讀而已，還有牠特殊的音響節族。亦和聲中節，有若歌詩；惟絕對不入樂，至多像歌詩時徒歌一樣。這特殊的聲響，必爲楚聲楚調，不與黃河流域所產的三百篇的歌法相同。

九歌凡十一篇，大概全部可歌唱入樂的。這是楚國正式的樂章，是迎神送神的曲子。照朱熹的序看來，是楚國民間的作品，產生在離騷之前，不過曾經屈原改過罷了。朱序說：

沅湘之間，其俗信鬼而好祀，其祀必使巫覡作樂歌舞以娛神。蠻荆陋俗，詞既鄙俚，而其陰陽人鬼之間，又或不能無褻慢淫荒之雜。原既方逐，見而感之，故頗爲更定其詞，去其泰甚。……

這一段關於作樂、歌舞、娛神的話，以九歌中第一篇東皇太一及末篇禮魂中的辭句證之，是很可信的。

離騷、天問、九章、遠遊，大概都是不歌而誦的。離騷、遠遊、都很長，其勢似不可歌。（似不能以漢魏樂府中分解的例解釋楚辭。）天問都是發問之辭，佹佹紛錯，間雜怪誕，殊不像歌辭。九章或有歌的可能，篇幅不長，與九歌相若，其中有少歌、有倡、有亂、有重，很多樂節之名。然而離騷、招魂之末亦有亂，若以漢魏樂府中亂、趨之例觀之，似亂與少歌等等，亦和歌者。但又不能十分肯定，因爲楚騷是有特殊聲響的一種諷誦，恐與永歌相若，安知亂與少歌等等，不變換另一種音節以諷誦之呢？

招魂，大招也不像可歌。其他如卜居、漁父、風賦、高唐、神女、好色等篇，很少歌的可能性了。

漢書王褒傳云：『徵能爲楚辭九江被公召見誦讀。』又沈欽韓漢書藝文志補註云：『楚辭至隋時有釋道騫善讀之，能爲楚聲，音韻清切，至今傳楚詞者皆祖騫公之音。』這兩段是前述假定中一部分的證據。

第四章　賦的演進

第一節　戰國兩漢的賦（古賦時期）

屈宋爲賦家二祖，屈原創業宋玉光大。然屈原全部篇章中，無有以賦稱者。賦之名始見於宋玉之篇章，及荀卿之著述。然而宋玉之賦，胥祖其師之所爲，固未嘗因其有賦之稱，其體裁有若何之變異也。是屈子之文縱不名曰賦，其實乃賦家之祖；矧兩都之士固莫不則離騷，法天問，寓情草木，託意男女，懷古感今，離憂渫憤，以效原之所爲哉！

楚辭一書爲賦家典型，猶儒家之於詩書，道家之於道德、南華也。離騷一篇，最是人間瓌寶，前無古人，後無來者，尊之曰經，誰曰不宜。

辭賦作始於三楚，而繁昌於兩漢。馬揚班張之徒，聯鑣競爽，郁郁乎一代之鴻文，恢恢乎千秋之極則也。賈長沙以命世之才，侘傺不偶，乃爲弔屈原、服鳥諸賦，感傷哀痛，不能自已。所以弔人，亦所以自悼焉。要其恢閎瑰麗，微遜馬班，然而悱惻纏綿，自是一時之傑。斯屈宋之洪流，楚騷之嗣響也，司馬長卿本蜀中豪士，薄遊西京。其爲賦也，控引天地，綜合古今，故其辭沈博奧衍，典麗精深。雖出自楚騷，而能融化其跡，自創新格，所謂遺貌取神者也。騷賦至此，蓋稍變矣。兩漢文學，以辭賦爲鉅宗，長卿尤爲之冠冕；西京之枚賈，東都之班張，咸非其匹。不特兩漢之雄，亦千古騷壇之主。厥後賦家，多規橅長卿，章模句繪，其能自振者鮮也。

與長卿同時者，有嚴氏枚氏父子及朱買臣吾丘壽王之徒，多祖述屈宋。惟枚叔七發，爲此中創格，昭明文選至爲之特設一體，後人集之，乃成七林，可見其效之者廣矣。

相如而後，西漢之以賦稱者，推王褒揚雄二人，其人皆居蜀，能紹相如之緒，持而弗失者也。淵雲雖並稱，而淵不如雲。子雲上規屈宋，下法長卿，宏肆奇崛，煥乎有文，縱未足與相如並轡，使爲之驂乘而決無愧也。

東都辭賦，較西京爲縟麗，子淵賦頌，已啓其端，其獨能繼馬揚之餘緒，具正則之遺風者，班張二人而已。他若馮衍、傅毅、王延壽、蔡邕、禰衡諸家，皆其亞也。

屈平，戰國楚人，字原，爲楚懷王左徒，又爲三閭大夫。因讒被放，作離騷等二十五篇，自投汨羅以死。其著作之大概，已見第一編中，茲不再述。請敘其弟子宋玉。

宋玉，戰國楚人，爲楚大夫，能傳其師屈原之學。閔惜原之忠而被謗，故作九辯以述其志。

漢書藝文志載有賦十六篇。九辯、招魂、並載楚辭；他如風賦、高唐、神女、登徒子好色等篇，均見文選。此外玉笛、釣賦、大言、小言、舞賦、諷賦等見古文苑，恐爲後人僞作。又文選中尙有宋玉對楚王問一篇，亦宋玉作，厥體與漁父卜居相若。昭明以卜居、漁父入騷，此篇又特設對問一類，欠當。若以卜居漁父爲賦，則此篇應與之同入非騷體一類。若以有韻無韻判之，則漁父與此篇皆無韻，胥不得目爲騷賦也。又高唐、神女兩賦，實上下篇，詞意銜貫，司馬相如之子虛、上林，揚雄之羽獵、長楊，班固之二都，張衡之二京，皆此類也。

屈平弟子，尙有唐勒、景差二人，皆好辭，而以賦見稱。漢志載唐勒賦四篇，今皆失傳。景賦漢志不著錄，朱熹以大招爲景差作，殊無據。此篇似爲招魂之擬作，恐出自漢人之手。

荀況，戰國時人，時人相尊，亦稱荀卿，儒家也。作賦十篇，尙義理而不重辭藻，故校屈宋爲質樸。賦篇五篇純用隱語，如禮篇云：『爰有大物，非絲非帛，文理成章，非日非月，爲天下明。生者以壽，死者以葬，城郭以固，三軍以强，粹而王，駁而伯，無一焉而亡，臣愚不識，敢請之王。』後附佹詩一篇。又有成相四篇，盧文弨曰：『審此篇音節，卽後世彈詞之祖。』又曰：『大約記於瞽矇諷誦之詞，亦古詩之流也。』兪樾云：『禮記曲禮篇：「鄰有喪，舂不相。」鄭注曰：「相謂送杵聲，」蓋古人於勞役之事，必爲謳歌以相勸勉，亦舉大木者呼邪許之比。其樂曲卽謂之相，請成相者，（成相四篇，其中三篇皆用「請成相」三字爲首。）請成此曲也。』據此則成相亦歌謳之詞，與楚騷等廣義言之，亦樂曲也。

賈誼，漢洛陽人，文帝時爲大中大夫，爲人所讒，出爲長沙王太傅，過湘水，投書以弔屈原。後遷梁王太傅，憂傷以卒，年三十三。漢志載其賦七篇，惜誓、弔屈原、服鳥三篇具見楚辭。又旱雲、簴賦二篇，見古文苑，共五篇。

莊忌，漢吳人，後避明帝諱，稱嚴忌。爲梁孝王賓客；以詞賦稱，世稱莊夫子。漢志有莊夫子賦二十四篇，今存哀時命一篇。擬騷之作也，見楚辭。又漢志載有嚴助賦三十五篇，常侍郎莊怱奇賦十一篇。助爲莊夫子之子；怱奇或言莊夫子之子，或言族家子，助昆弟也。

枚乘，漢淮陰人，字叔。初仕吳，後遊於梁，與莊忌同爲梁孝王客，而乘名尤高。孝王薨，乘歸淮陰。武帝素聞其名，及卽位，乘年老，以安車蒲輪徵之，道死。漢志載有賦九篇，今存梁王菟園賦，忘憂館柳賦各一篇，見古文苑。又七發一篇，爲騷賦之變，辭句詭麗，七體之創也，見文選。子皐，亦工詞賦，漢志載有百二十篇之多，今失。

司馬相如，漢成都人，字長卿。爲梁孝王客，與枚乘、莊忌之徒遊。初貧困，薄有文名。嘗飲於臨邛富人卓王孫家；卓女文君新寡，相如以琴心挑之，文君夜奔相如，乃與馳歸，家居徒四壁立。嘗作子虛賦，武帝讀而善之，曰：『朕獨不得與此人同時哉？』時蜀人楊得意爲狗監，侍上，曰：『臣邑人司馬相如自言爲此賦。』上驚，乃召問相如，相如曰：『有是，然此乃諸侯之事，未足觀，請爲天子遊獵之賦！』上令尙書給筆札。相如乃爲上林賦，意思蕭散，不復與外事相關。忽然如睡，煥然而興，幾百日而後成。賦成奏上，天子大悅，授以爲郎。相如見上好仙，又以大人賦奏之，天子悅甚，飄飄然有凌雲之氣，似遊天地之間。長卿之賦，在當代已負重名，時陳皇后寵衰，居長門宮，聞相如天下工爲文，奉黃金百斤爲相如文君取酒，相如因爲文以悟主上，陳皇后復得親幸，卽所傳長門賦也。相如性風流放誕，少好讀書，又好擊劍，景帝時爲武騎常侍，武帝時以通西南夷功，拜文園令，後以消渴病免，居茂陵卒。漢志有賦二十九篇，今存子虛、上林、大人、哀二世、長門、美人等六篇。子虛、哀二世、大人載本傳，亦載文選。文選又分子虛之下篇曰上林，又有長門賦。古文苑載美人賦。

王褒，漢蜀人，字子淵。宣帝時入都，上聖主得賢臣頌。後擢爲諫議大夫，時太子體不安，詔褒等之太子宮娛侍，太子朝夕誦書奇文，及所自造作。疾平，太子喜褒所爲甘泉及洞簫頌，令後宮貴人左右皆誦讀之。漢志有賦十六篇，傳者僅九懷（見楚辭）洞簫賦（見文選），及聖主得賢臣（見本傳）甘泉、碧雞（均見全上古三代秦漢三國晉南北朝文）三頌。

揚雄，漢成都人，字子雲。博習羣書，又好詞賦，覩司馬長卿之作而壯之，每擬之以爲式。嘗怪屈原文過相如，至不容作離騷，自投江而死，悲其文，讀之未嘗不流涕也。以爲君子得時則大行，不得時則龍蛇，遇不遇命也，何必湛身哉！乃作書，往往摭離騷文而反之，自岷山投諸江流，以弔屈原，名曰反離騷，（見本傳。）又旁離騷作「重」一篇，名曰廣騷。又旁惜誦以下至懷沙一卷，名曰畔牢愁。成帝時，蜀人楊莊誦雄所作成都四隅銘於帝，以爲似相如，薦之。上方郊祠甘泉泰畤，汾陰后土，以求繼嗣，召雄待詔承明之庭。正月，從上甘泉，還，奏甘泉賦（見本傳、文選）以風之。其三月，將祭后土，上乃帥羣臣橫大河，湊汾陰。既祭，迹殷周之墟，眇然以思唐虞之風，雄以爲臨川羨魚，不如歸而結網，乃上河東賦（見本傳、文選）以風之。明年，上將大誇胡人以多禽獸，載以檻車，輸長楊射熊館，以網爲周陸，縱禽獸其中，令胡人手搏之，（與羅馬鬬獸若，時公元前十一年，正屋大維當國，盛行鬬獸時也。）自取其獲，上親臨觀焉。是時農民不得收斂，雄從至射熊館，還，上長楊賦以風之（見本傳、文選）。羽獵、長楊，猶長卿之子虛、上林也。子雲之賦，效長卿而有勿逮，故雅服其人。其言曰：『長卿賦不似從人間來，其神化所至邪。』又曰：『詩人之賦麗以則，辭人之賦麗以淫。如孔氏之門用賦也，則賈誼升堂，相如入室矣。』其推重如此。子雲之賦，除上述四篇外，尚有太玄、蜀都、逐貧三篇（均見古文苑）又解嘲、解難二篇，亦騷賦之變。見漢書本傳。全上古三代秦漢三國文中有酒賦一篇。漢書趙充國傳有趙充國頌一篇。漢志載有揚雄賦十二篇，今合計之略如此數。

班固，後漢安陵人，字孟堅，父彪踵史記作後傳數十篇。固典較祕書，續父著漢書，八表及天文志未竟而卒。和帝詔固妹昭踵成之。爲腐史後唯一良史。班氏不僅爲史家，亦東漢詞賦之巨擘。彪年二十爲北征賦（見文選）茂才卓識，不愧作者。大家撰東征賦（見文選）朗潤淸華，允稱佳構。孟堅兩都，不獨規模長卿，胎息揚子。渾醇樸茂，典麗喬皇，儼然東京一大作手。此外尙有賦六篇。（見漢魏六朝名家集）

張衡，東漢西鄂人，字平子。時天下太平日久，自王侯以下，莫不踰侈，衡乃擬班固兩都作二京賦，因以諷諫。十年乃成。順帝時爲河間相，時閹宦擅權，天下漸弊，乞歸骸骨，作四愁詩、歸田賦以見意。平子尙有思玄賦、南都賦各一篇，俱見文選。此外漢魏名家集有七篇，共十三篇。

馮衍，後漢杜陵人，字敬通。少有大志，而不遂其願，擬騷作顯志賦。『顯志者，言明風化之情，昭章玄妙之思也。』

傅毅，後漢茂陵人，字武仲，爲蘭臺令史，與班固、賈逵共典校祕書。典論論文曰：『傅毅之與班固伯仲之間耳。』毅有舞賦一篇見文選。

王延壽，後漢宣城人，字文考，逸之子也。有雋才，遊魯作靈光殿賦，後蔡邕亦造此賦，未成，及見延壽所爲，甚奇之，遂輟翰而止。時延壽年僅二十也。斯賦藻采紛披，機局流暢，爲東京傑作。年二十四溺漢江而死，惜哉！

蔡邕，東漢圉人，字伯喈。有獨斷、蔡中郎集傳於世。作賦十八篇，述行賦頗稱於世。

古賦三篇

神女賦（幷序）　宋玉

案此篇序中「王曰」「玉曰」有誤，恐有脫訛或衍文。

楚襄王與宋玉遊於雲夢之浦，使玉賦高唐之事。其夜王寢，果夢與神女遇，其狀甚麗，王異之。明日以白玉。玉曰：『其夢若何？』王曰：『晡夕之後，精神恍忽，若有所喜，紛紛擾擾，未知何意。目色髣髴，乍若有記。見一婦人，狀甚奇異，寐而夢之，寤不自識，罔兮不樂，悵然失志。於是撫心定氣，復見所夢。』王曰：『狀何如也？』玉曰：『茂矣美矣，諸好備矣；盛矣麗矣，難測究矣！上古既無，世所未見，瓌姿瑋態，不可勝贊！其始來也，耀乎若白日初出照屋梁；其少進也，皎若明月舒其光。須臾之間，美貌橫生，曄兮如華，溫乎如瑩，五色並馳，不可殫形；詳而視之，奪人目精。其盛飾也，則羅紈綺繢盛文章，極服妙采照萬方，振繡衣，被袿裳，穠不短，纖不長，步裔裔兮曜殿堂，忽兮改容，婉若遊龍乘雲翔。嫷被服，侻薄裝，沐蘭澤，含若芳。性和適，宜侍旁；順序卑，調心腸。王曰：『若此盛矣！試爲寡人賦之！』玉曰：『唯，唯。』

夫何神女之姣麗兮，含陰陽之渥飾；被華藻之可好兮，若翡翠之奮翼。其象無雙，其美無極；毛嬙鄣袂，不足程式；西施掩面，比之無色。近之既妖，遠之有望；骨法多奇，應君之相。視之盈目，孰者克尚？私心獨悅，樂之無量。交希恩疎，不可盡暢；他人莫覩，王覽其狀。其狀峨峨，何可極言！貌豐盈以莊姝兮，苞溫潤之玉顏。眸子炯其精朗兮，瞭多美而可觀，眉聯娟以蛾揚兮，朱脣的其若丹。素質幹之醲實兮，志解泰而體閑。既姽嫿於幽靜兮，又婆娑乎人間。宜高殿以廣意兮，翼放縱而綽寬。動霧縠以徐步兮，拂墀聲之珊珊。望余帷而延視兮，若流波之將瀾。奮長袖以正衽兮，立躑躅而不安。澹清靜其愔嫕兮，性沈詳而不煩。時容與以微動兮，志未可乎得原。意似近而既遠兮，若將來而復旋。褰余幬而請御兮，願盡心之惓惓！懷貞亮之絜清兮，卒與我兮相難。陳嘉辭而云對兮，吐芬芳其若蘭。精交接以來往兮，心凱康以樂歡。神獨亨而未結兮，魂煢煢以無端。含然諾其不分兮，喟揚音而哀歎。頩薄怒以自持兮，曾不可乎犯干。於是搖珮飾，鳴玉鸞；整衣服，斂容顏，顧女師，命太傅；歡情未接，將辭而去；遷延引身，不可親附。似逝未行，中若相首，目略微眄，精彩相授。志態橫出，不可勝記。意離未絕，神心怖覆，禮不遑訖，辭不及究。願假須臾，神女稱遽。徊腸傷氣，顛倒失據。闇然而暝，忽不知處。情獨私懷，誰者可語？惆悵垂涕，求之至曙。

兩都賦序（賦長從略）　班固

或曰：『賦者，古詩之流也。』昔成康沒而頌聲寢，王澤竭而詩不作。大漢初定，日不暇給。至於武宣之世，乃崇禮官考文章。內設金馬石渠之署，外興樂府協律之事，以興廢繼絕，潤色鴻業。是以衆庶悅豫，福應尤盛：白麟、赤鴈、芝房、寶鼎之歌，薦於郊廟；神雀、五鳳、甘露、黃龍之瑞，以為年紀。故言語侍從之臣，若司馬相如、虞丘壽王、東方朔、枚臯、王褒、劉向之屬，朝夕論思，日月獻納。而公卿大臣，御史大夫倪寬、太常孔臧、太中大夫董仲舒、正宗劉德、太子太傅蕭望之等，時時間作。或以抒下情而通諷諭，或以宣上德而盡忠孝。雍容揄揚，著於後嗣，抑亦雅頌之亞也。故孝成之世，論而錄之，蓋奏御者千有餘篇，而後大漢之文章，炳焉與三代同風。且夫道有夷隆，學有麤密。因時而建德者，不以遠近易則。故臯陶歌虞，奚斯頌魯，同見采於孔氏，列於詩書，其義一也。稽之上古則如彼，考之漢室又如此。斯事雖細，然先臣之舊式，國家之遺美，不可闕也。臣竊見海內清平，朝廷無事。京師修宮室，浚城隍，起苑囿，以備制度。西土耆老，咸懷怨思，冀上之睠顧，而盛稱長安舊制，有陋雒邑之議。故臣作兩都賦，以極衆人之所眩曜，折以今之法度。

歸田賦　張衡

遊都邑以永久，無明略以佐時。徒臨川以羨魚，俟河清乎未期。感蔡子之慷慨，從唐生以決疑。諒天道之微昧，追漁父以同嬉。超埃塵以遐逝，與世事乎長辭。於是仲春令月，時和氣清。原隰鬱茂，百草滋榮。王雎鼓翼，鶬鶊哀鳴。交頸頡頏，關關嚶嚶。於焉逍遙，聊以娛情。爾乃龍吟方澤，虎嘯山丘。仰飛纖繳，俯釣長流。觸矢而斃，貪餌吞鉤。落雲間之逸禽，懸淵沈之魦鰡。於是曜靈俄景，係以望舒。極般遊之至樂，雖日夕而忘劬。感老氏之遺誡，將迴駕乎蓬廬。彈五弦之妙指，詠周孔之圖書。揮翰墨以奮藻，陳三皇之規模。苟縱心於物外，安知榮辱之所如。

第二節　魏晉南北朝的賦（俳賦時期）

魏晉而後，降及六朝。賦體日即靡儷，再變而爲俳賦。鑄辭務極妍華，琢句必求駢偶。關中之古意已漓，江左之澆風斯扇。建安七子，雖居漢季，實爲魏臣。七子之中王粲獨長詞賦；偉長佳製，可匹仲宣。子桓論文以爲張蔡不過。孔璋、公幹之徒，非其儔也。

與七子同時者，厥惟曹氏昆弟。子桓所作，頗有可觀。然而不見錄於文選。子建以繡虎之才，雄視當代，其所爲洛神賦，美人芳草，託屈宋比喻之思，鋪采摛文，牖江鮑綺靡之習，非有八斗之雄才，寧成此一朝之傑作哉。

兩晉文學，首推太康，陸左潘張，蜚聲洛下。士衡江左清才，情辭富麗，文賦一篇，述先士之盛藻，雕龍十卷，詎掩蓋其華！思惟是字必對偶，句必駢儷，六朝之風尙已成，益非鄴都之氣韻矣。安仁翩翩風度，擲果才華，所作藉田諸賦，其雄渾處，已入淵雲之室。所謂陸才如海，潘才如江者，洵篤論也。太沖辭藻壯麗，不讓潘陸，三都之宏肆，足以振墜緒於班張兩京之後，一人而已。士龍以下，可無論焉。

南渡而還，惟淵明閑情一賦，樂而不淫，猶有風人之致。元嘉之際，顏謝齊名，延年之赭白馬，頗著稱譽。康樂爲五言之雄，不以騷些見長。惠連、希逸，以雪月並傳，烏衣子弟，流風未替。他如明遠之蕪城，文通之恨別，蕪城則蒼涼遒勁，恨別則哀怨芳菲，胥一時傑構。

爲六朝之殿者，則惟子山庾氏，其哀江南賦，臚陳史實，譏彈得失，歎鄉國之途修，寄歸思於楮墨，允爲當時絕作。其小園、枯樹，亦不減齊梁藻麗，江左風流，猶有存焉者也。

李唐以詩賦取士，首重聲律，及其至也，益以限韻，桎梏既多，眞氣乃喪。其下焉者，專騖雕績，競尙浮詞，文之內質，斯索然矣。

趙宋一代，有所謂文賦者出。歐之秋聲，蘇之赤壁，咸推絕唱。其體於陳情體物之外，雜以議論，兼之感慨，其辭則以散文爲之，此乃雜言有韻之文耳，非賦家正則也。

茲編於唐宋之作，僅擇其尤者著錄一二篇以爲式，其他略而勿論也。

王粲，後漢高平人，字仲宣。少有才學，蔡邕見而奇之，聞粲在門，倒屣迎之。作賦二十篇，以登樓賦爲最著。

曹植，魏譙人，字子建，初封東阿王，繼封陳王，謚曰思。工詩，足以睥睨一世，七子之徒，咸非其敵，世目爲繡虎。賦亦出衆，所作洛神賦，出色當行，一時無兩。作賦共四十七篇。

陸機，晉吳郡人，字士衡，弟雲，字士龍，與機齊名，號二陸。機賦以文賦、豪士、歎逝等篇爲最。文賦尤佳。子桓論文爲中國最早之文學批評。士衡文賦，暢言原理，而時及修辭，足以追踪子桓，而贍博泛濫過之。樂天賦賦，是又士衡之亞也。作賦凡三十篇。

潘岳，晉中牟人，字安仁。美姿容，少時常挾彈出洛陽道，婦人遇之者，連手縈繞，投之以果，滿車而歸。擒旋風流，千古豔事。較之孟陽之爲小兒爭擲瓦石，委頓而反者，奚啻霄壤。一則令人羨煞妒煞，一則令人恨煞氣煞。然二人固同負重名於時，世稱二陸、三張、兩潘者也。安仁賦以籍田、閑居、射雉、秋興等賦稱最，其悼亡詩尤傳誦千古。又作悼亡賦，凡作賦二十篇。

左思，晉臨淄人，字太沖。造齊都賦，一年乃成。復作三都賦，構思十年，門庭藩溷，皆著筆紙，偶著一句，即便疏之。賦成，豪富之家，競相傳寫，洛陽爲之紙貴。陸機入洛，初欲爲此賦，聞思作此，笑與士龍書曰：『此間有傖夫欲作三都賦，須其成，當以覆酒甕耳。』思賦出，機絕嘆服，以爲不能加焉。

鮑照，字明遠，宋東海人，長樂府詩。其賦以蕪城著稱。共作十八篇。江淹，梁考城人，字文通。晚年才思減退，人稱才盡。所作恨賦別賦二篇，如雲間舞鶴，如花底鳴蛩，絕妙好辭也。有賦二十八篇。

庾信，北周新野人，字子山。仕梁，使周被留，雖位望通顯，常有鄉關之思。作哀江南賦以致意焉。共作賦十五篇。在江南時，與徐陵齊名，文並綺豔，稱徐庾體。又創隔句相對之制。益以沈約之四聲八病，由是四六之文字尤工。下逮李唐而律賦大行，賦體至此蓋三變矣。

登樓賦　　　　王粲

（此騷賦也，自屈宋而下，漢魏南北朝人多有之，前錄神女賦亦騷體也。）

登茲樓以四望兮，聊暇日以銷憂。覽斯宇之所處兮，實顯敞而寡仇。挾清漳之通浦兮，倚曲沮之長洲。背墳衍之廣陸兮，臨皐隰之沃流。北彌陶牧，西接昭丘。華實蔽野，黍稷盈疇。雖信美而非吾土兮，曾何足以少留。遭紛濁以遷逝兮，漫踰紀以迄今。情眷眷而懷歸兮，孰憂思之可任？憑軒檻以遙望兮，向北風而開襟。平原遠而極目兮，蔽荊山之高岑。路逶迤而修迥兮，川既漾而濟深。悲舊鄉之壅隔兮，涕橫墜而弗禁。昔尼父之在陳兮，有歸歟之歎音。鍾儀幽而楚奏兮，莊舄顯而越吟。人情同於懷土兮，豈窮達而異心。惟日月之逾邁兮，俟河清其未極。冀王道之一平兮，假高衢而騁力。懼匏瓜之徒懸兮，畏井渫之莫食。步棲遲以徙倚兮，白日忽其將匿。風蕭瑟而並興兮，天慘慘而無色。獸狂顧以求羣兮，鳥相鳴而舉翼。原野闃其無人兮，征夫行而未息。心悽愴以感發兮，意忉怛而憯惻。循階除而下降兮，氣交憤於胸臆。夜參半而不寐兮，悵盤桓以反側。

俳賦三篇

蕪城賦　鮑照

瀰迤平原，南馳蒼梧漲海，北走紫塞雁門。柂以漕渠，軸以崑岡。重江複關之隩，四會五達之莊。當昔全盛之時，車挂轊，人駕肩；廛閈撲地，歌吹沸天。孳貨鹽田，鏟利銅山；才力雄富，士馬精妍。故能奓秦法，佚周令，劃崇墉，刳濬洫，圖修世以休命。是以板築雉堞之殷，井幹烽櫓之勤。格高五嶽，袤廣三墳。崪若斷岸，矗似長雲。製磁石以禦衝，糊頳壤以飛文。觀基扃之固護，將萬祀而一君。出入三代，五百餘載，竟瓜剖而豆分。澤葵依井，荒葛罥塗。壇羅虺蜮，階鬭麏鼯。木魅山鬼，野鼠城狐。風嗥雨嘯，昏見晨趨。飢鷹厲吻，寒鴟嚇雛。伏虣藏虎，乳血飡膚。崩榛塞路，峥嶸古馗。白楊早落，塞草前衰。稜稜霜氣，蔌蔌風威。孤蓬自振，驚砂坐飛。灌莽杳而無際，叢薄紛其相依。通池既已夷，峻隅又已頹。直視千里外，唯見起黃埃！凝思寂聽，心傷已摧。若夫藻扃黼帳，歌堂舞閣之基；琁淵碧樹，弋林釣渚之館；吳蔡齊秦之聲，魚龍爵馬之玩；皆薰歇燼滅，光沉響絕。東都妙姬，南國麗人。蕙心紈質，玉貌絳脣。莫不埋魂幽石，委骨窮塵。豈憶同輿之愉樂，離宮之苦辛哉！天道如何？呑恨者多。抽琴命操，爲蕪城之歌。歌曰：邊風急兮城上寒，井逕滅兮丘隴殘，千齡兮萬代，共盡兮何言！

別賦　江淹

黯然銷魂者，唯別而已矣。況秦吳兮絕國，復燕宋兮千里。或春苔以始生，乍秋風兮蹔起。是以行子腸斷，百感悽惻。風蕭蕭而異響，雲漫漫而奇色。舟凝滯於水濱，車逶遲於山側。櫂容與而詎前？馬寒鳴而不息。掩金觴而誰御？橫玉柱而霑軾。居人愁臥，怳若有亡。日下壁而沈彩，月上軒而飛光。見紅蘭之受露，望青楸之離霜。巡曾楹而空揜，撫錦幕而虛涼。知離夢之躑躅，意別魂之飛揚。故別雖一緒，事乃萬族。至若龍馬銀鞍，朱軒繡軸。帳飲東都，送客金谷。琴羽張兮簫鼓陳，燕趙歌兮傷美人；珠與玉兮豔暮秋，羅與綺兮嬌上春。驚駟馬之仰秣，聳淵魚之赤鱗。造分手而銜涕，感寂寞而傷神。乃有劍客慚恩，少年報士。韓國趙廁；吳宮燕市。割慈忍愛，離邦去里。瀝泣共訣，抆血相視。驅征馬而不顧，見行塵之時起。方銜感於一劍，非買價於泉裏。金石震而色變，骨肉悲而心死。或乃邊郡未和，負羽從軍。遼水無極，鴈山參雲。閨中風暖，陌上草薰。日出天而耀景，露下地而騰文。鏡朱塵之照爛，襲青氣之烟熅。攀桃李兮不忍別，送愛子兮霑羅裙。至如一赴絕國，詎相見期。視喬木兮故里，決北梁兮永辭。左右兮魂動，親賓兮淚滋。可班荊兮贈恨，唯罇酒兮敘悲。值秋鴈兮飛日，當白露兮下時。怨復怨兮遠山曲，去復去兮長河湄。又若君居淄右，妾家河陽。同瓊珮之晨照，共金爐之夕香。君結綬兮千里，惜瑤草之徒芳。慚幽閨之琴瑟，晦高臺之流黃。春宮閟此青苔色，秋帳含茲明月光；夏簟清兮晝不暮，冬釭凝兮夜何長！織錦曲兮泣已盡，迴文詩兮影獨傷。儻有華陰上士，服食還山。術既妙而猶學，道已寂而未傳。守丹竈而不顧，鍊金鼎而方堅。駕鶴上漢，驂鸞騰天。暫遊萬里，少別千年。惟世間兮重別，謝主人兮依然。下有芍藥之詩，佳人之歌。桑中衛女，上宮陳娥。春草碧色，春水淥波，送君南浦，傷如之何？至乃秋露如珠，秋月如珪；明月白露，光陰往來。與子之別，思心徘徊。是以別方不定，別理千名，有別必怨，有怨必盈。使人意奪神駭，心折骨驚。雖淵雲之墨妙，嚴樂之筆精，金閨之諸秀，蘭臺之羣英，賦有凌雲之稱，辯有雕龍之聲，誰能摹暫離之狀，寫永訣之情者乎？

枯樹賦　庾信

殷仲文風流儒雅，海內知名。代異時移，出為東陽太守。常忽忽不樂，顧庭槐而嘆曰：『此樹婆娑，生意盡矣！』至如白鹿貞松，青牛文梓，根抵盤魄，山崖表裏。桂何事而銷亡？桐何為而半死？昔之三河徙植，九畹移根。開花建始之殿，落實睢陽之園。聲含嶰谷，曲抱雲門。將雛集鳳，比翼巢鴛。臨風亭而唳鶴，對月峽而吟猿。迺有拳曲擁腫，盤拗反覆。熊彪顧盼，魚龍起伏。節竪山連，文橫水蹙。匠石驚視，公輸眩目。雕鐫始就，剞劂仍加。平鱗鏟甲，落角摧牙。重重碎錦，片片真花。紛披草樹，散亂煙霞。若夫松子、古度、平仲、君遷，森梢百頃，槎枿千年。秦則大夫受職，漢則將軍坐焉。莫不苔埋菌壓，鳥剝蟲穿。低垂於霜露，撼頓於風煙。東海有白木之廟，西河有枯桑之社。北陸以楊葉爲關，南陵以梅根作冶。小山則叢桂留人，扶風則長松繫馬。豈獨城臨細柳之上，塞落桃林之下。若乃山河阻絕，飄零離別，拔本垂淚，傷根流血。火入空心，膏流斷節。橫洞口而欹臥，頓山要而半折。文衰者合體俱碎，理正者中心直裂。戴癭銜瘤，藏穿抱穴，木魅睒睗，山精妖孽。況復風雲不感，羈旅無歸。未能採葛，還成食薇。沈淪窮巷，蕪沒荊扉，既傷搖落，彌嗟變衰。淮南云『木葉落，長年悲。』斯之謂矣。乃爲歌曰：『建章三月火，黃河千里槎。若非金谷滿園樹，卽是河陽一縣花。』桓大司馬聞而歎曰：『昔年移柳，依依漢南；今看搖落，悽愴江潭。物猶如此，人何以堪！』

律賦二篇　（以下錄唐人律賦二篇，宋人文賦一篇以爲式）

賦賦　以「賦者古詩之流也」爲韻，△卽限韻處。　白居易

賦者，古詩之流也△。始草創於荀宋，漸恢張於賈馬。冰生乎水，初變本於典墳；青出於藍，復增華於風雅。而後諧四聲，祛八病，信斯文之美者△。我國家恐文道寖衰，頌聲陵遲。乃舉多士，命有司。酌遺風於三代，詳變雅於一時。全取其名，則號之爲賦；雜用其體，亦不違乎詩△。四始盡在，六藝無遺。是謂藝文之驚策，述作之元龜。觀夫義類錯綜，詞彩分布。文諧宮律，言中章句。華而不艷，美而有度。雅音瀏亮，必先體物以成章；逸思飄飆，不獨登高而能賦△。其工者：究精微，窮旨趣，何慚兩京於班固。其妙者：抽祕思，騁妍詞，豈謝三都於左思。掩黃絹之麗藻，吐白鳳之奇姿。振金聲於寰海，增紙價於京師。則長揚羽獵之賦，胡可比也？景福靈

光之作，未足多之，所謂『立意爲先，能文爲主。』炳如繢素，鏗若鐘鼓。郁郁哉溢目之黼黻，洋洋乎盈耳之韶武。信可以凌轢風騷，超逸今古者也。今吾君網羅六藝，澄汰九流，微才無忽，片善是求，況賦者雅之列，頌之儔，可以潤色鴻業，可以發揮皇猷。客有自謂握靈蛇之珠者，豈可棄斯文而不收。

江南春賦　以「北地晴遊暉連水隔」爲韻　　王棨

麗日遲遲，江南春兮春已歸。分中元之節候，爲下國之芳菲。煙冪歷以堪悲，六朝故地；景葱籠而正媚，二月晴暉。誰謂建業氣偏，句吳地僻？年來而和煦先遍，寒少而萌芽易坼。誠知青律，吹南北以無殊；爭奈洪流，亙東西而是隔。當使蘭澤先暖，蘋洲早晴。薄霧輕籠於鍾阜，和風微扇於臺城。有地皆秀，無枝不榮。遠客堪迷，朱雀之航頭柳色；離人莫聽，烏衣之巷裏鶯聲。於時衡嶽雁過，吳宮燕至。高低兮梅嶺殘白，邐迤兮楓林列翠。幾多嫩綠，猶開玉樹之庭；無限飄紅，競落金蓮之地。別有鷗嶼殘照，漁家晚煙。潮浪渡口，蘆筍沙邊。野葳蕤而繡合，山明媚以屏連。蝶影爭飛，昔日吳娃之徑；揚花亂撲，當年桃葉之船。物盛一隅，芳連千里。門暄妍於兩岸，恨風霜於積水。冪冪而雲低茂苑，謝客吟多；萋萋而草夾秦淮，王孫思起。或有惜嘉節，縱良遊，蘭橈鏡纜以盈水，舞袖歌聲而滿樓。誰見其曉色東皋，處處農人之苦；夕陽南陌，家家蠶婦之愁？悲夫！艷逸無窮，歡娛有極！齊東昏醉之而失位，陳後主迷之而喪國。今日并爲天下，無江南兮江北

文賦一篇，

前赤壁賦

蘇軾

壬戌之秋，七月既望，蘇子與客泛舟，遊於赤壁之下。清風徐來，水波不興；舉酒屬客，誦明月之詩，歌窈窕之章。少焉，月出於東山之上，徘徊於斗牛之間。白露橫江，水光接天。縱一葦之所如，凌萬頃之茫然。浩浩乎如馮虛御風，而不知其所止；飄飄乎如遺世獨立，羽化而登仙。於是飲酒樂甚，扣舷而歌之。歌曰：『桂棹兮蘭槳，擊空明兮泝流光；渺渺兮予懷，望美人兮天一方。』客有吹洞簫者，倚歌而和之。其聲嗚嗚然，如怨如慕，如泣如訴；餘音嫋嫋，不絕如縷。舞幽壑之潛蛟，泣孤舟之嫠婦。蘇子愀然，正襟危坐而問客曰：『何爲其然也？』客曰：『「月明星稀，烏鵲南飛。」此非曹孟德之詩乎？「西望夏口，東望武昌，山川相繆，鬱乎蒼蒼。」此非孟德之困於周郎者乎？方其破荊州，下江陵，順流而東也，舳艫千里，旌旗蔽空，釃酒臨江，橫槊賦詩，固一世之雄也！而今安在哉？況吾與子漁樵於江渚之上，侶魚蝦而友麋鹿。駕一葉之扁舟，舉匏樽以相屬。寄蜉蝣於天地，渺滄海之一粟。哀吾生之須臾，羨長江之無窮。挾飛仙以遨遊，抱明月而長終。知不可乎驟得，託遺響於悲風。』蘇子曰：『客亦知夫水與月乎？逝者如斯，而未嘗往也；盈虛者如彼，而卒莫消長也。蓋將自其變者而觀之，則天地曾不能以一瞬；自其不變者而觀之，則物與我皆無盡也。而又何羨乎？且夫天地之間，物各有主；苟非吾之所有，雖一毫而莫取！惟江上之清風，與山間之明月；耳得之而爲聲，目寓之而成色；取之無禁，用之不竭。是造物者之無盡藏也，而吾與子之所共適。』客喜而笑，洗盞更酌，肴核既盡，杯盤狼籍。相與枕藉乎舟中。不知東方之既白。

第三編　詞之部

第一章　詞的起源

詞由樂府演變而來，近則託體於唐的近體樂府，遠則導源於六朝的樂府歌辭，或更溯而上之，遠及漢魏。唐代的樂府卽是詩，爲五七言絕律，故稱詞爲詩餘，餘字之義，說者頗不一定。或作賸餘之餘，或作餘聲之餘，或作亡餘之餘，終無的解。詞旣從樂府演變而來，不言可知牠是可以歌唱入樂的，所以也稱樂府或曲子，又因其字句參差不齊，與律絕詩有異，亦稱長短句。長短句者，長短句之樂府詩也。我們從下列的例子看來，可以見得牠如何的與詩相像，說牠血統中混有詩的成分，這是不能否認的。

不喜秦淮水，生憎江上船。載兒夫壻去，經歲又經年！（囉嗊曲劉采春作）

蠻歌豆蔻北人愁，蒲雨杉風野艇秋。浪起鵁鶄眠不得，寒沙細細入江流。（浪淘沙皇甫松作）

祖席駐征棹，開帆候信潮。隔筵桃葉泣，吹管杏花飄。船去鷗飛閣，人歸塵上橋。別離惆悵淚，江路濕紅蕉。（怨回紇皇甫松作）

纔罷嚴妝怨曉風，粉牆西壁宋家東。蕙蘭有恨枝猶綠，桃李無言花自紅。燕燕巢時羅幕捲，鶯鶯啼處鳳臺空。少年薄倖知何處！每夜歸來春夢中。（瑞鷓鴣馮延巳作）

詞又名長短句，其字句大都是參差的，此長短句的詞，如何演變來的呢？曰：昉自漢魏六朝的雜言樂府，其大部分還自從唐樂府變化來的。且看下例：

秋夜香閨思寂寥，漏迢迢。鴛幃羅幌麝煙消，燭光搖。正憶玉郎遊蕩去，無尋處。更聞簾外雨瀟瀟，滴芭蕉。（添聲楊柳枝顧敻作）

晴野鷺鷥飛一隻，水葓花發秋江碧。劉郎此日別天仙，登綺席，淚珠滴，十二晚峯青歷歷。（天仙子皇甫松作）

西塞山前白鷺飛，桃花流水鱖魚肥。青蒻笠，綠蓑衣，斜風細雨不須歸。（漁歌子張志和作）

花非花，霧非霧。夜半來，天明去。來如春夢不多時，去似朝雲無覓處。（花非花白居易作）

在上列各例中，我們很可以看出將近體詩加以添減或變化的痕跡。此外則受漢魏六朝雜言樂府的影響，雖不一定找得出痕跡，終是淵源有自的。如梁武帝之江南弄，侯夫人之看梅曲等，雖不能逕謂爲詞，但都有詞的氣息，多少啓示了詞的演化的塗徑。漢魏六朝雜言樂府之體例，已略見上編，不贅述，茲錄江南弄、看梅曲二曲如后：

衆花雜色滿上林，舒芳耀綵垂輕陰。連手躞蹀舞春心。舞春心，臨歲腴，中人望，獨踟躕。（江南弄梁武帝作）

砌雪消無日，卷簾時自顰。庭樹對我有憐意，先露枝頭一點春。（看梅曲隋煬帝侯夫人作）

第二章　詞的體製

第一節　均拍上的分類

詞之體製，張炎詞源凡列九類，其中五類爲散詞：令，引，近，慢，三臺，序子是也。

令　令也稱小令，篇幅最短，詞之初興，多爲小令，如如夢令，三臺令等。單調自二均拍至三均拍，雙疊倍之。

引近　引，謂將小令稍稍引長之；近，謂音調相近。如千秋歲引，陽關引；訴衷情近，撲蝴蝶近等。引近皆雙疊，自六均拍至八均拍。

慢　慢亦稱慢詞，慢曲，引而愈長之則爲慢，又有曼聲永歌的意義。如浪淘沙慢，揚州慢等。雙疊者自八均拍至十二均拍，三疊者自十均拍至十六均拍。

三臺　三臺與慢詞同，傳者僅三臺，解紅慢二調，詞皆三片。（片卽疊，亦稱段。大曲中之一遍亦稱一片，名同而體異。）兩者之分在乎音節；慢詞爲八均拍或多至十六均拍的慢曲，三臺爲每片慢二急三拍或三十促拍的急曲子。

序子　序子在詞中爲最長，其詞四片，十六均拍。三臺爲促拍，序子爲碎拍，此皆異於慢曲之處。如鶯啼序是。

張炎詞源所述的九類：1令。2引、近。3慢曲。4三臺。5序子。（以上五類統稱散詞，散詞者，不成套數可以單譜單唱者也。）6法曲。7大曲。（大曲有散序，靸，排遍等等十數遍或多至數十遍以成一大遍。法曲之遍數，與大曲不相上下。）8纏令。9諸宮調。（以上三類爲成套之曲。纏令卽賺詞，合同一宮調之曲若干以成套，諸宮調則以不同宮調之曲合成一套者也。可參閱本書曲之部第一章。）

詞之分令、引、近、慢，蓋視詞中之均拍多寡而定。均，猶節也，拍卽一板三眼之板，合若干拍以成一均；均之拍數無定，所謂：『一曲有一曲之譜，一均有一均之拍』也。詞源謳曲旨要云：『歌曲令曲四掯勻，破近六均慢八均。』其意卽令曲以四均拍爲正常，過此者爲變例；引、近以六均拍爲正常，慢曲以八均拍爲正常，過此者皆爲變例。惟令曲之中有不及四均拍者，亦有過六均拍者，此其大較也。

所謂均又略同詩文中之『句』，（指包含兩讀以上之長句而言。）詞中通常以兩小句爲一均，在引、近與慢曲中儘有三四句爲一均者。此猶詩文中合兩讀或三四讀以成一長句也。均末必住韻，而住韻處不必爲均，蓋起韻、轉韻皆不算，詞中所藏之短韻與連韻（猶短韻）每亦不計也。

今詞已不可歌，其所以然之故，恨不能起柳、周、姜、張諸公而問之；但就所知者觀之，其分均處，似與辭頗有關係，轉言之一節詞意之敷衍與結煞，隨均拍而定。如下例。△爲分均處。

洞仙歌令　　蘇軾

冰肌玉骨自清涼無汗△水殿風來暗香滿△繡簾開、一點明月窺人，人未寢，欹枕釵橫鬢亂△　起來攜素手，庭戶無聲，時見疏星渡河漢△試問夜如何？夜已三更，金波淡玉繩低轉△但屈指西風幾時來？又不道流年暗中偷換△

此調凡八十三字，前後二片，片各三均，在令曲中爲極長之調。

雲仙引　　馮偉壽

紫鳳臺房，紅鸞鏡裏，緋緋幾度秋馨△黃金重，綠雲輕△丹砂鬢邊滴粟，翠葉玲瓏△煙剪成含笑出簾，月香滿袖，天霧縈身△　年時花下逢迎，有遊女翩翩如五雲△亂擲芳英，爲簪斜朵，事事關心，長向金風，一枝在手，嗅蕊悲歌，雙黛顰△繞林溪樹，對初弦月，露下更深△

此爲引詞中最長之調，凡九十八字，合前後兩片計之，亦僅八均拍。

詞之有均拍，原爲謳唱時求其有節奏而設。令、近之分，特就現成之均拍以判剖之，非爲分令、近而定均拍也。其所以如此分者，實無若何之深意存其間。今詞之唱法既亡，均拍云云，徒存一資人考訂之名詞，卽塡詞時，亦無絲毫關係可言矣。（詞中如憶王孫、念奴嬌等，今尙有人唱之者；惟此乃以元明曲調唱宋人之詞，殊非宋人之腔拍，此又學者不可不知者焉。）

第二節　字數上的分類

詞之篇幅自十四字至二百四十字，長短懸殊，昔人分爲三類，以便論述。在五十八字以內者稱爲小令，五十九字至九十字爲中調，九十一字以外爲長調。若問何以如此分劃？殊無意義可言者也。

這種分法頗與令、引、近、慢相若，一則分以字數，一則區以均拍，其實字數與均拍原是相互關聯的。

第三節　風格上的分類

詞的風格通常分婉約、豪放爲兩大宗，婉約者又被稱爲正宗，原夫詞之本質，宜於柔媚，不尙剛勁。古今作家多屬婉約一派，然而面目各別，有非婉約二字所可概括者，這原是一個概名，不能盡繩各家。豪放一宗，開自東坡，南宋時始發揚光大。此派作者較少，於詞爲變調，故目爲旁支。

第三章　詞的聲律

第一節　四聲

詞中四聲的限制，較詩爲嚴。詩中祗須區別平仄，詞有時須嚴別四聲，不可混用。萬樹詞律發凡云：『平止一塗，仄兼上、去、入三種，不可遇仄而以三聲概塡。……如永遇樂之「尙能飯否，」瑞鶴仙之「又成瘦損，」「尙」「又」必仄，「能」「成」必平，「飯」「瘦」必去，「否」「損」必上，如此然後發調，末二字若用平上或平去，或去去、上上、上去，皆爲不合。」此等應注意之點，詞譜中皆有詳注，塡詞者遵守勿失可也。又名家詞中很有將入聲作平用者，如李淸照聲聲慢『尋尋覓覓』一首，其中有七處皆將入作平。以上聲作平聲者較少，如何籀宴淸都『那更天遠山遠水遠人遠』，其中「天遠」「山遠」之「遠」皆作平。曹勛效之用四處字則以去作平，詞中更爲少見。又入聲可作三聲，不獨作平，且可作上去。如杜安世惜春令『悶無緒玉簫抛擲』之擲讀征移切，作平聲。如晏幾道梁州令『勸君莫唱陽關曲』之曲讀邱雨切，作上聲。柳永女冠子『樓臺悄如玉』之玉讀于句切，作去聲。又皆用於句末押韻。此種例子極少。

第二節　音律

音謂五音，宮商角徵羽是也。加變宮、變徵爲七音。其排列的次第爲宮、商、角、變、（即變徵）徵、羽、閏、（即變宮）相應於今樂之合、四、乙、上、尺、工、凡七音。（以曲笛正工調爲準，曲笛較常用之笛低半音，故宮之一音，相當常笛正工調之凡，亦即小工調之乙，其他均可推定）亦相應於西樂之 fa, sol, la, ti, do, re, mi, 七音（以C調爲準）

律謂十二律：黃鐘、太簇、姑洗、甤賓、夷則、無射爲陽律，大呂、夾鐘、仲呂、林鐘、南呂、應鐘爲陰呂，合稱十二律。其排列的次序，乃律呂依次相間，如黃鐘、大呂、太簇、夾鐘……以宮乘十二律亦謂之宮，如黃鐘宮、大呂宮……故宮有十二。以商、角、變徵、徵、羽、變宮乘十二律謂之調，如黃鐘商、大呂角、太簇羽……故調有七十二，兩者相合得八十四調，稱之爲宮調。其數雖八十四，實則祗十二調，蓋以任何一調爲準，祗得十二個，其餘皆與之重複名異實同者也。此十二律，又相應於西樂中之十二調如下表。宋詞中之宮調別有一種俗名，如稱黃鐘宮爲正宮，黃鐘商爲大石調，爲學者所不可不知者。

茲統括一表以明之。

古今中西音律對照表

		1	2	3	4	5	6	7	8	9	10	11	12
宋俗名	宮	正宮	高宮	中管高宮	中呂宮	中管中呂宮	道宮	中管道宮	南呂宮	仙呂宮	中管仙呂宮	黃鐘宮	中管黃鐘宮
	商	大石調	高大石調	中管高大石調	雙調	中管雙調	小石調	中管小石調	歇指調	商調	中管商調	越調	中管越調
	羽	般涉調	高般涉調	中管高般涉調	中呂調	中管中呂調	正平調	中管正平調	高平調	仙呂調	中管仙呂調	羽調	中管羽調
古律名		黃鐘	大呂	太簇	夾鐘	姑洗	仲呂	蕤賓	林鐘	夷則	南呂	無射	應鐘
西調名		F	#F bG	G	#G bA	A	#A bB	B	C	#C bD	D	#D bE	E
古音名		宮		商		角	變徵		徵		羽		變宮
西音名		fa		sol		la		ti	do		re		mi
常笛	小工調	乙	上		尺		工		凡	合		四	
	正工調	凡	合		四		乙	上		尺		工	
曲笛	小工調	上		尺		工		凡	合		四		乙
	正工調	合		四		乙	上		尺		工		凡

宋時通行者祇七宮十二調，實則祇宮、商、羽三音所生之宮調。角調自古已不用。徵與二變之調，咸非流美，故亦不用。

七宮：　黃鐘宮　仙呂宮　正宮　高宮　南呂宮　中呂宮　道宮

十二調：　大石調　小石調　般涉調　歇指調　越調　仙呂調　中呂調　正平調　高平調　雙調　羽調　商調

第三節　詞調

詞的字句有多少，篇幅有短長，其音響節族各各不同，乃不得不立調名以區別之，使歌唱、奏演時有所識別。調名的產生，近則得之於唐教坊曲名，或民間舊曲，如菩薩蠻、清平樂、浪淘沙、望江南等；或以舊曲譜新詞，或借調衍聲，其自創新調，大都別立新名。調名之見於詞譜者，凡八百二十六調，二千三百有六體，別名尚不在內，可見調體的多了。

調名的原起，大概昉自古樂府，如飲馬長城窟之述征戍之思，陌上桑之詠采桑女，采蓮曲，采菱曲之詠采蓮、采菱，都顯而易見的。所以唐代初興的詞，也多緣題所賦，如女冠子述道情，河瀆神緣祠廟，巫山一段雲狀巫峽，雖未必每調都是如此，其有古樂府之遺意，可斷言也。

然此不過指一部分而言，其得名之由正多着呢。

第四節　詞韻

詞的用韻，較詩稍寬；其變化則較詩爲複雜。詩中四聲都單押，詞則上去通押；東冬、江陽、支微齊灰……皆通用入聲韻又只併職五部，此皆用韻較寬處。其詳具見韻書。

疊韻　謂疊上一句之韻，有疊數字、疊全句者。如白居易長相思之『深畫眉，淺畫眉。』如辛棄疾東坡引之『羅衣寬一半，羅衣寬一半。』此近體詩中所沒有的。

轉韻　謂由平轉仄，或由仄轉平，有仄轉仄者，詞調中很多此例。詩中惟古體有之。

平仄通叶　調中如西江月、少年心等皆平仄通叶，然須同在一韻，否則卽出韻而爲轉韻之調。如平用東同，則仄須用董、送；平用支、脂，則仄須用紙寘等。

換韻　詞中某調爲平韻或仄韻，皆有一定，不可亂押。上去與入，亦有區別，而通曉音律者，每將平仄韻互換。大抵互換之時，其仄類爲入聲（如本爲入聲韻，或換以入聲韻）以平入二聲相近故也。如姜夔以滿江紅押平韻，李清照以聲聲慢押入韻是。

三聲單押　卽上、去、入三聲，均須單押，上去亦不許通押，如秋宵吟、清商怨宜單押上聲，菊花新，翠樓吟宜單押去聲，蘭陵王、雨霖鈴宜單押入聲。單押入聲之調較多，餘亦少見。

福唐獨木橋體　通首只用某一字以押韻者謂之福唐體，亦稱獨木橋體。乃一時戲作，不可爲訓。

拗句　詞中拗句，很當注意，這是詞中特異處。與全調的音響有關，不可以其難塡而改爲順適也。

第五節　句法

詩句的組織無定式，通常五言用上二下三的法式，七言用上四下三的法式，很少例外。惟好爲生硬奇險的詩人，間有不依式者，如韓愈的『淮之水悠悠』爲上三下二，陸龜蒙之『師在浮雲端隱身』爲上五下二，這是不多見的。詩句多五七言，其法式簡單而無變化，所以無須講什麼句法。詞稱長短句，字數至爲參差，自一字至十字都有。其在某調某句中都有一定的法式，決不可見五七言而概作詩句塡也。

四字句　此類多用折腰格，如水龍吟之『遙岑遠目，獻愁供恨，玉簪螺髻』等，又水龍吟末句之『搵英雄淚，』永遇樂末句之『倚紅杏處，』皆作一二一句法，不可不知。

五字句　此類有上二下三上一下四兩種。上二下三者，與詩句同。上一下四者，必用一字領句。如一萼紅之『正雲黃天淡，雪意未全休，』晝夜樂之『一日不思量，也攢眉千度。』皆連續兩句，用兩種句法的。

六字句　此類亦有兩種，一爲常格，一爲折腰格，如風入松之『門外薔薇開也，枝頭梅子酸時。』又青玉案之『綠染徧江頭樹』『被芳草將愁去』

七字句　其法亦有兩種，一如七言詩之上四下三格，一爲上三下四格。如多麗之『采菱新唱最堪聽』『館娃歸吳臺遊鹿』『自湖上愛梅仙遠』末一例亦可看作上一下六。

其他各種句法，不再贅述，塡詞時取名作參照可也。其所以要講句法者，以不如此塡，便將不成其爲某調，其精神面目勢必完全失掉，讀者將無可分辨之也。

一調有一調所特有的音響、節奏、氣派等，我可特稱之爲「調色，」凡平仄、拗句、句法等，都是顯出「調色」的地方。若隨便亂塡，則「調色」不顯，學詞者不可不留意焉！

第四章　詞的演進

第一節　詞的發生期

李白的菩薩蠻、憶秦娥二詞，昔人謂為千古詞曲之祖。李詞之傳於今者，共十六首，其中不無可疑的地方，所以很有人一概否認，以爲全是僞託，卽菩薩蠻、憶秦娥二詞亦加否認。惟其論證，不甚堅强有力，似未能作爲定論，故詞體發生之期，不妨定爲盛唐。

第二節　詞的分期與演進

中國文學的分期，大都以朝代爲斷，這種分法，實在不甚妥當，因爲文學的演進，决不因朝代的更易而截然變異的，好像其中劃成一道鴻溝一樣。何况我們所論的並非某一朝代的某種文學，是某種文學在某時期內聯續演進的整個的歷程，所以决不能以朝代爲斷。然而不這樣分劃，似嫌瑣碎，初學者又不易得到一明晰的概念，故仍斷代論述，蓋有所不得已也。

第一期　唐代，玄宗元年至唐亡，（公元七四二——九〇六）凡一六五年。

第二期　五代，五代十國梁太祖元年至宋太祖末年南唐亡。（公元九〇七——九七五）
凡七九年。

第三期　北宋，北宋太宗元年至欽宗靖康，（公元九七六——一一二六）凡一五一年。

第四期　南宋，南宋高宗元年至宋亡，（公元一一二七——一二七九）凡一五三年。

四期的年數差不多，惟第二期祇及各期的一半。

第一期　詞的幼年期，詞即在此期中孕育和生長，李白是產母，經張子和、王建、劉禹錫、白居易等哺乳長大的。若論撫育之功，便不得不推溫庭筠、皇甫松兩人，溫庭筠的提攜捧護，鞠育維周，尤爲詞的唯一好保母。

自李白的菩薩蠻、憶秦娥二詞出，詞體乃正式成立，不再是六朝雜言樂府的聲響了。這二詞氣象宏闊，音節蒼勁，可稱絕唱，因此有人疑心牠不是初期的作品，且進一步把菩薩蠻一詞歸宗溫氏，因爲飛卿的子女中如此者實在很多又很好，他原是一位子孫太太呵！太白其他各首，都是宮體，風調與此不同。

張子和，字子同，金華人，自稱煙波釣徒。著玄眞子十二卷，又稱玄眞子，名重當世。有漁歌子五首，其『西塞山前』一首，最炙膾人口，朱敦儒的樵歌，似淵源於是。

王建，字仲初，穎川人，以宮詞百首著稱，傳詞十首，團扇一首最哀婉可誦。

劉禹錫、白居易二人，都做了很多的竹枝、楊柳枝、浪淘沙等，但都是七絕，白氏集中頗有長短句，且很佳。

溫庭筠，字飛卿，太原人，詩與李商隱齊名，實不及李，李不作詞，溫爲花間鼻祖，亦第一期最偉大的詞人。他的詞縟麗穠豔，不可方物，可信者凡六十七首，見花間、尊前二集。詞集名握蘭、金荃，今雖不傳，但爲專集之創始者。

皇甫松，字子奇，睦州人，也是一位極有成就的詞人，以天仙子一詞著名，今傳二十三首。

這第一期的詞家，都是詩人，可見詞體正在創始，還沒有完全成立，不過幾位好奇的作家在那裏嘗試，要想在詩之外另闢一條新的蹊徑，到別一天地去，直至溫飛卿披荆斬棘，很費一番氣力，通出一條路來，發見了繁華的詞國。由是經由此道而赴詞國的便驟然興盛了。

唐代作詞的尚有幾人，因爲作品的數量很少，又沒有可以注意的地方，所以不復述了。

菩薩蠻　　李白

平林漠漠煙如織，寒山一帶傷心碧。暝色入高樓，有人樓上愁。　玉階空佇立，宿鳥歸飛急。何處是歸程？

長亭連短亭。

憶秦娥　李白

簫聲咽，秦娥夢斷秦樓月；秦樓月，年年柳色，灞陵傷別。樂遊原上淸秋節，咸陽古道音塵絕；音塵絕，西風殘照，漢家陵闕。

案此調前後第三句必疊三字，定格也。

漁歌子　張志和

西塞山前白鷺飛，桃花流水鱖魚肥。靑蒻笠，綠蓑衣，斜風細雨不須歸。

調笑　王建

團扇，團扇，美人病來遮面。玉顏憔悴三年，誰復商量管弦？弦管，弦管，春草昭陽路斷。

憶江南　白居易

江南好，風景舊曾諳：日出江花紅勝火，春來江水綠如藍，能不憶江南？

菩薩蠻　溫庭筠

小山重疊金明滅，鬢雲欲度香腮雪。懶起畫蛾眉，弄妝梳洗遲。照花前後鏡，花面交相映。新貼繡羅襦，雙雙金鷓鴣。

滿宮明月梨花白，故人萬里關山隔。金雁一雙飛，淚痕沾繡衣。小園芳草綠，家在越溪曲。楊柳色依依，燕歸君不歸。

南園滿地堆輕絮，愁聞一霎淸明雨。雨後卻斜陽，杏花零落香。無言勻翠臉，枕上屛山掩。時節欲黃昏，無憀獨倚門。

更漏子　溫庭筠

玉爐香，紅蠟淚，偏照畫堂秋思。眉翠薄，鬢雲殘，夜長衾枕寒。梧桐樹，三更雨，不道離情正苦。一葉葉，一聲聲，空階滴到明。

南歌子　溫庭筠

轉眄如波眼，娉婷如柳腰，花裏暗相招。憶君腸欲斷，恨春宵！

夢江南　溫庭筠

梳洗罷，獨倚望江樓；道盡千帆皆不是，斜暉脈脈水悠悠，腸斷白蘋洲。

天仙子　皇甫松

晴野鷺鷥飛一隻，水葓花發秋江碧。劉郎此日別天仙，登綺席，淚珠滴，十二晚峯青歷歷。

浣溪沙　張曙

枕障熏爐隔繡帷，二年終日苦相思，杏花明月始應知。 天上人間何處去？舊歡新夢覺來遲！黃昏微雨畫簾垂。

後庭宴　無名氏

千里故鄉，十年華屋，亂魂飛過屏山簇。眼重眉褪不勝春，菱花知我銷香玉。 雙雙燕子歸來，應解笑人幽獨。斷歌零舞，遺恨清江曲。萬樹綠低迷，一庭紅樸蔌。

第二期　詞的青年期。五代十國之際，詞體的創作，已完全成功。所以這時期詞人很多，且有不少作詞的專家，在樂府中詞已替代了詩的地位，爲當時唯一的新樂府，因此作詩者少，詞便獨佔了當代的文壇。

五代時天下分裂，惟西蜀南唐得地獨厚，又受不到胡人的侵略，最稱治平。文學之士，二國爲獨多。此期的詞，除南唐外，大多收在花間集中。和凝、韋莊、牛嶠、薛昭蘊、李珣、歐陽炯、顧敻、孫光憲、李後主、馮延已，皆其著也。

和凝，字成績，鄆州人，爲五代時中原唯一的詞人，歷事後唐、後晉、後漢三朝，官平章事，封魯國公，因爲他少時好爲曲子，所以契丹人稱爲曲子相公。他的詞冶豔絕倫，每嫁名韓偓，這是爲的政治地位而有所忌諱。今傳二十七首，仍妖冶非常，那末嫁名的更可想見了。有紅葉稿。

韋莊，字端己，杜陵人，仕唐，使前蜀被留，官至相，曾作秦婦吟一詩，被稱秦婦吟秀才。其詞與溫飛卿並稱溫韋，是花間集中二位最出色的人。溫詞穠豔，韋詞悽麗，據說他爲寵姬被奪於王建而作的。傳詞五十二首。

牛嶠字松卿，隴西人，唐進士，仕蜀。其詞能刻劃造意。傳三十一首。

薛昭蘊爲蜀仕郎，好唱浣溪沙，殊多佳句。傳十九首。

李珣，字德潤，先世波斯人，爲蜀秀才。他的南鄉子很佳。傳五十五首。

歐陽炯，益州人，花間集有其敍。仕後蜀，歸宋。其詞輕倩婉約，傳四十八首。

顧敻亦仕後蜀，其浣溪沙、玉樓春詞很有情致。傳五十五首。

孫光憲，字孟文，貴平人。初仕唐，後官南平，最後歸宋。有詞八十首，在花間集中爲最多。又著北夢瑣言，頗關詞家掌故。

李後主名煜，字重光，南唐中主的第六子。封吳王，嗣立，在位十五年，國入於宋。後主是一位天才，他於詩、文、書、畫、音樂無所不能，其詞更爲後世所宗。他縱情聲色，其初期作品很多豔詞。入宋後，日以眼淚洗面，緬懷故國，悲愴欲絕。其詞乃悽惋哀思，一片亡國之音，這才是他的

不朽之作。後來竟因是有牽機藥之賜，死得很慘。世有南唐二主詞，版本頗多。合得四十五首

馮延巳字正中，其先彭城人，後居廣陵。仕南唐爲相。有陽春錄詞一百二十六首，不盡可信。其詞淸麗醞藉，亦一代大作手。宋初晏殊歐陽修輩都受他的影響。

五代十國的君主，不僅南唐二主長於文事，如後唐莊宗李存勗（沙陀人，也是一位外國的中國文學者）知音律，能度曲，傳詞四首。又前蜀主王衍，後蜀主孟昶，亦能歌詞，惟傳者甚少。其他臣下之能詞者，代有其人，爲節省篇幅，不復述。

此中有一可注意之點，卽第一期的詞家都是詩人，第二期中，已多專家，但都是官吏，除蜀布衣閻選外，再找不出一位平民。可見這時期的詞，祇流行於貴族階級，還不曾普遍到民間去。但此種聲樂，久已普遍在民間，或一般平民不敢嘗試作辭，也未可知。或者因爲他是平民，所以他們的詞便散失了。宋代的情形便不這樣。此中就可見得各時期中的詞，究屬發展到怎樣的一個程度？詞在各時期中的演進，究屬經過怎樣的一個歷程？

一葉落　　後唐莊宗

一葉落，褰朱箔，此時景物正蕭索。畫樓月影寒，西風吹羅幕；吹羅幕，往事思量着。

如夢令　　後唐莊宗

曾宴桃源深洞，一曲舞鸞歌鳳。長記別伊時，和淚出門相送。如夢，如夢，殘月落花煙重。

案此調第五六句例用疊句

采桑子　和凝

蝤蠐領上訶梨子，繡帶雙垂，椒戶閑時，競學樗蒲賭荔枝。　叢頭鞋子紅編細，裙窣金絲，無事嚬眉，春思翻教阿母疑。

菩薩蠻　韋莊

人人盡說江南好，遊人只合江南老。春水碧於天，畫船聽雨眠。　鑪邊人似月，皓腕凝霜雪。未老莫還鄉，還鄉須斷腸。

應天長(有長調)　韋莊

別來半歲音書絕，一寸離腸千萬結。難相見，易相別，又是玉樓花似雪。　暗相思，無處說，惆悵夜來煙月。想得此時情切，淚沾紅袖黦。

木蘭花　韋莊

獨上小樓春欲暮，愁望玉關芳草路。消息斷，不逢人，卻斂細眉歸繡戶。　坐看落花空嘆息，羅袂濕斑紅淚滴。千山萬水不曾行，魂夢欲教何處覓?

小重山　　　韋莊

一閉昭陽春又春，夜寒宮漏永，夢君恩。臥思前事暗消魂，羅衣濕，紅袂有啼痕。　歌吹隔重閽，遶庭芳草綠，倚長門。萬般惆悵向誰論？顒情望，宮殿欲黃昏。

夢江南　　　牛嶠

紅繡被，兩兩間鴛鴦。不是鳥中偏愛爾，爲緣交頸睡南塘，全勝薄情郎。

生查子　　　牛希濟

春山煙欲收，天澹星稀小。殘月臉邊明，別淚臨清曉。　語已多，情未了，迴首猶重道。記得綠羅裙，處處憐芳草。

浣溪紗　　　薛昭蘊

握手河橋柳似金，蜂鬚輕惹百花心，蕙風蘭思寄清琴。　意滿便同春水滿，情深還似酒盃深，楚煙湘月兩沈沈。

傾國傾城恨有餘，幾多紅淚泣姑蘇，倚風凝睇雪肌膚。　吳主山河空落日，越王宮殿半平蕪，藕花菱蔓滿重湖。

玉樓春　　　魏承班

寂寂畫堂梁上燕，高卷翠簾橫數扇。一庭春色惱人來，滿地落花紅幾片。愁倚錦屏低雪面，淚滴繡羅金縷線。好天涼月盡傷心，爲是玉郎長不見。

浣溪沙　李珣

晚出閑庭看海棠，風流學得內家妝，小釵橫戴一枝芳。鏤玉梳斜雲鬢膩，縷金衣透雪肌香，暗思何事立殘陽？

巫山一段雲　李珣

古廟依青嶂，行宮枕碧流。水聲山色鎖妝樓，往事思悠悠。雲雨朝還暮，煙花春復秋。啼猿何必近孤舟，行客自多愁。

定風波　歐陽炯

暖日閒窗映碧紗，小池春水浸晴霞。數樹海棠紅欲盡，爭忍？玉閨深掩過年華。獨凭繡牀方寸亂，腸斷，淚珠穿破臉邊花。鄰舍女郎相借問，音信，教人羞道未還家。

浣溪紗　顧敻

春色迷人恨正賒，可堪蕩子不還家，細風輕露著梨花。簾外有情雙燕颺，檻前無力綠楊斜，小屏狂夢極天涯。

醉公子　　顧夐

漠漠秋雲澹，紅藕香侵檻。枕倚小山屛，金鋪向晚扃。睡起橫波慢，獨望情何限！衰柳數聲蟬，魂銷似去年。

臨江仙　　鹿虔扆

金鏁重門荒苑靜，綺窗愁對秋空。翠華一去寂無蹤，玉樓歌吹，聲斷已隨風。煙月不知人事改，夜闌還照深宮。藕花相向野塘中，暗傷亡國，淸露泣香紅。

浣溪沙　　孫光憲

蘸鏡無言淚欲流，凝情半日懶梳頭，一庭疏雨濕春愁。楊柳只知傷怨別，杏花應信損嬌羞，淚沾魂斷軫離憂。

浣溪沙　　南唐中主

風約輕雲貼水飛，乍晴池館燕爭泥，沈郎多病不勝衣。沙上未聞鴻雁信，竹間時有鷓鴣啼，此時惟有落花知。

山花子　　南唐中主

菡萏香銷翠葉殘，西風愁起綠波間。還與韶光共憔悴，不堪看！細雨夢回雞塞遠，小樓吹徹玉笙寒。多少淚珠何限恨？倚闌干。

蝶戀花　南唐後主

遙夜亭臯閒信步，乍過清明，早覺傷春暮。數點雨聲風約住，朦朧淡月雲來去。　桃李依依春暗度，誰在秋千？笑裏低低語。一片芳心千萬緒，人間沒個安排處。

虞美人　南唐後主

春花秋月何時了？往事知多少。小樓昨夜又東風，故國不堪回首月明中。　雕闌玉砌應猶在，只是朱顏改。問君能有幾多愁？恰似一江春水向東流。

相見歡　南唐後主

林花謝了春紅，太匆匆，無奈朝來寒雨晚來風。　胭脂淚，留人醉，幾時重？自是人生長恨水長東。

無言獨上西樓，月如鉤，寂寞梧桐深院鎖清秋。　翦不斷，理還亂，是離愁；別是一般滋味在心頭。

菩薩蠻　南唐後主

人生愁恨何能免，銷魂獨我情何限！故國夢重歸，覺來雙淚垂。　高樓誰與上，長記秋晴望。往事已成空，還如一夢中。

浪淘沙令　南唐後主

往事只堪哀，對景難排，秋風庭院蘚侵階。一桁珠簾閒不捲，終日誰來？金劍已沈埋，壯氣蒿萊，晚涼天淨月華開。想得玉樓瑤殿影，空照秦淮。

簾外雨潺潺，春意闌珊，羅衾不耐五更寒。夢裏不知身是客，一晌貪歡。獨自莫憑闌！無限江山，別時容易見時難！流水落花春去也，天上人間。

蝶戀花　　馮延巳

誰道閒情拋棄久？每到春來，惆悵還依舊。日日花前常病酒，不辭鏡裏朱顏瘦。河畔青蕪堤上柳，爲問新愁，何事年年有？獨立小橋風滿袖，平林新月人歸後。

幾日行雲何處去？忘卻歸來，不道春將暮。百草千花寒食路，香車繫在誰家樹？淚眼倚樓頻獨語，雙燕來時，陌上相逢否？撩亂春情如柳絮，依依夢裏無尋處。

六曲闌干偎碧樹，楊柳風輕，展盡黃金縷。誰把鈿箏移玉柱？穿簾燕子雙飛去。滿眼遊絲兼落絮，紅杏開時，一霎清明雨。濃睡覺來鶯亂語，驚殘好夢無尋處。

采桑子　　馮延巳

小堂深靜無人到，滿院春風，惆悵牆東，一樹櫻桃帶雨紅。愁心似醉兼如病，欲語還慵，日暮疎鐘，雙燕歸來畫閣中。

第三期　詞的壯年期，詞在這時期，活現出一種欣榮蓬勃的氣象，在各方面都十分的發展，決不是唐五代那種跼蹐偏安的景狀所可比擬的。這便成了趙宋一朝的時代文學。牠在體製上，已由小令演化爲慢詞，這是詞的一大進步，由是作者可以暢所欲言了。等到豪放的一派興起之後，詞本只宜於言情的，如今可以發爲議論，發爲感慨，氣象益發闊大，內容更形充實。已由宮體而散文化了。牠在聲樂上已獨佔了當時樂府的地位，大概近體詩的歌唱，此時已掃蕩無餘。牠的勢力，已滲透入各階級，一般人都公認了牠的文學的價值，牠便正式取得了文學上的地位；得與詩文辭賦等並比齊觀，不復以小道目之。所以宋代作詞的格外多，可說任何階級都有。試以政治階級，有閒階級而論，上自帝皇，下至小吏；以及朝廷的名公巨卿，宮中的太監，執筆爲文的士子，持刀殺人的武夫，念經拜懺的僧道，雕花搨臉的優伶，道貌岸然而挾妓吃酒的道學先生，偷親送抱嬌嗔媚笑的倡妓，都有篇章流傳後世。眞是洋洋乎大觀也哉！

照此說來，宋詞的盛好像唐詩一樣，宋詩當然遠不及了。其實不然，以數量而論，非但不及唐詩，且遠不及宋詩。唐人的詩在全唐詩中搜羅得很完備。其所著錄，凡二千二百餘人，四萬八千九百餘首。宋詩尚無此巨大的總集，然以宋詩紀事及補遺二書計之，著錄的人數約五千家，詩篇的數量，實無法統計，懸揣的說一句，約十數萬首。宋詞究竟怎樣呢？將幾家彙刻的總集，如汲古閣刻六十一家詞，四印齋彙刻詞，靈鶼閣彙刻詞，彊邨叢書等計之，去其重復，僅得一百八九十家，其篇數則未曾統計。歷代詩餘中的詞人姓氏錄，其所搜羅，大概很完備的，得五百三十八人，篇數的總量，縱不可知，比了唐詩、宋詩，終瞠乎後矣！南宋辛棄疾詞，以毛刻、王刻、朱刻三種計之，共得詞六百零七首，在宋人中可算篇數最多的一個，其同時的陸游，他的劍南詩稿凡八十五卷，都一萬四千餘首，稼軒詞如何比得上呢？卽此看來，宋詞的全數量，縱以唐詩作比例，至多在一萬首以上，僅與陸放翁個人的詩相埒，這不是太奇怪了麼？雖然，宋詞的可貴，在質不在量，若宋人的詩，反較唐詩爲多，明、清人的詞，大概也要比宋詞爲多。若以詞與詩較，不論在當代或異代，終見得非常之少，其原因何在呢？曰：聲律的限制有以致之。詞的聲樂，在宋代已十分普遍，民間亦非常流行。因了聲律的限制，非率爾操觚者都可歌唱入樂，也非販夫、走卒、村童、野老等所可信口謅成。且白描的詞，更不易協律，又非一般人所可染指。又因聲律的關係，字句多長短，平仄又很嚴，調子又很多；除極普通極圓熟而又較短的調子外，簡直不易記憶。非有聲譜放在旁邊，或有現成的詞可作依傍，或正有人在旁歌唱或吹奏等，洵屬不易下手。要下手，亦非通曉聲律者不辦，決非稍通文墨的人都可從事的。

我們看了北曲的情形，未嘗不可以揣想到定有很多的民間作品流布當代，但曲宜於通俗，且爲代言體，有的地方反要鄙俚些，不可過文。詞則主雅，不可粗俗。像黃山谷的俳語，實因詩名過大，得以流傳至今，然已受夠了一般人的訾議。大凡民間的作品，不免粗鄙些，自然沒有人爲之選錄，爲之彙集，爲之刊布，就此淹沒無聞。這又是詞少的一個原因。

我想一個捷才的詩人，一天也許可以作幾十首或百首的小詩，詞則不能。宋人作詞，以供歌唱，非爲名山之業，故並不作得怎樣的多。因此宋代的詞，雖非常發達，若以人數及篇數而論，都比詩差得太遠了。

北宋開國的七八十年間，詞人很少。其時國事尙未十分寧定，無暇注意到文藝。等得晏歐崛起，宋詞便勃然興盛，作者如雨後春筍了。其同時之張先、柳永二人，成就更大，創調獨多，慢詞卽於此時創立，向橫的方面竭力發展，氣魄格局，突然恢廓，很明顯的表白牠在文學上獨立的資格，從此不甘再爲詩的附庸了。繼張柳而起的，有晏幾道、蘇軾，及蘇門四學士，此外有賀鑄、謝逸等。此期之末，以周邦彥、李淸照二家爲最偉大。

晏殊字同叔，臨川人，歐陽修字永叔，廬陵人。二人的詞都與馮延巳相近，沒有脫掉花間的風格。集中都是小詞。二人中，歐較好一些。歐本復古衞道的一位先生，晏也有些道學氣，但其詞，則豔情綺思，放出一副好色的本來面目，無怪有人要替他們諱飾了。晏有珠玉詞，歐有六一詞。

張先字子野，吳興人。他的詞也工言情。集中頗有長調。此公享高壽，雖生在永叔之前，尙得與東坡輩交遊。而其耽悅聲色的習性，至老不衰，故其詞很多贈妓的作品。有子野詞。

柳永字耆卿，崇安人，初名三變，是一位極偉大的詞人，他宦途不得志，乃縱情聲色，日處煙花巷陌，以至潦倒終身。他的不朽的盛業，未嘗不因此造成的。耆卿的詞，有幾種特色，也就是他對於詞學極有功績的地方：(一)脫盡了花間的氣韻，創立了宋詞的聲調，就是小令也少扭捏遮飾的姿態。(二)盛創慢詞，這是詞體上的一大解放。境界既經擴大，自可注入不少的新生命，好似蟄屈已久的秦國，一朝出了崤函一樣，不數年間，便席卷天下，創立了盛大的帝業，決不是踢蹐邊陲的一副小邦景象了。(三)尙白描，耆卿的詞不尙藻績，多用白描，非當行者無此運用的能力，蓋以白描的詞，更難出色。風尙既開，不啻在詞中另外覓得一處新大陸，供牠發展。市井里巷之語，鄙夫野叟之談，都可寫入詞中，只須俗不傷雅。於是沒有一種境界不可用詞來描寫；沒有一種情意不可用詞來宣達。且更覺得維妙維肖，點化入神。元曲的興起，未嘗不於此等處啓示出一條新的途徑，而後經人開闢。耆卿實爲詞國中一創業的人，如漢武、秦皇一樣，建了不少的豐功偉烈！有樂章集。

晏幾道字叔原，殊之幼子。他的詞十分像他的父親，眞肖子也。其工緻精巧，殊亦有所不及，是則跨竈的佳兒。有小山詞。

蘇軾字子瞻，號東坡居士，眉山人。他是個天才作家，姿質高，才氣大，學力深。於文學藝術方面，樣樣都登峯造極，而別創一格的。他是中國文學史、藝術史上一位怪傑，可稱千古一人！他的詞是豪放一宗的開山之祖，其實是高曠而非豪放。惟大江東去一詞，確是豪放的，但集中很難找得同樣的第二首。而高曠的詞，則所在都有。這派作風在當代沒有多大影響，直至南宋辛、劉繼起，方才發展得在婉約之外另成一宗。有東坡詞。

黃庭堅、秦觀、晁補之、張耒被稱爲蘇門四學士。他們和東坡過從很密。庭堅字魯直，號山谷道人，分寧人。他的詩，被稱爲江西詩派之祖，影響極大。他的詞與秦觀並稱秦七黃九。實在很不高明，遠不及秦七。集中佳作，不逮什一，都是許多鄙俗惡劣的話。不墮入犂舌地獄，也得吃乾矢橛。有山谷詞。

秦觀字少遊，初字太虛，號淮海居士，高郵人。他的詞，在四學士中是傑出的。語工入律，風格與柳七相近，較柳七爲婉麗，自是一大作手。古來的人都稱許他的。有淮海詞。

晁補之字無咎，自稱濟北詞人，鉅野人。亦四學士之一，他的詞有些近於東坡，其實不很像，像的也只有作隱逸語的幾首，其風情之作，則似子野。有雞肋詞。張耒的詞不多見，故不論。賀鑄字方回，衞州人，他的詞清雋有致，風格與少游爲近，而不及少游的穠麗。他以『梅子黃時雨』一句被稱爲賀梅子。有東山寓聲樂府。

謝逸字無逸，臨川人。以三百首蝴蝶詩而被稱爲謝蝴蝶。他的詞輕倩清新，無長調。風格近永叔、小山。有溪堂詞。

周邦彥字美成，錢塘人。他是一位典型的詞人，受其影響者已幾百年。精音律，提舉大晟府，在當時卽有顧曲周郎的稱譽。創調很多，僅亞於柳耆卿，他也縱情聲色，好遊狹邪。因此鬧出一件笑話，也是中國文學史上絕無僅有的一件韻事。這笑話是小小的一幕悲喜劇，先喜後悲，悲而又喜，可惜沒有曲家編演戲劇，事實要比梅龍鎭有趣得多。個中關鍵，却爲的二首詞，先以一詞而得禍，又以一詞而轉福。古來和皇帝幹那吃醋的勾當，大約只有他一人。他的詞是南北宋的一個樞紐，他歸結了北宋的詞局，又開發了南宋的詞風。南宋詞家之屬婉約一派者，沒有不受到他的影響。他的詞很近耆卿，而有他獨創的典雅嚴整的風格，這種風格最受後人的稱崇和倣效。有片玉詞。

李清照是中國唯一的女詞人，也是唯一的女文學家。能詩，能文，也作考證之學。無奈流傳的太少，散佚得太多，這是非常的損失。（她有文七卷，僅存數篇；詞六卷，僅存二十餘首。）她作詞多用白描，出色當行，男子中也就少見。又其詞都一氣呵成，情意摯切，有活躍的生命，有清新的氣韻。其作風是特立獨行的，她並不取法人家，人家也不容易取法她。丰神綽約，如藐姑射仙子。她對當代詞家，無一稱許，其自負有如此者。這位大詞人中年以後的遭際，十分可憫，竟至家破人亡，孑然一身的犇波轉徙於吳越間，後卽客死於越。千古才人，多遭不幸，可悲者又豈獨易安一人已哉！有漱玉詞。

玉樓春　　錢維演

城上風光鶯語亂，城下煙波春拍岸。綠楊芳草幾時休？淚眼愁腸先已斷。　情懷漸覺成衰晚，鸞鏡朱顏驚暗換。昔年多病厭芳尊，今日芳尊惟恐淺。

漁家傲　　范仲淹

塞下秋來風景異，衡陽雁去無留意。四面邊聲連角起，千嶂裏，長煙落日孤城閉。　濁酒一杯家萬里，燕然未勒歸無計。羌管悠悠霜滿地，人不寐，將軍白髮征夫淚。

蘇幕遮　　范仲淹

碧雲天，黃花地；秋色連波，波上寒煙翠。映斜陽天接水，芳草無情，更在斜陽外。黯鄉魂，追旅思，夜夜除非好夢留人睡。明月樓高休獨倚！酒入愁腸，化作相思淚。

御街行　　范仲淹

紛紛墜葉飄香砌，夜寂靜，寒聲碎。眞珠簾捲玉樓空，天淡銀河垂地。年年今夜，月華如練，長是人千里。

愁腸已斷無由醉，酒未到，先成淚。殘燈明滅枕頭攲，諳盡孤眠滋味。都來此事，眉間心上，無計相迴避。

浣溪紗　　晏殊

一曲新詞酒一杯，去年天氣舊亭臺。夕陽西下幾時回？無可奈何花落去，似曾相識燕歸來，小園芳徑獨徘徊。

踏莎行　　晏殊

小徑紅稀，芳郊綠偏，高臺樹色陰陰見。春風不解禁楊花，濛濛亂撲行人面。翠葉藏鶯，朱簾隔燕，鑪香靜逐遊絲轉。一場愁夢酒醒時，斜陽却照深深院。

蝶戀花　　晏殊

簾幕風輕雙語燕，午醉醒來，柳絮飛撩亂。心事一春猶未見，餘花落盡青苔院。百尺朱樓閒倚偏，薄雨濃雲，抵死遮人面。消息未知歸早晚，斜陽只送平波遠。

玉樓春　晏殊

綠楊芳草長亭路，年少抛人容易去。樓頭殘夢五更鐘。花底離愁三月雨。　無情不似多情苦，一寸還成千萬縷。天涯地角有窮時，只有相思無盡處。

玉樓春　賈昌朝

都城水綠嬉遊處，仙棹往來人笑語。紅隨遠浪泛桃花，雪散平隄飛柳絮。　東君欲共春歸去，一陣狂風和驟雨。碧油紅旆錦障泥，斜日畫橋芳草路。

鳳簫吟　韓縝

鎖離愁連綿無際，來時陌上初熏。繡幃人念遠，暗垂珠露，泣送征輪。長行長在眼，更重重遠水孤雲。但望極樓高盡日目斷王孫。　銷魂，池塘別後，曾行處，綠妒輕裙。恁時攜素手，亂花飛絮裏，緩步香茵。朱顏空自改，向年年芳意長新。徧綠野嬉遊，醉眠莫負青春！

玉樓春　宋祁

東城漸覺風光好，縠皺波紋迎客棹。綠楊煙外曉寒輕，紅杏枝頭春意鬧。　浮生長恨歡娛少，肯愛千金輕一笑。爲君持酒勸斜陽，且向花間留晚照！

蝶戀花　歐陽修

海燕雙來歸畫棟，簾幕無風，花影頻移動。半醉騰騰春睡重，綠鬟堆枕香雲擁。　翠被雙盤金縷鳳，憶得前春，有個人人共。花裏黃鶯時一弄，日斜驚起相思夢。

庭院深深深幾許？楊柳堆煙，簾幙無重數。玉勒雕鞍遊冶處，樓高不見章臺路。　雨橫風狂三月暮，門掩黃昏，無計留春住。淚眼問花花不語，亂紅飛過秋千去。

玉樓春　歐陽修

東風本是開花信，及至花時風更緊。吹開吹謝苦匆匆，春意到頭無處問。　把酒臨風千萬恨，欲掃殘紅猶未忍。夜來風雨轉離披，滿眼淒涼愁不盡。

南歌子　歐陽修

鳳髻金泥帶，龍紋玉掌梳。走來窗下笑相扶，愛道：「畫眉深淺入時無？」　弄筆偎人久，描花試手初。等閑妨了繡功夫，笑問：「鴛鴦兩字怎生書？」

浣溪沙　歐陽修

春杏園林煮酒香，佳人初試薄羅裳，柳絲搖曳燕飛忙。　乍雨乍晴花自落，閑愁閑悶晝偏長，爲誰消瘦損容光？

天仙子　張先

水調數聲持酒聽，午醉醒來愁未醒。送春春去幾時回？臨晚鏡，傷流景，往事後期空記省。 沙上並禽池上暝，雲破月來花弄影。重重簾幕密遮鐙，風不定，人初靜，明日落紅應滿徑。

千秋歲（一作歐陽修詞） 張先

數聲鶗鴂，又報芳菲歇，惜春更把殘紅折。雨輕風色暴，梅子青時節。永豐柳，無人盡日花飛雪。 莫把么弦撥！怨極絃能說。天不老，情難絕。心似雙絲網，中有千千結。夜過也，東窗未白孤燈滅。

青門引 張先

乍暖還輕冷，風雨晚來方定。庭軒寂寞近清明，殘花中酒，又是去年病。 樓頭畫角風吹醒，入夜重門靜。那堪更被明月，隔牆送過秋千影。

滿江紅 張先

飄盡寒梅，笑粉蝶遊蜂未覺。漸迤邐山明水秀，暖生簾幙。過雨小桃紅未透，舞煙新柳青猶弱。記畫橋深處水邊亭，曾偷約。 多少恨，今猶昨。愁和悶，都忘却。拚從前爛醉，被花迷着。晴鴿試鈴風力軟，雛鶯弄舌春寒薄。但只愁錦繡鬧妝時，東風惡。

雨霖鈴 柳永

寒蟬淒切。對長亭晚，驟雨初歇。都門帳飲無緒，方留戀處，蘭舟催發。執手相看，淚眼竟無語凝噎。念去去千里煙波，暮靄沈沈楚天闊。 多情自古傷離別，更那堪冷落淸秋節！今宵酒醒何處？楊柳岸，曉風殘月。此去經年，應是良辰好景虛設。便縱有千種風情，更與何人說？

卜算子慢　　柳永

江楓漸老，汀蕙半凋，滿目敗紅衰翠。楚客登臨，正是暮秋天氣。引疏砧斷續殘陽裏。對晚景傷懷念遠，新愁舊恨相繼。 脈脈人千里。念兩處風情，萬重煙水。雨歇天高，望斷翠峯十二。儘無言誰會憑高意！縱寫得離腸萬種，奈歸鴻難寄。

戚氏　　柳永

晚秋天，一霎微雨灑庭軒。檻菊蕭疏，井梧零亂，惹殘煙。淒然，望江關。飛雲黯淡夕陽閒。當時宋玉悲感，向此臨水與登山。遠道迢遞，行人淒楚，倦聽隴水潺湲。正蟬吟敗葉，蛩響衰草，相應喧喧。 孤館度日如年，風露漸變，悄悄至更闌。長天淨，絳河淸淺，皓月嬋娟。思綿綿，夜永對景，那堪屈指，暗想從前。未名未祿，綺陌紅樓，往往經歲遷延。 帝里風光好，當年少日，暮宴朝歡。況有狂朋怪侶，遇當歌對酒競流連。別來迅景如梭，舊遊似夢，煙水程何限，念利名憔悴長縈絆。追往事空慘愁顏。漏箭移稍覺輕寒，漸嗚咽畫角數聲殘。對閒窗畔，停燈向曉，抱影無眠。

望海潮　　柳永

東南形勝，江湖都會，錢塘自古繁華。煙柳畫橋，風簾翠幕，參差十萬人家。雲樹繞隄沙，怒濤卷霜雪，天塹無涯。市列珠璣，戶盈羅綺競豪奢。　重湖疊巘清嘉，有三秋桂子，十里荷花。羌管弄晴，菱歌泛夜，嬉嬉釣叟蓮娃。千騎擁高牙，乘醉聽簫鼓，吟賞煙霞。異日圖將好景，歸去鳳池誇。

玉蝴蝶　柳永

望處雨收雲斷，凭闌悄悄，目送秋光。晚景蕭疏，堪動宋玉悲涼。水風輕，蘋花漸老；月露冷，梧葉飄黃。遣情傷，故人何在？煙水茫茫！　難忘！文期酒會，幾孤風月，屢變星霜。海闊山遙，未知何處是瀟湘。念雙燕，難憑遠信，指暮天，空識歸航。黯相望，斷鴻聲裏，立盡斜陽。

八聲甘州　柳永

對瀟瀟暮雨灑江天，一番洗清秋。漸霜風淒緊，關河冷落，殘照當樓。是處紅衰綠減，苒苒物華休。惟有長江水，無語東流。　不忍登高臨遠，望故鄉渺邈，歸思難收。歎年來蹤跡，何事苦淹留。想佳人，妝樓長望，誤幾回，天際識歸舟。爭知我，倚闌干處，正恁凝愁。

桂枝香（金陵懷古）　王安石

登臨送目，正故國晚秋，天氣初肅。千里澄江似練，翠峰如簇。歸帆去棹殘陽裏，背西風，酒旗斜矗。綵舟雲淡，星河鷺起，畫圖難足。 念往昔豪華競逐。歎門外樓頭，悲恨相續！千古憑高對此，漫嗟榮辱。六朝舊事隨流水，但寒煙芳草凝綠。至今商女，時時猶唱，後庭遺曲。

眼兒媚

楊柳絲絲弄輕柔，煙縷織成愁。海棠未雨，梨花先雪，一半春休。 而今往事難重有，歸夢遶秦樓。相思只在，丁香枝上，豆蔻梢頭。

此調首句拗者為正體

臨江仙　　晏幾道

夢後樓臺高鎖，酒醒簾幕低垂。去年春恨卻來時：落花人獨立，微雨燕雙飛。 記得小蘋初見，兩重心字羅衣。琵琶絃上說相思。當時明月在，曾照彩雲歸。

蝶戀花　　晏幾道

捲絮風頭寒欲盡，墜粉飄紅，日日香成陣。新酒又添殘酒困，今春不減前春恨。 蝶去鶯飛無處問，隔水高樓，望斷雙魚信。惱亂層波橫一寸，斜陽只與黃昏近。

暮入江南煙水路，行盡江南，不與離人遇。睡裏銷魂無說處，覺來惆悵銷魂誤。 欲盡此情書尺素，浮雁沉魚，終了無憑據。卻倚緩絃歌別緒，斷腸移破秦箏柱。

鷓鴣天　晏幾道

彩袖殷勤捧玉鍾，當年拚卻醉顏紅。舞低楊柳樓心月，歌盡桃花扇底風。　從別後，憶相逢，幾回魂夢與君同。今宵剩把銀釭照，猶恐相逢是夢中。

十里樓臺倚翠微，百花深處杜鵑啼。殷勤自與行人語，不似流鶯取次飛。　驚夢覺，弄晴時，聲聲只道不如歸。天涯豈是無歸意，爭奈歸期未可期！

木蘭花　晏幾道

秋千院落重簾暮，彩筆閒來題繡戶。牆頭丹杏雨餘花，門外綠楊風後絮。　朝雲信斷知何處？應作襄王春夢去。紫騮認得舊遊蹤，嘶過畫橋東畔路。

水調歌頭　蘇軾

明月幾時有？把酒問青天。不知天上宮闕，今夕是何年？我欲乘風歸去，又恐瓊樓玉宇，高處不勝寒！起舞弄清影，何似在人間。　轉朱閣，低綺戶，照無眠。不應有恨，何事長向別時圓？人有悲歡離合，月有陰晴圓缺，此事古難全。但願人長久，千里共嬋娟！

此詞前段「去」與「宇」叶，後段「合」與「缺」叶。宋人偶爾爲之，非必如此也。

永遇樂　蘇軾

明月如霜，好風如水，清景無限。曲港跳魚，圓荷瀉露，寂寞無人見。紞如五鼓，鏗然一葉，黯黯夢雲驚斷，夜茫茫重尋無處，覺來小園行徧。　天涯倦客，山中歸路，望斷故園心眼。燕子樓空，佳人何在？空鎖樓中燕。古今如夢，何曾夢覺，但有舊歡新怨。異時對南樓夜景，爲余浩歎。

洞仙歌　　蘇軾

冰肌玉骨，自清涼無汗，水殿風來暗香滿。綉簾開，一點明月窺人，人未寢，倚枕釵橫鬢亂。　起來攜素手，庭戶無聲，時見疏星渡河漢。試問夜如何？夜已三更，金波淡，玉繩低轉。但屈指西風幾時來？又不道流年，暗中偷換。

念奴嬌　赤壁懷古　　蘇軾

大江東去，浪淘盡千古風流人物。故壘西邊，人道是三國周郎赤壁。亂石崩雲，驚濤拍岸，卷起千堆雪。江山如畫，一時多少豪傑。　遙想公瑾當年，小喬初嫁了，雄姿英發。羽扇綸巾，談笑間强虜灰飛煙滅。故國神遊，多情應笑我，早生華髮。人間如夢，一尊還酹江月。

水龍吟　　蘇軾

似花還似非花，也無人惜從教墜。拋家傍路，思量却是，無情有思。縈損柔腸，困酣嬌眼，欲開還閉。夢隨風萬里，尋郎去處，又還被鶯呼起。　不恨此花飛盡，恨西園落紅難綴！曉來雨過，遺蹤何在？一池萍碎。春色三分，二分塵土，一分流水。細看來不是，楊花點點，是離人淚。

蝶戀花　蘇軾

花褪殘紅青杏小，燕子飛時，綠水人家繞。枝上柳綿吹又少，天涯何處無芳草。牆裏秋千牆外道，牆外行人，牆裏佳人笑。笑漸不聞聲漸悄，多情卻被無情惱。

春事闌珊芳草歇，客裏風光，又過清明節。小院黃昏人憶別，落紅處處聞啼鴂。咫尺江山分楚越，目斷魂銷，應是音塵絕。夢破五更心欲折，角聲吹落梅花月。

虞美人　蘇軾

落花已作風前舞，又送黃昏雨。晚來庭院半殘紅，惟有遊絲千丈裊晴空。殷勤花下重攜手，更盡杯中酒。美人不用斂蛾眉！我亦多情無奈酒闌時。

驀山溪　黃庭堅

鴛鴦翡翠，小小思珍偶。眉黛斂秋波，儘湖南山明水秀。娉娉嫋嫋，卻近十三餘；春未透，花枝瘦，正是愁時候。尋芳載酒，肯落他人後。祇恐遠歸來，綠成陰，青梅如豆。心期得處，每自不由人，長亭柳，君知否？千里猶回首。

清平樂　黃庭堅

春歸何處？寂寞無行路。若有人知春去處，喚取歸來同住！ 春無蹤跡誰知，除非問取黃鸝。百囀無人能解，因風飛過薔薇。

滿庭芳　　秦觀

山抹微雲，天連衰草，畫角聲斷譙門。暫停征棹，聊共引離尊。多少蓬萊舊事，空回首煙靄紛紛。斜陽外，寒鴉數點，流水繞孤村。 銷魂當此際，香囊暗解，羅帶輕分。謾贏得青樓薄倖名存。此去何時見也？襟袖上空惹啼痕。傷情處，高城望斷，燈火已黃昏。

晚色雲開，春隨人意，驟雨纔過還晴。古臺芳榭，飛燕蹴紅英。舞困榆錢自落，秋千外綠水橋平。東風裏，朱門映柳，低按小秦箏。 多情，行樂處，珠鈿翠蓋，玉轡紅纓。漸酒空金榼，花困蓬瀛。豆蔻梢頭舊恨，十年夢屈指堪驚。憑闌久，疏煙淡日，寂寞下蕪城。

江城子　　秦觀

西城楊柳弄春柔，動離憂，淚難收，猶記多情曾爲繫歸舟。碧野朱橋當日事，人不見，水空流。 韶華不爲少年留，恨悠悠，幾時休？飛絮落花，時節一登樓。便做春江都是淚，流不盡，許多愁。

鵲橋仙　　秦觀

纖雲弄巧，飛星傳恨，銀漢迢迢暗度。金風玉露一相逢，便勝卻人間無數。 柔情似水，佳期如夢，忍顧鵲橋歸路。兩情若是久長時又豈在朝朝暮暮！

踏莎行　秦觀

霧失樓台，月迷津渡，桃源望斷無尋處。可堪孤館閉春寒！杜鵑聲裏斜陽暮。　驛寄梅花，魚傳尺素，砌成此恨無重數。郴江幸自繞郴山，爲誰流下瀟湘去？

浣溪沙　秦觀

漠漠輕寒上小樓，曉陰無賴是窮秋，淡煙流水畫屏幽。　自在飛花輕似夢，無邊絲雨細如愁，寶簾閒挂小銀鉤。

鷓鴣天　秦觀

枕上流鶯和淚聞，新啼痕間舊啼痕。一春魚鳥無消息，千里關山勞夢魂。　無一語，對芳尊，安排腸斷到黃昏。甫能炙得燈兒了，雨打梨花深閉門。

摸魚兒　晁補之

買陂塘旋栽楊柳，依稀淮岸江浦。東皋雨足新痕漲，沙觜鷺來鷗聚堪愛處，最好是一川夜月光流渚。無人獨舞，任翠幄張天，柔茵藉地，酒盡未能去。　青綾被莫憶金閨故步，儒冠曾把身誤。弓刀千騎成何事？荒了邵平瓜圃。君試覷，滿青鏡星星鬢影今如許。功名浪語，便似得班超，封侯萬里，歸計恐遲暮。

南鄉子　李之儀

綠水滿池塘，點水蜻蜓避燕忙。杏子壓枝黃半熟，隣牆，風送荷花幾陣香。角簟襯牙床，汗透鮫綃晝影長。點滴芭蕉疎雨過，微涼，畫角悠悠送夕陽。睡起繞回塘，不見銜泥燕子忙。前圃花梢都綠遍，西牆，猶有輕風遞暗香。步懶恰尋床，臥看游絲到地長。自恨無聊常病酒，淒涼，豈有才情似沈陽。

燭影搖紅　王詵

香臉輕勻，黛眉巧畫宮妝淺。風流天付與精神，全在嬌波轉。早是縈心可慣，更那堪頻頻顧盼！幾回得見，見了還休，爭如不見！　燭影搖紅，夜闌飲散春宵短。當時誰解唱陽關？離恨天涯遠。無奈雲收雨散，憑闌干東風淚眼。海棠開後，燕子來時，黃昏庭院。

蝶戀花　僧揮

開到杏花寒食近，人在花前，宿酒和春困。酒有盡時情不盡，日長只恁厭厭悶。　經歲別離閑與悶，花上啼鶯，解道深深恨。可惜斷雲無定準，不能爲寄藍橋信。

踏莎行　賀鑄

楊柳回塘，鴛鴦別浦，綠萍漲斷蓮舟路。斷無蜂蝶慕幽香，紅衣脫盡芳心苦。　返照迎潮，行雲帶雨，依依似與騷人語。當年不肯嫁春風，無端卻被秋風誤。

青玉案　賀鑄

凌波不過橫塘路，但目送，芳塵去。錦瑟年華誰與度？月樓花院，瑣窗朱戶，只有春知處。碧雲冉冉蘅皋暮，彩筆新題斷腸句。若問閒愁都幾許？一川煙草，滿城風絮，梅子黃時雨。

望湘人　賀鑄

厭鶯聲到枕，花氣動簾，醉魂愁夢相半。被惜餘熏，帶驚賸眼，幾許傷春春晚。淚竹痕鮮，佩蘭香老，湘天濃暖。記小江風月佳時，屢約非煙游伴。　須信鸞絃易斷，奈雲和再鼓，曲終人遠。認羅襪無蹤，舊處弄波清淺。青翰棹艤，白蘋洲畔，儘目臨皋飛觀。不解寄一字相思，幸有歸來雙燕。

西江月　毛滂

煙雨半藏楊柳，風光初到桃花。玉人細細酌流霞，醉裏將春留下。　柳畔鴛鴦作伴，花邊胡蝶爲家。醉翁醉裏也隨他，月在柳橋花榭。

最高樓　毛滂

微雨過，深院芰荷中。香冉冉，繡重重。玉人共倚闌干角，月華猶在小池東。入人懷，吹鬢影，可憐風。　分散後，輕如雲與夢；賸下了許多風與月；侵枕簟，冷簾櫳。甫能小睡還驚覺，略成輕醉早醒鬆。仗行雲，將此恨，到眉峯。

卜算子　　杜安世

尊前一曲歌，歌裏千重意。纔欲歌時淚已流，恨應更，多於淚。　試問緣何事？不語如癡醉。我亦情多不忍聞，怕和我成憔悴。

慶清朝慢　　王觀

調雨爲酥，催冰做水，東君分付春還。何人便將輕暖？點破殘寒。結伴踏青去好，平頭鞋子小雙鸞。煙郊外，望中秀色，如有無間。　晴則個，陰則個，餖飣得天氣有許多般。須敎鏤花撥柳，爭要先看。不道吳綾繡襪，香泥斜沁幾行斑。東風巧，盡收翠綠，吹在眉山。

鷓鴣天　　陳克

小市橋彎更向東，便門長記舊相逢。踏青會散秋千下，鬢影衣香怯晚風。　悲往事，向孤鴻，斷腸腸斷舊情濃。梨花院落黃茅店，綉被春寒此夜同。

柳梢青　　謝逸

香雪輕拍，尊前忍聽，一聲將息。昨夜濃歡，今朝別後，明日行客。　後回來則須來，便去也如何去得！無限離情，無窮江水，無邊山色。

南歌子　謝逸

雨洗溪光淨，風掀柳帶斜，畫樓朱戶玉人家。簾外一眉新月浸梨花。　金鴨香凝袖，銅荷燭映紗，鳳盤宮錦小屏遮。夜靜寒生春筍理琵琶。

江神子　謝逸

杏花村館酒旗風，水溶溶，颺殘紅；野渡舟橫，楊柳綠陰濃。望斷江南山色遠，人不見，草連空。　夕陽樓外晚煙籠，粉香融，淡眉峯；記得年時，相見畫屏中。只有關山今夜月，千里外，素光同。

千秋歲　謝逸

楝花飄砌，簌簌清香細。梅雨過，蘋風起。情隨湘水遠，夢逸吳峯翠。琴書倦，鷓鴣喚起南窗睡。　密意無人寄，幽恨憑誰洗？修竹畔，疏簾裏。歌餘塵拂扇，舞罷風掀袂。人散後，一鉤淡月天如水。

水龍吟　程垓

夜來風雨匆匆，故園定是花無幾。愁多怨極，等閑孤負，一年芳意。柳困花慵，杏青梅小，對人容易。算好春長在，好花長見，原只是，人顦顇。　回首池南舊事，恨星星不堪重記。如今但有，看花老眼，傷時清淚。不怕逢花瘦，只愁怕老來風味。待繁紅亂處，留雲借月，也須拚醉。

滿江紅（憶別）

門掩𤟌楊寶香度翠簾重疊。春寒在羅衣初試，素肌猶怯。薄霧籠花天欲暮，小風送角聲初咽。但獨褰幽幌悄無言傷初別。　衣上雨，眉間月；滴不盡，顰空切。羨棲梁歸燕，入簾雙蝶。愁緒多於花絮亂，柔腸過似丁香結。問甚時重理錦囊書？從頭說。

江城梅花引　程垓

娟娟霜月冷侵門，怕黃昏，又黃昏，手撚一枝，獨自對芳尊。酒又不禁花又惱，漏聲遠，一更更，總斷魂。　斷魂，斷魂，不堪聞。被半溫，香半熏。睡也睡也睡不穩，誰與溫存？惟有牀前，銀燭照啼痕。一夜爲花憔悴損，人瘦也，比梅花，瘦幾分？

最高樓　程垓

舊心事，說着兩眉羞。記得並肩遊。湘裙羅襪桃花岸，薄衫輕扇杏花樓。幾番行，幾番醉，幾番留。　也誰料春風吹又斷，又誰料朝雲飛亦散；天易老，恨難酬。蜂兒不解知人苦，燕兒不解說人愁。舊情懷，消不盡，幾時休。

瑞龍吟　周邦彥

章台路，還見褪粉梅梢，試花桃樹。愔愔坊陌人家，定巢燕子，歸來舊處。黯凝竚，因念箇人癡小，乍窺門戶。侵晨淺約宮黃，障風映袖，盈盈笑語。　前度劉郎重到，訪鄰尋里，同時歌舞。惟有舊家秋娘，聲價如故。吟牋賦筆，獨記燕台句。知誰伴，名園露飲，東城閑步。事與孤鴻去！探春盡是，傷離意緒。官柳低金縷。歸騎晚，纖纖池塘飛雨。斷腸院落，一簾風絮。

瑣窗寒　越調　周邦彥

暗柳啼鴉，單衣佇立，小簾朱戶。桐花半畝，靜鎖一庭愁雨。洒空堦夜闌未休，故人剪燭西窗語。似楚江暝宿，風燈零亂，少年羈旅。　遲暮，嬉遊處。正店舍無煙，禁城百五。旗亭喚酒，付與高陽儔侶。想東園桃李自春，小唇秀靨今在否？到歸時，定有殘英，待客攜尊俎。

過秦樓　周邦彥

水浴清蟾，葉喧涼吹，巷陌馬聲初斷。閒依露井，笑撲流螢，惹破畫羅輕扇。人靜夜久凭闌，愁不歸眠，立殘更箭。歎年華一瞬，人今千里，夢沉書遠。　空見說鬢怯瓊梳，容銷金鏡，漸嬾趁時勻染。梅風地溽，虹雨苔滋，一架舞紅都變。誰信無聊為伊，才減江淹，情傷荀倩。但明河影下，還看稀星數點。

齊天樂　正宮調　秋思　周邦彥

綠蕪凋盡臺城路，殊鄉又逢秋晚。暮雨生寒，鳴蛩勸織，深閣時聞裁剪。雲窗靜掩，歎重拂羅裀，頓疎花簟。尚有練囊，露螢清夜照書卷。　荊江留滯最久，故人相望處，離思何限！渭水西風，長安亂葉，空憶詩情宛轉。凭高眺遠，正玉液新篘，蟹螯初薦。醉倒山翁，但愁斜照斂。

少年遊　商調　周邦彥

并刀如水，吳鹽勝雪，纖手破新橙。錦幄初溫，獸香不斷，相對坐調笙。低聲問：「向誰行宿？城上已三更。馬滑霜濃，不如休去，直是少人行！」

蘭陵王　越調　柳　周邦彥

柳陰直，煙裏絲絲弄碧。隋堤上，曾見幾番，拂水飄緜送行色？登臨望故國。誰識？京華倦客。長亭路，年去年來，應折柔條過千尺。　閑尋舊蹤跡。又酒趁哀弦，燈照離席。梨花榆火催寒食。愁一箭風快，半篙波暖，回頭迢遞便數驛。望人在天北。　悽惻，恨堆積。漸別浦縈回，津堠岑寂。斜陽冉冉春無極。念月榭攜手，露橋聞笛。沈思前事，似夢裏，淚暗滴。

意難忘　中呂　周邦彥

衣染鶯黃，愛停歌駐拍，勸酒持觴。低鬟蟬影動，私語口脂香。簷露滴，竹風涼，拼劇飲淋浪，夜漸深，籠燈就月，子細端相。　知音見說無雙，解移宮換羽，未怕周郎。長顰知有恨，貪耍不成妝。些箇事，惱人腸，試說與何妨！又恐伊尋消問息，瘦減容光。

解連環　周邦彥

怨懷無託，嗟情人斷絕，信音遼邈。縱妙手能解連環，似風散雨收，霧輕雲薄。燕子樓空，暗塵鎖一床絃索。

想移根換葉盡是舊時手種紅藥。汀洲漸生杜若，料舟移岸曲，人在天角。漫記得當日音書，把閒語閒言待總燒却。水驛春回，望寄我江南梅萼。拚今生對花對酒，爲伊淚落。

一剪梅　李清照

紅藕香殘玉簟秋。輕解羅裳，獨上蘭舟。雲中誰寄錦書來？雁字回時，月滿西樓。花自飄零水自流，一種相思，兩處閑愁。此情無計可消除。才下眉頭，却上心頭。

醉花陰　李清照

薄霧濃雲愁永晝，瑞腦噴金獸。時節又重陽，玉枕紗櫥，半夜涼初透。東籬把酒黃昏後，有暗香盈袖。莫道不消魂！簾卷西風，人比黃花瘦。

念奴嬌　李清照

蕭條庭院，又斜風細雨，重門須閉。寵柳嬌花寒食近，種種惱人天氣。險韻詩成，扶頭酒醒，別是閑滋味。征鴻過盡，萬千心事難寄。樓上幾日春寒，簾垂四面，玉闌干慵倚。被冷香銷新夢覺，不許愁人不起。清露晨流，新桐初引，多少遊春意。日高煙斂，更看今日晴未。

蝶戀花　李清照

暖雨和風初破凍，柳潤梅輕，已覺春心動。酒意詩情誰與共？淚融殘粉花鈿重。乍試夾衣金縷縫，山枕欹斜，枕損釵頭鳳。獨抱濃愁無好夢，夜闌猶剪燈花弄。

鳳凰臺上憶吹簫　李清照

香冷金猊，被翻紅浪，起來慵自梳頭。任寶奩塵滿，日上簾鉤。生怕離懷別苦，多少事欲說還休。新來瘦，非干病酒，不是悲秋！　休休！這回去也千萬遍陽關也則難留。念武陵人遠，煙鎖秦樓。惟有樓前流水，應念我終日凝眸。凝眸處，從今又添，一段新愁。

聲聲慢　李清照

尋尋覓覓，冷冷清清，悽悽慘慘戚戚。乍暖還寒，時候最難將息。三杯兩盞淡酒，怎敵他晚來風急。雁過也，正傷心却是，舊時相識。　滿地黃花堆積。憔悴損如今有誰忺摘？守着窗兒，獨自怎生得黑？梧桐更兼細雨，到黃昏點點滴滴。這次第怎一個愁字了得？

清平樂　趙令時

春風依舊，著意隋堤柳。搓得鵝兒黃欲就，天氣清明時候。　去年紫陌青門，今宵雨魄雲魂。斷送一生憔悴，能消幾個黃昏？

鷓鴣天　春情　李之膺

寂寞千秋兩綉旗，日長花影轉堦遲。燕驚午夢周遮語，蝶困春遊落托飛。　思往事，入顰眉，柳梢陰重又當時。薄情風絮難拘束，飛過東牆不肯歸。

南歌子　田為

夢怕愁時斷，春從醉裏回。淒涼懷抱向誰開？些子清明時候被鶯催。　柳外都成絮，闌邊半是苔。多情簾
燕獨徘徊。依舊滿身花雨又歸來。

二郎神　徐伸

悶來彈鵲，又攪碎一簾花影。漫試著春衫，還思纖手，熏徹金猊燼冷。動起愁端如何向？但怪得新來多病。
嗟舊日沈腰，如今潘鬢，怎堪臨鏡？　重省！別時淚濕，羅衣猶凝。料為我厭厭，日高慵起，長託春酲未醒。雁
足不來，馬蹄難駐，門掩一庭芳景。空佇立，盡日闌干倚徧，晝長人靜。

念奴嬌　沈公述

杏花過雨，漸殘紅零落，胭脂顏色。流水飄香人漸遠，難託寸心脈脈。恨別王孫，牆陰目斷，手把青梅摘。金
鞍何處？綠楊依舊南陌。　消散雲雨須臾，多情因甚有輕離輕折？燕語千般爭解說，些子伊家消息。厚約
深盟，除非重見，見了方端的。而今無奈，寸腸千恨堆積。

燕山亭（北行見杏花）　宋徽宗

裁翦冰綃，輕疊數重，淡着燕脂勻注。新樣靚妝，豔溢香融，羞殺蕊珠宮女。易得凋零，更多少無情風雨？愁

苦！閒院落淒涼，幾番春暮？憑寄離恨重重，這雙燕何曾會人言語！天遙地遠，萬水千山，知他故宮何處！怎不思量，除夢裏有時曾去。無據！和夢也新來不做。

第四期　詞的老年期。人當中年以後，正事業最盛之時，然而『夕陽無限好，只是近黃昏！』讀詞至南宋，每有此感。南宋人詞，專研練在字面和音律方面，詞的技術，實已達到了最高峯。可惜過於雕飾，生機垂絕，已為詞之沒落時期，過此以往，便無可進展了。以南北宋相較，則北宋詞大，南宋詞高；北宋任自然，多天籟；南宋尚雕琢，工技巧；北宋詞淵博雄渾，南宋詞精細幽密；北宋詞明快疎放，南宋詞凝鍊滯重；這都是顯而易見的。

此期的詞，在南渡初二三十年間，詞人雖不少，然佼佼者不多見。以趙長卿，向子諲，葉夢得三人為稍足稱述。此後則張孝祥，張元幹不媿名家。及辛棄疾姜夔二人繼起，便成剛柔兩派的柱石，達到了詞的最高點。與辛同派者有劉過劉克莊等；與姜合流者，有史達祖吳文英等。南宋末年，則有蔣捷周密王沂孫張炎等，他們都嘗到亡國的苦味，便借詞以發洩他們的哀痛。

趙長卿，自號仙源居士，宋宗室。他的詞富於情感，輕佻側豔，非常秀巧。集名惜香，有以也。

向子諲字伯恭，臨江人，有酒邊詞，其中分江北舊詞及江南新詞為兩部。舊詞多言情，當爲少年時作。新詞清高澹遠，似不食人間煙火者，當爲南渡後作。

葉夢得字少蘊，吳縣人，號石林居士。有石林詞，其詞於沖淡中時有豪放雄傑語，蓋與蘇辛同派的。

張孝祥字安國，歷陽人。他的詞雄渾高峻，無絲毫浮靡之氣，雖小詞也是如此，蓋其人氣骨很硬。有于湖詞。

張元幹字仲宗，三山人。他也是很有風骨的人。他的詞近美成，有的與石林、稼軒相似。有蘆川詞。

辛棄疾字幼安，號稼軒，歷城人。能文能武，是南宋的豪傑之士。他與李易安同鄉。他的性格，行爲，詞品，都有極濃的北方氣概。豪放一宗，開自東坡，其時尚未光大。到得稼軒始激昂排宕，頓挫沈雄，成爲此派之極則，後之作者，簡直難乎爲繼。他又是一位憂國之士，雖歷任武職，但沒有恢復中原的機會。他也是主戰派的人物，然朝廷力主和議，他不能够一抒抱負？所以他的詞多感慨、悲壯、激昂、怨憤的話。他另有一特點，能把經、史、莊、騷的句子，引用入詞，雖是掉書袋，然須有大才力纔行。故稼軒的詞，很是散文化。有稼軒詞。

姜夔字堯章，號白石道人，番陽人，精音律，多自度曲。曲旁注譜字，惜歌法失傳，今已不復可歌。他的詞清勁高麗，然未免生硬，音節亦過於促迫，少寬和之音。其詞影響很大，宋末諸家，大都與他有關係的。有白石道人歌曲。

劉過字改之，號龍洲道人，太和人。為辛棄疾幕客，其詞效法稼軒，品格稍低，粗疏淺露，無稼軒之沈著。有龍洲詞。

劉克莊字潛夫，號後村，莆田人，亦蘇辛一派的詞人，長調尤近稼軒，惟不如稼軒之有力。有後村別調。

史達祖字邦卿，汴人。他的詞清新婉媚，纖巧刻畫，如鮫綃霧縠，可稱大家。有梅溪詞。

吳文英字君特，號夢窗，四明人。他最工彫琢，以至隱晦艱澀，讀其詞殊覺費力，且很乏味。甚者竟至不通。蓋彫琢過分，因是失了他的生機，雖似華麗，實為七寶樓臺，無整個的生命存在其間，故拆卸下來，不成片段。然而功力之深，古來罕有其匹。其作詞字字都用研鍊功夫，好像獅子搏兔，必用全力。宋末詞人多受其影響，較白石為尤甚。晚近學他的也不少，成為一種風氣，幾有非學夢窗寧可不作之概，詞人中一大權威也。有夢窗甲乙丙丁稿。

蔣捷字勝欲，號竹山，陽羨人。為宋遺民，然其詞絕少身世之感，新巧妍麗，有似謝無逸。有竹山詞。

周密字公謹，號草窗，濟南人。其詞近於夢窗，故並稱爲二窗。較夢窗爲新雋，不像他的質實。有草窗詞。

王沂孫字聖與，號碧山，會稽人。他的詠物詞，寄託遙深，凡家國之痛，身世之感，都寫入詞中。悽愴嗚咽，如嫠婦之夜泣。有碧山樂府。

張炎字叔夏，號玉田，又號樂笑翁，本西秦人，家臨安。其論詞稱白石而抑夢窗，他本主張清空，不要質實的。與白石並稱姜張，爲浙派之宗。其詞多身世之慨，有蒼涼激楚之音，其才氣似較周密王沂孫等爲大，不一味作哀怨可憐的話。有山中白雲詞。

宋後詞之聲律漸亡，作者僅能模做宋人，絕少新的創造與發展，故宋以後詞不再述，猶詩之及唐而止。

滿江紅　岳飛

怒髮衝冠，憑闌處瀟瀟雨歇，擡望眼仰天長嘯，壯懷激烈。三十功名塵與土，八千里路雲和月。莫等閒白了少年頭，空悲切！　靖康恥，猶未雪；臣子憾，何時滅？駕長車踏破賀蘭山缺。壯志飢餐胡虜肉，笑談渴飲匈奴血。待從頭收拾舊山河，朝天闕。

又　岳飛

遙望中原，暮煙外許多城郭。想當日花遮柳護，鳳樓龍閣。萬歲山前珠翠繞，蓬壺殿裏笙歌作。到而今鐵騎滿郊畿，風塵惡！　民安在？塡溝壑。兵安在？膏鋒鍔。嘆江山如故，千村寥落。何日請纓提銳旅？一鞭直渡清河洛。待歸來再續漢陽遊，騎黃鶴。

臨江仙　趙長卿

過盡征鴻來盡燕，故園消息茫然。一春顦顇有人憐。懷家寒食夜，中酒落花天。　見說江頭春浪渺，殷勤欲送歸船。別來此處最縈牽：短篷南浦雨，疏柳斷橋煙。

賀新郎（春晚）　葉夢得

睡起流鶯語。掩蒼苔房櫳向晚，亂紅無數。飛盡殘花無人見，惟有垂楊自舞，漸暖靄初回輕暑。寶扇重尋明月影，暗塵侵尚有乘鸞女，驚舊恨鎭如許。　江南夢斷蘅皐渚。浪黏天蒲萄漲綠，半空煙雨。無限樓前滄波意，誰采蘋花寄取？但悵望蘭舟容與。萬里雲帆何時到？送孤鴻目斷千山阻。誰爲我，唱金縷。

臨江仙　陳與義

憶昔午橋橋上飲，坐中都是豪英。長溝流月去無聲。杏花疎影裏，吹笛到天明。　二十餘年如一夢，此身雖在堪驚。閑登小閣看新晴。古今多少事，漁唱已三更。

玉樓春　康與之

青牋後約無憑據，誤我碧桃花下語。誰將消息問劉郎？悵望玉溪溪上路。　春來無限傷情緒，擬欲題紅都寄與。東風吹落一庭花，手把新愁無寫處。

金人捧露盤　曾覿

記神京，繁華地，舊遊蹤。正御溝春水溶溶。平康巷陌，繡鞍金勒躍青驄。解衣沽酒，醉絃管柳綠桃紅。　到如今，餘霜鬢；嗟舊事，夢魂中。但寒煙滿目飛蓬。雕闌玉砌，空餘三十六離宮。塞笳驚起暮天雁，寂寞東風。

鷓鴣天　朱敦儒

曾爲梅花醉不歸，佳人挽袖乞新詞。輕紅徧寫鴛鴦帶，濃碧爭斟翡翠巵。　人已老，事皆非，花前不飲淚沾衣。如今但欲關門睡，一任梅花作雪飛。

好事近　朱儒敦

搖首出紅塵，醒醉更無時節。活計綠蓑青笠，慣披霜衝雪。　晚來風定釣絲閑，上下是新月。千里水天一色，看孤鴻明滅。

六州歌頭　張孝祥

長淮望斷，關塞莽然平。征塵暗，霜風勁，悄邊聲，黯銷凝。追想當年事，殆天數，非人力；洙泗上，絃歌地，亦羶腥。隔水氈鄉，落日牛羊下，區脫縱橫。看名王宵獵，騎火一川明。笳鼓悲鳴，遣人驚。　念腰間箭，匣中劍，空埃蠹，竟何成？時易失，心徒壯，歲將零，渺神京。干羽方懷遠，靜烽燧，且休兵！冠蓋使，紛馳騖，若爲情。聞道中原遺老，常南望翠葆霓旌。使行人到此，忠憤氣塡膺，有淚如傾。

念奴嬌（過洞庭）　張孝祥

洞庭青草，近中秋更無一點風色。玉界瓊田三萬頃，著我扁舟一葉。素月分輝，銀河共影，表裏俱澄澈。悠然心會，妙處難與君說！　應念嶺表經年，孤光自照，肝膽皆冰雪。短髮蕭疏襟袖冷，穩泛滄溟空闊。盡吸西江，細斟北斗，萬象爲賓客。叩舷獨嘯，不知今夕何夕。

水調歌頭（聞采石戰勝）　張孝祥

雪洗虜塵靜，風約楚雲留。何人爲寫悲壯？吹角古城樓。湖海平生豪氣，關塞如今風景，翦燭看吳鉤。賸喜燃犀處，駭浪與天浮。　憶當年，周與謝，富春秋。小喬初嫁，香囊猶在，功業故優遊。赤岸磯頭落照，淝水橋邊衰草，渺渺喚人愁。我欲乘風去，擊楫誓中流。

眼兒媚　范成大

酣酣月脚紫煙浮，妍暖試輕裘。困人天氣，醉人花氣，午夢扶頭。　春慵恰似春塘水，一片縠紋愁。溶溶洩洩，東風無力，欲皺還休。

滿江紅　張元幹

春水連天，桃花浪幾番風惡？雲乍起，遠山遮盡，晚風還作。綠遍芳洲空杜若，楚帆帶雨煙中落。認向來沙嘴共停撓，傷飄泊。寒猶在，衾偏薄，腸欲斷，愁難着。倚蓬窗無寐，引盃孤酌。寒食清明都過了，可憐孤負年時約。想小樓日日望歸舟，人如削。

賀新郎（賦琵琶）　辛棄疾

鳳尾龍香撥，自開元霓裳曲罷，幾番風月！最苦潯陽江頭客，畫舸亭亭待發。記出塞黃雲堆雪。馬上離愁三萬里，望昭陽宮殿孤鴻沒。絃解語，恨難說！　遼陽驛使音塵絕，瑣窗寒輕攏慢撚，淚珠盈睫。推手含情還却手，一抹梁州哀徹。千古事雲飛煙滅。賀老定場無消息，想沈香亭北繁華歇！彈到此，為嗚咽。

又（別茂嘉十二弟）　辛棄疾

綠樹聽鵜鴂，更那堪鷓鴣聲住，杜鵑聲切！啼到春歸無啼處，苦恨芳菲都歇，算未抵人間離別。馬上琵琶關塞黑，更長門翠輦辭金闕。看燕燕，送歸妾。　將軍百戰身名裂，向河梁回頭萬里，故人長絕。易水蕭蕭西風冷，滿座衣冠似雪。正壯士悲歌未徹。啼鳥還知如許恨，料不啼清淚長啼血。誰共我，醉明月。

又（獨坐停雲賦此）　辛棄疾

甚矣吾衰矣！恨平生交遊零落，只今餘幾？白髮空垂三千丈，一笑人間萬事，問何物能令公喜？我見青山多嫵媚，料青山見我應如是。情與貌，略相似。　一尊搔首東窗裏，想淵明停雲詩就，此時風味。江左沈酣求名者，豈識濁醪妙理！回首叫雲飛風起。不恨古人吾不見，恨古人不見吾狂耳！知我者，二三子。

水調歌頭　　辛棄疾

長恨復長恨，裁作短歌行。何人爲我楚舞？聽我楚狂聲。余既滋蘭九畹，又樹蕙之百畝，秋菊更餐英。門外滄浪水，可以濯吾纓。　一杯酒，問何似，身後名？人間萬事，毫髮常重泰山輕。悲莫悲生離別，樂莫樂新相識，兒女古今情。富貴非吾事，歸與白鷗盟。

滿江紅（暮春）　　辛棄疾

點火櫻桃，照一架荼蘼如雪。春正好，見龍孫穿破，紫苔蒼壁。乳燕引雛飛力弱，流鶯喚友嬌聲怯。問春歸不肯帶愁歸，腸千結。　層樓望，春山疊；家何在？煙波隔。把古今遺恨，向他誰說？蝴蝶不傳千里夢，子規叫斷三更月。聽聲聲枕上勸人歸，歸難得。

又（江行）　　辛棄疾

過眼溪山，怪都是，舊時曾識。還記得，夢中行遍，江南江北。佳處徑須攜杖去，能消幾兩平生屐？笑塵勞三十九年非，長爲客。　吳楚地，東南坼；英雄事，曹劉敵。被西風吹盡，了無塵跡。樓觀甫成人已去，旌旗未卷頭先白。歎人生哀樂轉相尋，今猶昔。

又　　辛棄疾

敲碎離愁，紗窗外風搖翠竹。人去後吹簫聲斷，倚樓人獨。滿眼不堪三月暮，舉頭已覺千山綠。但試把紙寄來書從頭讀。相思字空盈幅；相思意何時足？滴羅襟點點淚珠盈掬，芳草不迷行路客，垂楊只礙離人目。最苦是立盡月黃昏，欄干曲。

水龍吟　辛棄疾

楚天千里清秋，水隨天去秋無際。遙岑遠目，獻愁供恨，玉簪螺髻。落日樓頭，斷鴻聲裏，江南遊子。把吳鉤看了，闌干拍徧，無人會，登臨意！　休說鱸魚堪膾！儘西風季鷹歸來？求田問舍，怕應羞見，劉郎才氣。可惜流年，憂愁風雨，樹猶如此。倩何人喚取？紅巾翠袖，揾英雄淚。

摸魚兒　辛棄疾

更能消幾番風雨？匆匆春又歸去。惜春長怕花開早，何況落紅無數！春且住！見說道天涯芳草無歸路。怨春不語，算只有殷勤，畫檐蛛網，盡日惹飛絮。　長門事，準擬佳期又誤，蛾眉曾有人妒。千金縱買相如賦，脈脈此情誰訴？君莫舞！君不見玉環飛燕皆塵土！閑愁最苦。休去倚危欄，斜陽正在，煙柳斷腸處。

永遇樂（京口北固亭懷古）　辛棄疾

千古江山，英雄無覓，孫仲謀處。舞榭歌臺，風流總被，雨打風吹去。斜陽草樹，尋常巷陌，人道寄奴曾住。想當年金戈鐵馬，氣吞萬里如虎。　元嘉草草，封狼居胥，贏得倉皇北顧。四十三年，望中猶記，烽火揚州可堪回首，佛狸祠下，一片神鴉社鼓。憑誰問「廉頗老矣，尙能飯否？」

祝英台近（晚春） 辛棄疾

寶釵分，桃葉渡，煙柳暗南浦。怕上層樓，十日九風雨。斷腸點點飛紅，都無人管，更誰勸流鶯聲住？ 鬢邊覷，試把花卜歸期，才簪又重數。羅帳燈昏，哽咽夢中語。是他春帶愁來，春歸何處，却不解帶將愁去？

南鄉子（登京川北固亭有懷） 辛棄疾

何處望神州？滿眼風光北固樓。千古興亡多少事？悠悠，不盡長江滾滾流。 年少萬兜鍪，坐斷東南戰未休。天下英雄誰敵手？曹劉，生子當如孫仲謀。

菩薩蠻（書江西造口壁） 辛棄疾

鬱孤台下淸江水，中間多少行人淚？西北是長安，可憐無數山。 青山遮不住，畢竟東流去。江晚正愁余，山深聞鷓鴣。

醜奴兒 辛棄疾

少年不識愁滋味：愛上層樓，愛上層樓，爲賦新詞强說愁。 而今識盡愁滋味：欲說還休，欲說還休，却道天涼好個秋。

浪淘沙（山寺夜半聞鐘） 辛棄疾

身世酒杯中，萬事皆空，古來三五個英雄。雨打風吹何處是，漢殿秦宮。　夢入少年叢，歌舞匆匆，老僧夜半誤鳴鐘。驚起西窗眠不得，捲地西風。

臨江仙　陸游

鳩雨催成新綠，燕泥收盡殘紅。春光還與美人同，論心空眷眷，分袂却匆匆。　只道眞情易寫，那知怨句難工。水流雲散各西東，半廊花院月，一帽柳橋風。

齊天樂（蟋蟀）　姜夔

庾郎先自吟愁賦，淒淒更問私語。露濕銅鋪，苔侵石井，都是曾聽伊處。哀音似訴，正思婦無眠，起尋機杼。曲曲屏山，夜深獨自甚情緒。　西窗又吹暗雨，爲誰頻斷續？相和砧杵。候館吟秋，離宮弔月，別有傷心無數。豳詩漫與，笑籬落呼燈，世間兒女。寫入琴絲，一聲聲更苦。

揚州慢　姜夔

淮左名都，竹西佳處，解鞍少駐初程。過春風十里，盡薺麥青青。自胡馬窺江去後，廢池喬木，猶厭言兵。漸黃昏清角，吹寒都在空城。　杜郎俊賞，算而今重到須驚。縱豆蔻詞工，青樓夢好，難賦深情。二十四橋仍在，波心蕩冷月無聲。念橋邊紅藥，年年知爲誰生？

暗香　姜夔

舊時月色，算幾番照我，梅邊吹笛。喚起玉人，不管清寒與攀摘。何遜而今漸老，都忘却春風詞筆。但怪得，竹外疎花，香冷入瑤席。　江國正寂寂。歎寄與路遙，夜雪初積。翠樽易泣，紅萼無言耿相憶。長記曾攜手處，千樹壓西湖寒碧。又片片吹盡也，幾時見得？

翠樓吟　　姜夔

月冷龍沙，塵清虎落，今年漢酺初賜。新翻胡部曲，聽氈幕元戎歌吹。層樓高峙，看檻曲縈紅，簷牙飛翠。人姝麗，粉香吹下，夜寒風細。　此地宜有詞仙，擁素雲黃鶴，與君遊戲。玉梯凝望久，歎芳草萋萋千里。天涯情味，仗酒祓清愁，花消英氣。西山外，晚來還捲，一簾秋霽。

賀新郎　　劉克莊

湛湛長江黑。更那堪斜風細雨，亂山如織。老眼平生空四海，賴有高樓百尺。看浩蕩千崖秋色。白髮書生神州淚，儘淒涼不向牛山滴。追往事，去無迹。　少時自負凌雲筆，到如今春華落盡，滿懷蕭瑟。常恨世人新意少，愛說南朝狂客。把破帽年年拈出。若對黃花孤負酒，怕黃花也笑人岑寂。鴻北去，日西匿。

水龍吟（春恨）　　陳亮

鬧花深處層樓，畫簾半捲東風軟。春歸翠陌，平莎茸嫩，垂楊金淺。遲日催花，淡雲閣雨，輕寒輕暖。恨芳菲世界，遊人未賞，都付與鶯和燕。　寂寞憑高念遠，向南樓一聲歸雁。金釵鬬草，青絲勒馬，風流雲散。羅綬分香，翠綃封淚，幾多幽怨？正銷魂又是，疎煙淡月，子規聲斷。

賀新郎　　劉過

老去相如倦，問文君說似，而今怎生消遣？衣袂京塵曾染處，空有香紅尚軟。料彼此魂銷腸斷。一枕新涼眠客舍，聽梧桐疎雨秋聲顫。燈暈冷，記初見。　樓低不放珠簾捲。晚妝殘，翠鈿狼藉，淚痕凝臉。人道愁來須殢酒，無奈愁深酒淺。但寄與焦琴紈扇。莫鼓琵琶江上曲，怕荻花楓葉俱悽怨。雲萬疊，寸心遠。

憶秦娥　　孫氏(鄭文妻)

花深深，一鉤羅襪行花陰。行花陰，閑將柳帶，試結同心。　日邊消息空沈沈，畫眉樓上愁登臨。愁登臨，海棠開後，望到如今。

風入松　　俞國寶

一春長費買花錢，日日醉湖邊。玉驄慣識西湖路，驕嘶過沽酒壚前。紅杏香中簫鼓，綠楊影裏秋千。　暖風十里麗人天，花壓鬢雲偏。畫船載取春歸去，餘情付湖水湖煙。明日重扶殘醉，來尋陌上花鈿。

賀新郎(三高祠前釣雪亭)　　俞國寶

挽住風前柳，問鴟夷當日扁舟，近曾來否？月落潮生無限事，零亂茶煙未久。漫留得蓴鱸依舊。可是從來功名誤，撫荒祠誰繼風流後？今古恨，一搔首。　江涵雁影梅花瘦。四無塵雪飛風起，夜窗如畫。萬里乾坤清絕處，付與漁翁釣叟。又恰是題詩時候。猛拍闌干呼鷗鷺，道他年我亦垂綸手。飛過我，共樽酒。

齊天樂　　高觀國

碧雲缺處無多雨，愁與去帆俱遠。倒葦沙閒，枯蘭溆冷，寥落寒江秋晚。樓陰縱覽，正魂怯清吟，病多依黯。怕挹西風，袖羅香自去年減。　風流江左久客，舊遊得意處，珠簾曾卷。載酒春情，吹簫夜約，猶憶玉嬌香怨。塵棲故苑，嗟碧月空檐，夢雲飛觀。送絕征鴻，楚峯煙數點。

綺羅香(春雨)　　史達祖

做冷欺花，將煙困柳，千里偷催春暮。盡日冥迷，愁裏欲飛還住。驚粉重蝶宿西園，喜泥潤燕歸南浦。最妨他佳約風流，鈿車不到杜陵路。　沈沈江上望極，還被春潮晚急，難尋官渡。隱約遙峯，和淚謝娘眉嫵。臨斷岸新綠生時，是落紅帶愁流去。記當日門掩梨花，剪燈深夜語。

雙雙燕　　史達祖

過春社了，度簾幙中間，去年塵冷。差池欲往，試入舊巢相並。還相雕梁藻井，又軟語商量不定。飄然快拂花梢，翠尾分開紅影。　芳徑，芹泥雨潤。愛貼地爭飛，競誇輕俊。紅樓歸晚，看足柳昏花暝。應自棲香正穩，便忘了天涯芳信。愁損翠黛雙蛾，日日畫闌獨凭。

臨江仙(閨思)

愁與西風應有約，年年同赴淸秋。舊遊簾幙記揚州。一燈人着夢，雙雁月當樓。羅帶鴛鴦塵暗澹，更須整頓風流，天涯萬一見溫柔。瘦應緣此瘦，羞亦爲郞羞。

齊天樂　　吳文英

煙波桃葉西陵路，十年斷魂潮尾。古柳重攀，輕鷗聚別，陳迹危亭獨倚。涼颸乍起，渺煙磧飛帆，暮山橫翠。但有江花，共臨秋鏡照憔悴。華堂燭暗送客，眼波回盼處，芳豔流水。素骨凝冰，柔葱蘸雪，猶憶分瓜深意。淸尊未洗，夢不濕行雲，漫沾殘淚。可惜秋宵，亂蛩疏雨裏。

風入松　　吳文英

聽風聽雨過淸明，愁草瘞花銘。樓前綠暗分攜路，一絲柳，一寸柔情。料峭春寒中酒，交加曉夢啼鶯。西園日日掃林亭，依舊賞新晴。黃蜂頻撲秋千索，有當時，纖手香凝。惆悵雙鴛不到，幽階一夜苔生。

鶯啼序（春晚感懷）　　吳文英

殘寒正欺病酒，掩沈香繡戶。燕來晚，飛入西城，似說春事遲暮。畫船載淸明過却，晴煙冉冉吳宮樹。念羈情遊蕩，隨風化爲輕絮。十載西湖，傍柳繫馬，趁嬌塵輭霧。遡紅漸招入仙溪，錦兒偷寄幽素。倚銀屏春寬夢窄，斷紅濕歌紈金縷。暝隄空，輕把斜陽，總還鷗鷺。幽蘭漸老，杜若還生，水鄉尚寄旅。別後訪六橋無信，事往花委，瘞玉埋香，幾番風雨？長波妒盼，遙山羞黛，漁燈分影春江宿，記當時短楫桃根渡。靑樓彷彿，臨分敗壁題詩，淚墨慘淡塵土。　危亭望極，草色天涯，歎鬢侵半苧。暗點檢離痕歡唾，尙染鮫綃；彈鳳迷歸，破鸞慵舞。殷勤待寫，書中長恨，藍霞遼海沈過雁，漫相思彈入哀箏柱。傷心千里江南，怨曲重招，斷魂在否？

高陽台（落梅）　吳文英

宮粉雕痕，仙雲墮影，無人野水荒灣。古石埋香，金沙鎖骨連環。南樓不恨吹橫笛，恨曉風千里關山。半飄零，庭院黃昏，月冷闌干。　壽陽空理愁鸞。問誰調玉髓？暗補香瘢。細雨歸鴻，孤山無限春寒。離魂難倩招清些，夢縞衣解佩溪邊。最愁人，啼鳥晴明，葉底靑圓。

虞美人　蔣捷

絲絲楊柳絲絲雨，春在溟濛處。樓兒忒小不藏愁，幾度和雲飛去覓歸舟。　天憐客子鄉關遠，借與花消遣。海棠紅近綠闌干，纔卷珠簾却又晚風寒。

又　蔣捷

少年聽雨歌樓上，紅燭昏羅帳。壯年聽雨客舟中，江闊雲低斷雁叫西風。　而今聽雨僧廬下，鬢已星星也。悲歡離合總無情，一任階前點滴到天明。

一剪梅（舟過吳江）　蔣捷

一片春愁待酒澆，江上舟搖，樓上帘招。秋娘容與泰娘嬌，風又飄飄，雨又蕭蕭。 何日歸家洗客袍？銀字笙調，心字香燒。流光容易把人拋，紅了櫻桃，綠了芭蕉。

唐多令　蔣　捷

休去采芙蓉！秋江煙水空。帶斜陽一片征鴻。欲頓閒愁無頓處，都著在，兩眉峯。 心事寄題紅，畫橋流水東。斷腸人無奈秋濃。回首層樓歸去嬾，早新月，挂梧桐。

湘春夜月　黃孝邁

近清明，翠禽枝上消魂。可惜一片清歌，都付與黃昏。欲共柳花低訴，怕柳花輕薄，不解傷春。念楚鄉旅宿，柔情別緒，誰與溫存？ 空尊夜泣，青山不語，殘照當門。翠玉樓前，惟是有一波湘水，搖斷湘雲。天長夢短，問甚時重見桃根？者次第算人間沒個，幷刀剪斷，心上愁痕。

靑玉案　黃公紹

年年社日停針線，怎忍見，雙飛燕？今日江城春已半。一身猶在，亂山深處，寂寞溪橋畔。 春衫著破誰針線？點點行行淚痕滿。落日解鞍芳草岸。花無人戴，酒無人勸，睡也無人管。

摸魚兒（酒邊留同年徐雲屋）　劉辰翁

怎知他春歸何處！相逢且盡尊酒！少年嫋嫋天涯恨，長結西湖煙柳。休回首！但細雨斷橋憔悴人歸後。東風似舊，問前度桃花，劉郎能記，花復認郎否？　君且住！草草留君剪韭，前宵正恁時候。深杯欲共清歌滑，翻濕春衫半袖。空眉皺，看白髮尊前，已似人人有。臨分把手，歎一笑論文，清狂顧曲，此會幾時又？

瓊華　周密

朱鈿寶玦，天上飛瓊，比人間春別。江南江北，曾未見漫擬梨雲梅雪。淮山春晚，問誰識芳心高潔？消幾番花落花開，老了玉關豪傑！　金壺剪送瓊枝，看一騎紅塵香度瑤闕。韶華正好，應自喜初識長安蜂蝶。杜郎老矣，想舊事花須能說，記少年一夢揚州，二十四橋風月。

曲遊春　周密

禁苑東風外，颺暖絲晴絮，春思如織。燕約鶯期，惱芳情偏在，翠深紅隙。漠漠香塵隔，飛十里亂絃叢笛。看畫船盡入西泠，閒却半湖春色。　柳陌新煙凝碧，映簾底宮眉，隄上遊勒。輕暝籠寒，怕梨雲夢冷，杏香愁冪。歌管酬寒食，奈蝶怨良宵岑寂。正滿湖碎月搖花，怎生去得？

醉蓬萊（歸故山）　王沂孫

掃西風門徑，黃葉凋零，白雲蕭散。柳換枯陰，賦歸來何晚？爽氣霏霏，翠蛾眉嫵，聊慰登臨眼。故國如塵，故人如夢，登高還嬾。　數點寒英，為誰零落；楚魄難招，暮寒堪攬。步屧荒籬，誰念幽芳遠？一室秋燈，一庭秋雨，更一聲秋雁。試引芳樽，不知消得，幾多依黯。

齊天樂（蟬）　王沂孫

一襟餘恨宮槐斷，年年翠陰庭樹。乍咽涼柯，還移暗葉，重把離愁深訴。西窗過雨，怪瑤佩流空，玉箏調柱。鏡暗妝殘，爲誰嬌鬢尚如許。　銅仙鉛淚似洗，歎移盤去遠，難貯零露。病翼經秋，枯形閱世，消得斜陽幾度？餘音更苦。甚獨抱清商，頓成淒楚？漫想薰風，柳絲千萬縷。

高陽台（西湖春感）　張炎

接葉巢鶯，平波卷絮，斷橋斜日歸船。能幾番遊，看花又是明年。春風且伴薔薇住！到薔薇春已堪憐！更淒然，萬綠西泠，一抹荒煙。　當年燕子知何處？但苔深韋曲，草暗斜川。見說新愁，如今也到鷗邊。無心再續笙歌夢，掩重門淺醉閒眠。莫開簾！怕見飛花，怕聽啼鵑。

渡江雲　張炎

山空天入海，倚樓望極，風急暮潮初。一簾鳩外雨，幾處閒田，隔水動春鋤。新煙禁柳，想如今綠到西湖。猶記得當年深隱，門掩兩三株。　愁余！荒洲古漵，斷梗疏萍，更漂流何處？空自覺圍羞帶減，影怯燈孤。常疑即見桃花面，甚近來翻笑無書？書縱遠，如何夢也都無？

探春慢（雪霽）　張炎

銀浦流雲，綠房迎曉，一抹牆腰月淡。暖玉生煙，懸冰解凍，碎滴瑤階如霰。才放些晴意，早瘦了梅花一半。

也知不做花看，東風何事吹散？搖落似成秋苑。甚釀得春來，怕教春見？野渡舟回，前村門掩，應是不勝清怨。次第尋芳去，灞橋外蕙香波暖。猶妒簷聲，看燈人在深院。

臺城路（送周方山遊吳）　　張炎

朗吟未了西湖酒，驚心又歌南浦。折柳官橋，呼船野渡，還聽垂虹風雨。漂流最苦！況如此江山，此時情緒。怕有鷗夷，笑人何事載詩去。　荒臺祇今在否？登臨休望遠，都是愁處！暗草埋沙，明波洗月，誰念天涯羈旅？荷陰未暑。快料理歸程，再盟鷗鷺。只恐空山，近來無杜宇。

三正大

課程甲圓標章

第四編 曲之部

第一章　曲的起源

曲卽是歌，卽是樂府，其間實分辨不出什麼差異。漢魏時以曲稱者尙少，漢武有「落葉哀蟬曲」見拾遺記，恐不可靠。晉時謝尙有「大道曲」及南北朝，其稱驟繁，在吳聲歌神絃歌中很有稱曲的。大概曲的名稱孳乳於江左，至少在南朝盛起來的。往後卽以曲概稱一切樂府，唐人以近體詩爲樂府，近體詩便是曲；宋人以詞爲樂府，故宋人之曲便是詞。和凝好爲小詞，被稱曲子相公，是其明證。

今之所謂曲每專指崑腔一類而言。皮黃、小調等不與也。卽使稱曲也得冠以「俗」字或「小」字以區別之。有若「曲」之一字，爲崑腔一類所專用，曲卽是崑腔，崑腔才是眞正的曲，這是字義及名稱上的一點變遷。

茲編所論，卽崑腔一類的曲。大概是崑腔的父、祖、高、曾，於崑腔自身，反而不談。爲牠祇是一種腔調，一種唱法，與文字無關故也。

曲之高、曾，在於宋代，宋以前的遠祖，已渺邈而不甚可稽。宋之樂府，不僅是詞，其可歌唱入樂的尙有多種，皆從詞中演化出來的。詞祇及聲樂與文詞兩方面，其他有兼舞蹈，有雜說話，有演故事……已擴展到動作和言語方面，由是和曲很相近了。雖是牠全部的結構，仍以歌唱爲主，其歌唱的詞句，亦從詞中演化而來。然其體製已不復是詞，故歸入曲的一類，被認爲曲之先祖。（以下各節，頗采王國維宋元戲曲史中語，可參考。）

一、大曲　宋大曲出自唐大曲，其稱南北朝已有之。王灼碧雞漫志云：『凡大曲有散序，靸，排遍，攧，正攧，入破，虛催，實催，袞遍，歇拍，殺袞，始成一曲，謂之大遍。』散序，排遍，入破，又各有數遍。故大曲遍數可多至數十。惟宋人多裁截用之。大曲既有這許多遍數，自可敷衍事實，故宋人多以之詠事，爲宋代歌舞戲中重要之一。

二、曲破　也從唐、五代流傳下來的，並非宋人的創體；亦歌舞而兼演故事的。因爲牠截用大曲入破以後的數遍，故稱曲破。

三、傳踏　傳踏亦稱轉踏、纏踏，亦歌舞相兼者。恆以調笑一調連續歌之，故亦稱調笑，或稱調笑轉踏。其前有勾隊，後有放隊，中以一詩一曲循環互間，其遍數無一定，有以一曲詠一事，有合數曲詠一事者。體似大曲而較爲簡單，惟大曲之遍數各各不同，此則各曲同用一調。

上述三種都是曲的高曾，而非父、祖，父祖是誰？曰：諸宮調。

四、諸宮調　諸宮調的名稱，見於北宋，但沒有曲本流傳下來，所以不知道牠的體製。金董解元的西廂搊彈詞，確爲諸宮調，與宋製是否相同，則不可知。牠不是歌舞相兼而是說唱的，有如今之彈詞。大曲等遍數雖多，始終用一宮調，此則每一宮調中，多或十餘曲，少則一二曲，即易他宮調，合許多宮調之曲而詠一事，故謂之諸宮調。牠是從說話中羼入歌唱而沒有動作的。

五、賺詞　賺詞是用一宮調的曲若干合之以成一套，很像北曲的套數，其曲名則多同南曲，有一定的唱法、規例。牠或許是南曲的近祖，北套數卽襲用牠的成法，亦未可知。

第二章　曲的體製

第一節　曲的類別

曲，大別爲北曲、南曲二類。北曲創自北方，而盛於金、元，南曲創自南方，而盛於元、明。其源皆出宋代。北曲至明代而衰絕，唱法亦亡，僅存徒詞；南曲直盛至淸季，今之所謂崑腔，卽南曲一支。曲的唱法，也僅存這一派了。——明時尙有所謂弋陽腔、海鹽腔、餘姚腔者，今皆不傳；惟崑腔中涵有北曲、弋陽、海鹽、餘姚諸腔的唱法，可斷言焉。

北曲以元雜劇爲主體，此外有小令，散套。金院本亦其一也。

南曲以傳奇爲主體，此外也有小令、散套。尙有南雜劇。

小令　小令的體製同詞，篇章很短，少有百字以上者。牠從散詞直接變化而來，可無疑問的。

北小令

寄生草（飲）　　元白　樸

長醉後，方何礙？不醒時，有甚思？糟醃兩箇功名字，醅渰千古興亡事，麴埋萬丈虹霓志。不達時，皆笑屈原非；但知音，盡說陶潛是。

一半兒　　元 白 樸

雲鬟霧鬢勝堆鴉。淺露金蓮簌絳紗，不比等閑牆外花。罵你個「俏寃家，」一半兒難當一半兒耍。

折桂令（歎世）　　元 馬致遠

咸陽百二山河，兩字功名，幾陣干戈？項廢東吳，劉興西蜀，夢說南柯。韓信功兀的般證果；蒯通言，那裏是風魔！成也蕭何，敗也蕭何，醉了由他！

天淨沙　　元 馬致遠

枯籐老樹昏鴉，小橋流水平沙，古道西風瘦馬。夕陽西下，斷腸人在天涯！

落梅風（別珠簾秀）　　元 盧 摯

纔歡悅，早間別，痛煞煞好難割捨！畫船兒載將春去也，空留下半江明月。

紅繡鞋　　元 貫雲石

挨著靠著雲窗同坐，看著笑著月枕雙歌，聽著數著，怕著愁著早四更過。四更過，情未足；情未足，夜如梭！天哪！更閏一更妨甚麼！

塞鴻秋（代人作）　元貫雲石

戰西風遙天幾點賓鴻至，感起我南朝千古傷心事。展花箋欲寫幾句知心事，空敎我停霜毫半晌無才思。往常得興時，一掃無瑕疵；今日個病懨懨，剛寫下兩個相思字。

折桂令（贈羅眞眞）　元喬吉

羅浮夢裏眞仙，雙鎖螺鬟，九暈珠鈿。晴柳纖柔，春葱細膩，秋藕勻圓。酒盞兒裏央及出些腼腆，畫幀兒上喚下來的嬋娟。試問尊前月落參橫，今夕何年？

折桂令（丙子遊越懷古）　元喬吉

蓬萊老樹蒼雲，禾黍高低，狐兔紛紜。半折殘碑，空餘故址，總是黃塵。東晉亡也，再難尋個右軍；西施去也，絕不見甚佳人。海氣長昏，啼鴂聲乾，天地無春。

折桂令（九日）　元張可久

對青山强整烏紗，歸雁橫秋，倦客思家。翠袖殷勤，金杯錯落，玉手琵琶。人老去西風白髮，蝶愁來明日黃花。回首天涯，一抹斜陽，數點寒鴉。

殿前歡（離思）　元張可久

月籠沙，十年心事付琵琶！相思懶看幃屏畫，人在天涯。春殘荳蔻花，情寄鴛鴦帕，香冷荼蘼架。舊遊臺榭，曚夢窗紗。

折桂令(春情)　元徐再思

平生不會相思，才會相思，便害相思。身似浮雲，心如飛絮，氣若游絲。空一縷餘香在此，盼千金遊子何之？證候來時，正是何時？燈半昏時，月半明時。

水仙子　元徐再思

一聲梧葉一聲秋，一點芭蕉一點愁，三更歸夢三更後。落燈花，棋未收。歎新豐孤館人留。枕上十年事，江南二老憂，都到心頭。

山坡羊(潼關懷古)　元張養浩

峯巒如聚，波濤如怒，山河表裏潼關路。望西都，意踟躕，傷心秦漢經行處。宮闕萬間都做了土。興，百姓苦；亡，百姓苦！

折桂令　元劉庭信

想人生最苦是離別，三個字細細分開，淒淒涼涼無了無歇。別字兒半晌癡呆，離字兒一時拆散，苦字兒兩下裏堆疊。他那裏鞍兒馬兒身子兒劣怯，我這裏眉兒眼兒臉腦兒刁斜。側着頭叫一聲行者，擱着淚說一句聽者，得官時先報期程！丟丟抹抹遠遠迎接。

折桂令　元劉庭信

想人生最苦別離，不甫能喜喜歡歡，翻做了哭哭啼啼。事到今朝，休言去後，且問歸期。看時節勤勤的飲食，沿路上好好的將息。嬌滴滴一捻兒年紀，磣磕磕兩下裏分飛。急煎煎盼不見雕鞍，呆答孩軟弱身已。

一半兒（擬美人八詠）　元查德卿

梨花雲繞錦香亭，蝴蝶春融軟玉屏，花外鳥啼三四聲。夢初驚，一半兒昏迷一半兒醒。（春夢）

瑣窗人靜日初曛，寶鼎香消火尚溫，斜倚繡牀深閉門。眼昏昏，一半兒微開一半兒盹。（春困）

自將楊柳品題人，笑撚花枝比較春，輸與海棠三四分。再偷勻，一半兒胭脂一半兒粉。（春粧）

厭聽野雀語雕簷，怕見楊花撲繡簾，穿起繡針還倒拈。兩眉尖，一半兒微舒一半兒斂。（春愁）

海棠紅暈潤初妍，楊柳纖腰舞自偏，笑倚玉奴嬌欲眠。粉郎前，一半兒支吾一半兒軟。（春醉）

綠窗時有唾絨粘，銀甲頻將綵線撏，繡到鳳凰心自嫌。按春纖，一半兒端相一半兒掩。（春繡）

柳綿撲檻晚風輕，花影橫窗淡月明，翠被麝蘭熏夢醒。最關情，一半兒溫馨一半兒冷。（春夜）

自調花露染霜毫，一種春心無處託，欲寫又停三四遭。絮叨叨，一半兒連真一半兒草。（春情）

折桂令　元趙祐

長江浩浩東來，水面雲山，山上樓臺。山水相輝，樓臺相映，天地安排。詩句就雲山動色，酒杯傾天地忘懷。

醉眼睜開，遙望蓬萊，一半烟遮，一半雲埋。

楚天遙帶過清江引　元薛昂夫

有意送春歸，無計留春住；明年又著來，何似休歸去！桃花也解愁，點點飄紅雨。目斷楚天遙，不見春歸路。

春若有情春更苦，暗裏韶光度。夕陽山外山，春水渡旁渡。不知那搭兒是春住處？

水仙子（遣懷）　元無名氏

百年三萬六千場，風雨憂愁一半妨，眼兒裏覷，心兒上想。教我鬢邊絲怎地當？把流年仔細推詳，一日一個淺斟低唱，一夜一個花燈洞房，能有得多少時光？

寄生草（閑評）　元無名氏

問甚麼虛名利，管甚麼閑是非！想着他擊珊瑚，列錦帳，石崇勢。只不如卸羅襴，納象簡，張良退。學取他枕清風，抱明月，陳摶睡。看了那吳山青似越山青，倒不如今朝醉了明朝醉。

喜春來　元無名氏

笑將紅袖遮銀燭，不放才郎夜看書。一更已盡二更初，止不過迭應舉，不及第、待何如？

叨叨令　元無名氏

黃塵萬古長安路，折碑三尺邙山墓，西風一葉烏江渡，夕陽十里邯鄲樹。老了人也麼哥，老了人也麼哥！

英雄盡是傷心處。

叨叨令　　元無名氏

綠楊堤畔長亭路，一樽酒罷青山暮馬兒離了車兒去低頭哭罷擡頭覷。一步步遠了也麽哥，一步步遠了也麽哥！夢回酒醒人何處？

南小令

榴花泣　　明沈仕

誰知薄倖直恁太無情，從別來，冷如冰。都將花下海山盟，番做了春夢難憑。饒他夢靈，夢兒阿也有箇陽臺興。再休題紘續鸞膠！渾一似線斷風箏。

駐雲飛　　明陳鐸

杏臉桃腮，展轉思量不下懷。新月疑眉黛，春草傷裙帶。嗏！獨坐小書齋。自入春來，欲待看花反被花禁害，情思昏昏眼倦開。

駐馬聽　　明梁辰魚

浮世堪悲，一日風波十二時。休笑半竿修竹，一撚空鉤，七尺青絲！斜風細雨久無詩，朝廷莫問玄眞子！名姓狐疑，江湖處處詢奚自？

七賢過關 明梁辰魚

雕簷風馬馳，粉蝶霜烏起。幾夜留君，想是終難住。殘燈尙熾，芳心未灰，只得眼前、眼前由他去路阻。關河往返全憑你。奈衾寒枕冷，畢竟有誰知？水遠山長幾日歸？今朝又向江頭別，忍見日落潮平是去時？思君展轉，柔腸九迴。一似東流水，日夜東流無盡期。

九迴腸 明張鳳翼

一從他春絲牽掛，到如今，多少嗟呀？秋波望斷藍橋下，鎖春山又阻巫峽。音書未託魚和雁，凶吉難憑鵲與鴉。成話靶，當時鏡裏花難把，更那堪塵掩菱花！佳人已屬沙吒利，義士今無古押衙。只索向無人處，把鮫綃看，見盟言在，不覺淚如麻。

六犯清音 明李日華

瑣窗人靜，未央天遠，似月姊孤眠深殿。玉容消滅，教人蹉過芳年。何處流紅葉？無心整翠鈿。春將老，恨轉綿。梨花院落冷鞦韆。怎如得雙雙燕子梁間語？怎如得兩兩鴛鴦沙上眠？長門望月，深巷鎖煙。琵琶寫不盡思君怨。夢魂牽，姻緣未了，何月試溫泉？

散套　也稱套數，合一宮調之曲若干而成一套。其制近於賺詞。小令略同於曲中的一支，套數略同於曲中的一折。小令係全曲曲的一支，祇用一調的前半，過變以後多不用曲中有科、有白，小令、散套無。曲爲代言體，小令、散套爲敘述體，此皆其所異處。

北散套

閨思　元關漢卿

（黃鐘侍香金童）春閨院宇，柳絮飄香雪。簾幕輕寒雨乍歇，東風落花迷粉蝶。芍藥初開，海棠纔謝。

（么篇）柔腸脈脈，新愁千萬疊。偶記年前人乍別，秦臺玉簫聲斷絕。雁底關山，馬頭明月。

（降黃龍袞）鱗鴻無個，錦箋慵寫。腕鬆金，肌削玉，羅衣寬徹。淚痕淹破，胭脂雙頰；寶鑑愁臨，翠鈿羞貼。

（么篇）等閒辜負，好天良夜。玉爐中，銀台上，香消燭滅。鳳幃冷落，鴛衾虛設。玉筍頻搓，繡鞋重跌。

（出隊子）聽子規啼血，又西樓角韻咽。半簾花影自橫斜，畫簷間、丁東風弄鐵，紗窗外、琅玕敲瘦節。

（么篇）銅壺玉漏催凄切，正更闌人靜也。金閨瀟灑轉傷嗟，蓮步輕移喚侍妾：把香卓兒安排打快些！

（神仗兒煞）深沉院舍，蟾光皎潔。整頓了羅裳，把名香謹爇。深深拜罷，頻頻禱祝：不求富貴豪奢，只願得俺兩人早早圓聚者！

秋思　元馬致遠

（雙調夜行船）百歲光陰一夢蝶，重回首往事堪嗟。今月春來，明朝花謝。急罰盞夜闌燈滅。

（喬木查）想秦宮漢闕，都做了衰草牛羊野。一恁漁樵沒話說，縱荒墳橫斷碑，不辨龍蛇。

（慶宣和）投至狐蹤與兎穴，多少豪傑？鼎足三分半腰裏折，知他是魏耶晉耶。

（落梅風）天教富，莫太奢！不多時，好天良夜。看財奴硬將心似鐵，辜負了錦堂風月。

（風入松）眼前紅日又西斜，疾似下坡車。曉來青鏡裏添白雪，上牀與鞋履相別。休笑我鳩巢計拙！葫蘆提一恁裝呆。

（撥不斷）利名竭，是非絕。紅塵不向門前惹，綠樹偏宜屋角遮，青山正補牆頭缺。更那堪竹籬茅舍。

（離亭宴帶歇指煞）蛩吟一覺纔寧貼，雞鳴萬事無休歇。爭名利何年是徹？密匝匝蟻排兵，亂紛紛蜂釀蜜，鬧穰穰蠅爭血。裴公綠野堂，陶令白蓮社。愛秋來那些：和露摘黃花，帶霜分紫蟹，煮酒燒紅葉。想人生有限杯，幾箇重陽節？分付俺頑童記者：便北海探吾來，道東籬醉了也。

湖上晚歸　元張可久

（南呂一枝花）長天落彩霞，遠水涵秋鏡。花如人面紅，山似佛頭青。巧畫屏，翠冷松雲徑，嫣然眉黛横。但攔將旖旎濃香，何必賦横斜疏影。

（梁州第七）挽玉手留連畫舫，踞胡牀指點銀屏。素娥不嫁傷孤另。想當年小小，問何處卿卿？東坡才調，西子娉婷。總相宜千古留名，漫相邀此地陶情。六一泉、亭上詩成，三五夜、花前月明，十四絃、指下風生。可憎！乘與捧紅牙合和伊州令。萬籟寂，四山靜。幽咽泉流石上聲，鶴怨猿驚。

（煞尾）更那堪巖阿禪窟鳴金磬，波底龍宮漾水晶。夜氣清，酒力醒；寶篆銷，玉漏鳴。笑歸來彷彿有鼓二更，煞強如踏雪尋梅灞橋冷。

春怨　元張可久

（南呂宮一枝花）鶯穿殘楊柳枝，虫蠹損薔薇刺，蜒搧乾芍藥粉，蜂蹙斷海棠枝。怕近花時。白日傷心事，清宵有夢思。間阻了洛浦神仙，沒亂煞蘇州刺史。

（梁州第七）俏情緣、別來久矣，巧魂靈、夢寐求之。一春多少探芳使？着情疼熱，痛口嗟咨。往來迢遞，終始參差。一簡兒寫就情詞，三般兒容與嬌姿。麝臍薰，五花瓣翠羽香鈿。貓眼嵌，雙轉軸烏金戒指。獺髓調，百合香紫蠟胭脂。念茲、在茲！愁和淚須傳示，更囑付兩三次。訴不盡心間無限思，倒羞了燕子鶯兒。

（尾聲）無心學寫鍾王字，遣興閑歡李杜詩。風月閑情隨人志。酒不到半卮，飯不到半匙，瘦損了青春少年子。

春暮懷人　元張可久

（中呂粉蝶兒）花落春歸，怨啼紅杜鵑聲脆。遍園林景物狼籍：草茸茸，花朵朵，柳搖深翠。開遍荼蘼，近清明困人天氣。

（醉春風）粉暖積蜂鬚，泥香銜燕嘴。遲遲月影上簾鉤，猶自未起。起，爲想別離，倦餘梳洗，暗生憔悴。

（迎仙客）香篆息，鏡塵迷。繡牀幾番和悶倚。金釧鬆，翠鬟委，屈指歸期，粉臉流紅淚。

（紅繡鞋）花開盡空閒鶯砌；月初長靜掩朱扉。繫垂楊何處玉驄嘶？落誰家風月館，知那裏燕鶯期？話叮嚀，不記得。

（十二月）恰便似鴛鴦拆離，鸞鳳分飛，鶼鶼獨宿，燕燕孤栖。傳芳信、歸鴻杳杳，盼音書、雙鯉遲遲。

（堯明歌）呀！因此上美甘甘風月久相違，冷清清歡會杳無期，靜巉巉燈火掩深閨，清耿耿離魂繞孤幃。傷悲！雕鞍去不歸，都則爲辜負韶華日。

（耍孩兒）自別來，無一紙眞消息，日近長安那裏？倚危樓險化作望夫石。暮雲烟樹淒迷。春心幾度憑歸雁，望眼終朝怨落暉。愁無寐，昏秋水揉紅淚眼，淡春山蹙損蛾眉。

（么篇）想當初敎吹簫月下，歡笑藏鬮，花底杯。如今花月成淹滯：月團圓，緊把浮雲閉；花燦爛，頻遭驟雨催。成何濟？花開須謝，月滿須虧。

（煞尾）嘆春歸人未歸，盼佳期未有期，要相逢料得別無計。則除是一枕餘香夢兒裏。

別恨　　元朱庭玉

（雙調行香子）煙草萋萋，霜葉飛飛，落閒階不管狼藉。雁兒纔過，燕子先歸。盼佳音，無佳信，誤佳期。

（么篇）簾幙空垂，院宇幽棲。步迴廊自恨別離。鬅鬆鬢髮，束減腰圍。見人羞，驚人問，怕人知。

（喬木查）但憑高望遠，慢把欄杆倚！不信功名猶未已。知他何處也，詩酒狂迷。

（天仙子）相思夢長是淚沾衣。恨滿西風，情隨逝水。閒恨與閒情，何日終極？傷心眼前無限景，都攝愁眉。

（離亭宴煞）櫓聲齊和歸帆急，漁歌漸遠鳴榔息。尖青寸碧，遙岑疊巘連天際。暮靄生，孤煙起。掩映霞落日，江上兩三家，山前六七里。

春怨　元楊果

（仙呂賞花時）花點蒼苔綉不勻，鶯喚垂楊誤未眞。簾外絮紛紛，日長人困，風暖獸煙溫。

（么篇）再不去闘坐珠樓盼好春，再不去暗擲金錢卜遠人。只一捻小腰身，舊時衣褙寬放出、二三

（賺煞）調養就舊精神，妝點出嬌風韻，將息好護春葱一雙玉筍。拂綽了香冷妝奩寶鏡塵，舒展開東風兩葉眉顰。曉妝新綰起烏雲，也不管暖日珠簾鵲噪頻。從今後，鴉鳴不嗔，燈花休問，一任他子規啼破海棠魂。

送別　元宋方壺

（越調鬥鵪鶉）落日遙岑，淡煙遠浦；蕭寺疎鐘，戍樓暮鼓；一葉扁舟，數聲去櫓。那慘戚，那淒楚。恰待娛，頓成間阻。

（紫花兒序）瘦岩岩香消玉減，冷清清夜永更長，孤另另枕剩衾餘。羞花閉月，落雁沈魚。躊躇，從今後誰寄蕭娘一紙書？無情無緒，水渰藍橋，夢斷華胥。

（調笑令）肺腑恨怎舒，三疊陽關愁萬縷。回思當日歡娛處，動離愁暮雲無數。今夜月明何處宿？依依的古岸黃蘆。

（禿廝兒）歡娛地不堪舉目，回首處景物蕭疏。星前月下共誰語，漫嗟吁，何如？

（聖藥王）別太速，情最苦。鬆金減玉瘦身軀。鬼病添，神思虛，心如刀剜淚如珠。意兒裏懶上七香車。

（煞尾）眼睜睜看着他登輿去，痛殺我吹簫伴侶。恰住了送行程一帆風，又添起助離愁半江雨。

明王九思

歸輿

（雙調新水令）憶秋風還客走天涯，喜歸來碧山亭下。水田十數畝，茅屋兩三家。暮雨朝霞，粧點出輞川畫。

（駐馬聽）暗想東華，五夜清霜寒控馬。尋思別駕，一天殘月曉排衙。路危常與虎狼狎，命乖却被兒童罵。到如今誰管咱？胡蘆提一任閑頑耍。

（沉醉東風）有時節露赤脚，山巔水涯；有時節科白頭，柳堰桃峽。戴甚麼折角巾，結甚麼狂生襪？得清閑不說榮華。提起封侯幾萬家，把一箇薄福的先生唉殺。

（折桂令）問先生有甚生涯？賞月登樓，遇酒簪花，皓齒朱唇，輕歌妙舞，越女秦娃。不索問高車駟馬，也休提白雪黃芽！春雨桑麻，秋水魚蝦。痛飲是前程，爛醉是生涯。

（雁兒落）再休提玄都觀裏花！再休說丹鳳樓前話！賣不出青錢萬選才，掙不上黃閣三公大。

（得勝令）不追隨綵鸞閣烏紗，不思量紫殿革白麻。也不飲七寶紅玉斝，也不騎千金赤兔馬。素指按琵琶，把一箇碧荷筒忙吸罷，翠袖舞煙霞，把一領戀羅袍典當咱。

（沽美酒）我則見蜜蜂兒鬧午衙，粉蝶兒戀春葩，蝶使蜂媒勞攘殺。且粧聾做啞，不煩惱，不驚怕。

（太平令）愛的是碧莎長夜雨鳴蛙，綠槐高曉月啼鴉，風吹綻、芭蕉兩叉，露滴濕、薔薇一架。呀！傍青門種瓜，學玉川煮茶，買這等光陰無價。

（離亭宴帶歇煞）想着那人間富貴同飄瓦，眼前歲月如奔馬。不是俺無端自誇，脫離了虎狼關，結識上鷗鷺伴，淦抹殺麒麟畫。登山不索錢，有地堪學稼。悶了時書樓中戲耍，吟幾首少陵詩，寫兩箇羲之字，講一會君平卦。羊裘冒雪穿，驢背尋春跨。醉了時齁齁的睡了咱。看我這沒是非、一枕夢兒甜，索强似爭名利、千般意兒假。

謫戍雲南　　明楊慎

（仙呂點絳唇）萬里雲南，九層天棧千盤險。一髮中原，回望青霄遠。

（混江龍）自離了蓬萊閬苑，曉殘月挂秋帆。江離漠漠，水荇田田。落日山川虎兕號，長風洲渚蛟龍戰。鴻雁池頭，鯉魚山下，鸕鷀堰底，鸚鵡洲邊。揚舲常恨水雲遲，授衣又早寒暄變。恰似萍流蓬轉，幾曾匏繫藤牽。

（油葫蘆）白雪江陵右渡邊，解征帆，上征鞍。楚塞霜寒楓葉丹，沅澧波香蘭芷鮮，武陵春老桃花怨。千里望鄉心，九疊悲秋辯。又不是南征馬援，壺頭山愁望飛鳶。

（天下樂）瘦馬凌兢蹇夢殘。慳也波僝，怎消遣斷角殘鐘，幾度孤城晚。回首送衡陽去雁，忍淚聽瀘溪斷猿。亂雲堆何處是西川？

（哪吒令）怕見他盤江河毒瘴愁煙，關索嶺冰梯雪巘，香爐峯繚塞苗川。千尋井下坡難；萬丈梯，登山倦。硬黃泥、汚盡舊青衫。

（鵲踏枝）一封書，意懸懸；萬里路，恨綿綿。誰信道東下昆池，又勝如西出陽關？但得他平安兩字，休問他何日歸年。

（寄生草）空彈劍，頻倚闌。比潮陽山水多鄉縣，比江州月夜無弦管，比夜郎春夏饒風霰。今日箇聞鷄曉度碧鷄關，怎記得鳴鑾晚直金鑾殿。

（幺篇）難縮壺中地，休尋屏上船。五花臺望望愁心遠，雙洱河渺渺波濤限，七星關疊疊雲風巘。琵琶亭下淚偏多，鷓鴣嶺畔腸先斷。
（金盞兒）風兒酸，雨兒寒，雨霽風淸擡望眼。見西樓明月幾回圓？辭家衣線綻，去國履痕穿。只道是愁來傾竹葉，不信說水盡折花鈿。
（賺煞）且聽滄浪吟，休誦卜居篇。愛碧山石磴紅泉，策杖行興渺然。醒來時對陶令無絃，醉來時學蘇晉逃禪。不似那憔悴騷人澤畔。任蒼狗白雲屢變，笑蛙聲紫色爭妍。浮名與我無牽絆，再休尋無事散神仙！

遊赤壁　　明闕名

（仙呂點絳脣）萬里長江，半空虛浪驚濤響。東去茫茫，遠水天一樣。
（混江龍）壬戌秋，七月既望。泛舟屬客落何方？過黃泥之坂。遊赤壁之旁。銀漢無塵秋氣爽，水波不動晚風涼。誦明月之句，歌窈窕之章。少焉，月出東山上。紫微貫斗，白露橫江。
（油葫蘆）四顧山光接水光。天一方，山川相繆鬱蒼蒼。風流千古人惆悵，崔嵬一帶山雄壯。西望夏口，東望武昌。沿江殺氣三千丈，此非是曹孟德困周郎？
（天下樂）隱隱雲開見漢陽，荊也麼襄，幾戰場？半江水流金鼓響。旌旗一片遮，舳艫千里長。則落得漁樵做話講。

（哪吒令）橫槊賦詩，是皇家棟梁。臨江釃酒，是將軍虎狼。修文偃武，是朝廷紀綱。如今安在哉？一代英雄壯。空留下水國魚邦。

（鵲踏枝）水茫茫，樹蒼蒼。大火西流，烏鵲南翔。浩浩乎不知所往，飄飄乎似覺飛揚。

（寄生草）渺滄海，如一粟。哀吾生，能幾塲。舉匏樽痛飲偏豪放，挾飛仙羽化眞舒暢。歎流光易逝多惆悵！當年不爲小喬羞，只今惟有長江浪。

（賺煞）休把洞簫吹，再把新詞唱。蘇子正中坐，掀髯鼓掌。洗盞重新更舉觴。眼縱橫醉倚蓬窗。怕疏狂錯亂了宮商。餚饌盤空夜未央。酒入醉鄉。枕藉舟上，不覺的朗然紅日出東方。

南散套

秋懷　　明高明

（商調二郎神）人別後，正七夕穿針在畫樓。暮雨過，紗窗涼已透。夕陽影裏，見一簇寒蟬衰柳。水綵蘋香人自愁，況輕拆鸞交鳳友。得成就，眞個勝似腰纏跨鶴揚州。

（前腔）風流。當年韻事嬌花籠柳。記待月西廂攜素手。爭奈霎時話別，匆匆雨散雲收。一種相思，分做兩處愁。雁來時音書未有。得成就，眞個勝似腰纏跨鶴揚州。

（集賢賓）西風桂子香韻幽。奈虛度春秋。明月無情穿戶牖。聽寒蛩聲滿牀頭。空房自守，暗數盡譙樓更漏。如病酒，這滋味那人知否？

（黃鶯兒）霜降水痕收，迅池塘已暮秋。滿城風雨還重九。白衣人送酒。烏紗帽戀頭。想那人一似黃花瘦。强登樓，雲山滿目，遮不盡、許多愁。

（前腔）惟酒可忘憂。奈愁懷不殢酒。幾番血淚拋紅豆，想思未休。淒涼怎守？老天知道和天瘦。强登樓，雲山滿目，遮不盡、許多愁。

（琥珀貓兒墜）綠荷蕭索，無可蓋眠鷗。淺碧粼粼露遠洲，穉人無力冷颼颼。添愁，悄一似宋玉賦高唐，對景傷秋。

（前腔）一圍紅蓼，相映白蘋州。傍水芙蓉兩岸幽。想他嬌豔倦凝眸。添愁，悄一似宋玉賦高唐，對景傷秋。

（尾聲）一年好景還重九，正橘綠橙黃時候。强把金樽送客愁。

歸隱　明王守仁

（仙呂入雙調步步嬌）宦海茫茫京壁渺，碌碌何時了？風掀浪又高。覆轍翻舟，是非顚倒。算來平步上青霄，不如早泛江東棹。

（沈醉東風）亂紛紛鴉鳴鵲噪，惡狠狠豺狼當道。費竭民膏，怎忍見人哀號，舉疾首蹙額相告。欝笏滿朝，干戈載道，等閒間把山河動搖。

（忒忒令）平白地生出禍苗，逆天理那循公道。因此上把功名委棄如蒿草。本待要竭忠盡孝，只恐怕狡兔死，走狗烹。做了韓信的下梢。

（好姐姐）爾曹，難與論交，眞和假那分白皂？他把孽寃自造，到頭終有報。設圈套，饒君縱使機關巧，天網恢恢不可逃！

（尹令）算留侯其實見高，把一身名節自保。隨着赤松學道，放誕逍遙，免得雲陽赴市曹。

（雙蝴蝶）待學陶彭澤懶折腰，待學載西施范蠡逃，待學張孟談辭朝，待學七里灘子陵垂釣。待學陸龜蒙筆牀茶竈，待學東陵侯把名利拋。

（園林好）脫下了團花戰袍，解下了龍泉寶刀，卸下了朝簪烏帽。布袍上繫麻縧，把漁鼓簡兒敲。

（川撥掉）深山坳，沒閒人來聒噪。跨青溪獨木爲橋，跨青溪獨木爲橋。小小的茅庵蓋着。種青松與碧桃，采山花與藥苗。

（錦衣香）府庫充，何足道；祿位高，何足較？從今耳畔淸，聞不聞宣召。蘆花暖被度良宵，三竿日上，睡覺伸腰。對鄰翁野老飲三杯濁酒村醪。醉了還歌笑，齁齁睡倒；不圖富貴，只求安飽。

（漿水令）賞春時花藤小轎，納涼時紅蓮短棹。稻登場雞豚蟹螯，雪霜寒純棉布襖。四時佳景恣遊遨，也强如羽扇番營玉佩趨朝。溪堪釣，山可樵。人間自有蓬萊島，何須用，何須用樓船綵轎？山林下，山林下儘可逍遙！

（尾聲）從來得失知多少？總上心來轉一遭。把門兒閉了，只許詩人帶月敲！

歸隱　明闕名

（仙呂傍粧臺）憶家鄉，故園松菊，只恐半成荒。平生心地無偏黨，止留得一空囊。擔頭舊物青氈在，架上遺書手澤香。封章奏達廟堂，待學散金疏廣早還鄉。

（前腔）早還鄉，鄉音無改鬢毛蒼。烏紗帽換了青箬笠，皂羅袍換了布衣裳。青風林下琴三弄，細雨燈前酒一觴。田園少，歲月長，待學思鱸張翰返家鄉。

（不是路）草舍之旁，鑿個方方半畝塘，多情況，徘徊雲影與天光。近東廂，種松補屋沿深巷，插棘編籬護短牆。閒來往，黃冠野服青藜杖。四時吟賞，四時吟賞。

（解三酲）到春來，惠風和暢，鬬繁華柳媚花芳。看廬山疊翠如屏障，白鹿洞隱朝陽。香爐瀑布三千丈，九疊屏風雲錦張。言非奬！眞是神仙府，若月岫雲廊。

（掉角兒序）到夏來，槐蔭晝長。愛蓮池藕花爭放，清暉亭薰風薦涼，重湖閣水天浮蕩。笑東鄰一家忙，蠶桑老，又分秧。我無勞攘，紙屏石枕，篠簟竹牀。向南窗安然高臥，自傲羲皇。

（解三醒）到秋來，蟹肥雞壯。更逢時橘綠橙黃。村前社鼓鼕鼕響，祈后土，慶豐穰。喜今秋歲熟天晴朗，準備官租早下倉。人都講：但寬徭薄賦，窮也何妨？

（掉角兒序）到冬來，梅花又香。小橋邊酒旗高颺。亂紛紛雪花正揚，喚蒼頭把門關上。地爐中、煨芋栗，餉兒孫、一個個要三爭兩。將琴當酒，買魚煮湯。醉來時，欣欣拍手，婦隨夫唱。

（尾聲）一家骨肉俱無恙，把利名心撇在九霄天上。百歲光陰，如同夢一場。

南北合套

西湖遊賞　　元貫雲石

（北中呂粉蝶兒）描不上小扇輕羅，便是眞蓬萊賽他不過。雖然是比不得百二山河，一壁廂嵌平堤、連綠野，端的有亭臺百座。暗想東坡，遣仙詩有誰酬和？

（南泣顏回）漫說鳳凰坡，怎比繁華江左？無窮千古，眞個是勝跡留多。煙籠霧鎖，繞六橋翠嶂如螺錯。靑靄靄山抹如藍，碧澄澄水泛金波。

（北石榴花）我則見採蓮人唱採蓮歌。端的是勝景勝其他。看那遠峯倒影蘸清波。晴嵐翠鎖，怪石嵯峨。我則見沙鷗數點湖光破，啢啢啞啞，櫓聲搖過；則見女嬌羞倚定雕欄坐，恰便是寶鑑對嫦娥。

（南泣顏回）、緣何樂事賞心多？詩朋酒侶吟哦。花濃酒豔，破除萬事無過。嬉遊玩賞，對清風皓月安然坐任春夏秋月冬天，但適與四時皆可。

（北鬪鵪鶉）鬧攘攘急管繁絃，齊臻臻蘭舟畫舸；嬌滴滴粉黛相連，顫巍巍翠雲萬朵。端的是洗古磨今錦繡窩！你不信、試覷呵！綠依依楊柳千枝，紅馥馥芙蕖萬顆。

（南撲燈蛾）清風送蕙香，岫月穿雲破。清湛湛水光浮嵐碧，響噹噹曉鐘兒敲破，嗚咽咽猿啼古嶺。見對對鴛鴦戲着晴波，迢迢似漁舟釣艇，美甘甘一湖明鏡照嫦娥。

（北上小樓）密匝匝那一窩，疏剌剌這幾棵。我這裏對着清嵐，倚着清風，泛着清波。微雨初收，微煙初散，微雲初過。再休題淡粧濃抹。

（南撲燈蛾）疊疊的層樓兼畫閣，簇簇的奇葩與異果。遠遠的綠莎茵，茸茸的芳草坡。跑蹬的馬蹄踏破，隱隱似長橋臥波。細裊裊綠柳金拖。我實丕丕放開眼界，這整齊齊樓臺金碧，天上也無多。

（尾聲）陰晴晝夜皆行樂，不信這好風景被橫俗人摧挫。再尋個風雅的湖山何處可？

歸去來辭　　陳藎卿

（北雙調新水令）怕田園荒廢却思歸。撇罷了蝸名蠅利，身心徒是苦，惆悵枉生悲。來者堪追，論往事總難悔。

（南步步嬌）五斗微官原非計，怎肯磬折兒曹輩。鱸魚秋正肥，似這等束帶趨蹌，倒不合挂冠恬退。何處！舊東籬？江雲一片把柴桑蔽。

（北折桂令）喜朝來夢覺沈迷，衆醉獨醒，今是昨非。怕歸路難尋，向徑夫忙問，把短棹輕移。趁西風遙瞻衡宇；望晨光一點熹微。童僕開扉，稚子牽衣，只見三徑猶荒，五柳猶垂。

（南江兒水）出岫雲無意，投林鳥倦飛。青山正與茅堂對，黃花雅稱村醪味，葛巾不受風塵累。試問哀猿知未？我已忘機，莫下三聲客淚！

（北雁兒落帶得勝令）眄庭柯顏可怡，園日涉門常閉，擁孤松興自高，倚南窗傲堪寄。送酒有白衣，舒嘯杖青藜。俺只爲薄俗防人面，因此上全身學馬蹄。須知，烏與兔，繩難繫。休疑！鳧與鶴，脛不齊。

（南僥僥令）羊裘堪覆足，饘粥好充飢。十畝桑麻聊卒歲，一任他世事紛紛似奕棋。

（北收江南）呀！俺與那人情世態既相違，披襟散髮最相宜。經丘尋壑漫留題，把騷人共攜。趁着這欣欣草木弄春暉。

（南園林好）令巾車煙霞滿陂，放扁舟魚蝦滿畦；引壺觴花間小憩，載琴瑟任遊嬉，攤書卷不停披。

（北沽美酒帶太平令）傲風雨有接䍦，悅情話有親戚。富貴浮雲未可期，寓形骸宇內，聊乘化任張弛。審居處僅堪容膝，放胸次包羅天地。逃出了花封百里，擺脫了琴堂官吏。再不去迎伊，送伊；早早的歸歟去兮！五斗米怎做得奴顏婢膝？

（南尾聲）樂天知命心無累，拚沈醉吾生已矣！歎名利羈人達者稀。

院本　爲金雜劇之總稱，元劇也有稱院本者。院乃行院。行院爲娼妓所居，院本者，行院中唱演之曲本也。金院本名目之存於金者凡六百九十種，性質非常複雜，競技、遊戲、說唱、猜謎等都有，諸宮調詞獨不在內。此六百九十種院本完全亡失，存者僅董西廂一本而已。董詞乃諸宮調，爲北曲之開山，全本不分折數，不配角色，蓋由一人彈唱，非供多人搬演者，故稱搊彈詞。因非搬演，故不紀動作狀態，其套數較元劇爲短，全套不過七八曲，元劇有多至十七八曲者。又元劇止用每一曲調的上半疊，換頭以後即不用；諸宮調則用全曲，此其不同處。

諸宮調

西廂搊彈詞　金董解元

案此本譜會眞記張生崔鶯事，爲南北西廂之祖，亦北雜劇之祖。搊，撥弄樂器之謂，蓋合琵琶而歌者，故名搊彈，亦稱絃索西廂。其中有曲有白而無科介，乃供說唱而非搬演者，宋「鼓子詞」「陶眞」之遺也。其情調當與今南方之彈調，北方之大鼓相類，尤與大鼓爲近，以曲多白少也。因供說唱，其曲白俱用敍述體，作第三人口吻以說唱此故事，與宋鼓子詞同。元明戲劇因須扮爲劇中人當場表演，故必易爲第一人口吻，雖有時有不合情理處，（如奸惡之人自道其好惡等）此事之所不得不然，亦曲詞之一大轉變也。

（黃鐘宮出隊子）最苦是離別，彼此心頭難棄捨。鶯鶯（案此卽第三人口吻）哭得似癡呆，臉上啼痕都是血；有千種恩情何處說？夫人道天晚教郎疾去，怎奈紅娘心似鐵！把鶯鶯扶上七香車，君瑞攀鞍空自攧，道得個冤家寧奈些。

（尾）馬兒登程，坐車兒歸舍；馬兒往西行，坐車兒往東拽，兩口兒一步兒離得遠如一步也。

（仙呂調點絳唇纏令）美滿生離，據鞍兀兀離腸痛；舊歡新寵，變作高唐夢。回首孤城，依約青山擁；西風送，戍樓寒重，初品梅花弄。

（瑞蓮兒）衰草淒淒一徑通，丹楓索索滿林紅。平生蹤跡無定著，如斷蓬。聽塞鴻，啞啞飛過暮雲重。

（風吹荷葉）憶得枕鴛衾鳳，今宵管半壁兒沒用。觸目淒涼千萬種：見滴流流的紅葉，淅零零的微雨，率刺刺的西風。

（尾）驢鞭半裊，吟肩雙聳，休問離愁輕重，向個馬兒上駝也駝不動。

離蒲西行三十里，日色晚矣。野景堪畫！（案此「白」）

（仙呂調賞花時）落日平林噪晚鴉，風袖翩翩催瘦馬，一徑入天涯。荒涼古岸，衰草帶霜滑。瞥見個孤竹端入畫，籬落蕭疏帶淺沙。一個老大伯捕魚蝦；橫橋流水，茅舍映荻花。

（尾）駝腰的柳樹上有魚槎，一竿風旆茅簷上挂澹煙瀟灑，橫鎖著兩三家。

生投宿於村落。（案此「白」）

雜劇　宋代戲劇，皆稱雜劇，其中有演故事的歌舞戲，有詼諧戲謔的滑稽戲，性質頗不一律。今之所謂雜劇，乃專指元人所創的一種劇曲而言，通常亦稱元劇或元雜劇。雜劇的淵源，遠自大曲法曲等，近則諸宮調；其全劇的組織結構，不盡出自倣效，大率元人一時的創造，故我們看不出什麼依傍的痕跡。

傳奇　傳奇之名始於唐，係指小說而言。宋稱諸宮調爲傳奇，元稱雜劇爲傳奇，明則以曲之長者稱傳奇，較短之元曲稱雜劇，由是雜劇傳奇之稱，漸行固定。傳奇亦稱南戲，出於南宋之戲文，溫州或爲傳奇之原產地。溫州雜劇或即南戲的祖禰，始創於南宋末葉，大概在元雜劇之前。雜劇、傳奇的組織、結構，大體上很相似，不過見不到宋南戲的曲本，不能明瞭這三者間的關係究竟怎樣的。照我們推想起來，其關係應不出下列的六圖，不過不能十分斷定究屬那一圖，依我的推想應爲第二圖或第四第六圖，若以現有的曲本觀之，則以第五圖爲近，蓋傳奇似由雜劇直接演化而成者。

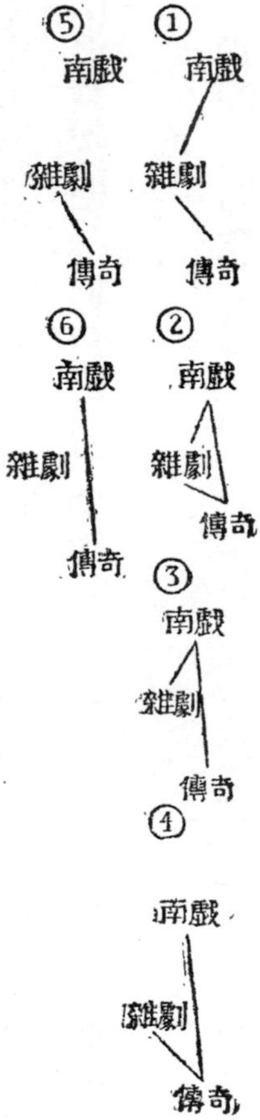

雜劇創始於北方而盛行於北方，後在杭州一帶也盛行過；傳奇則創自南方而盛行於南方，兩者在元代並肩發達的。雜劇到明代便漸漸衰熄了，傳奇在明初也曾衰微過，至中葉以後復盛，便獨佔了全國的歌場，一直到清代末年，至今還有歌唱牠的。不過角色都齊備又能扮演又有組織的班子恐全國祇賸崑曲傳習所的一班，此班一散，這盛過數百年的劇曲或將從此作廣陵散。我並非贊牠為元音雅奏，也不鄙薄風靡一世的皮黃，不過希望牠永遠有一綫的保存，供後人的考證與探討，於歌樂戲劇方面或不無多少價值吧？

第二節　曲的搬演

完善的劇曲，應合「歌唱」「動作」「言語」三者而成，故雜劇、傳奇才是完善的劇曲，董西廂有歌唱、言語，而缺動作，小令、套數無論已。宋代雜戲（種類極多，詳宋元戲曲史）

每具備兩種條件，都算不得完善的劇曲。動作、在曲中謂之科，亦稱介言語、謂之賓白，（兩人相說曰賓，一人自說曰白。）亦概稱曰白歌唱，謂之曲三者以曲謂主體。能具備科、白、曲三種形態的表現的，始得謂之完善的劇曲。於劇場上表演此三種形態的人，謂之角色，亦稱腳色。角色因其所扮者之人物及其職務之不同，有下列多種名目。（詳見王國維古劇腳色考）

末　即戲頭，職在指揮，相當於唐滑稽戲中的參軍。在古舞中後舞以終曲，故謂之末，亦稱末泥，末尼。元劇中爲當場主唱之正角色，其職務已與宋代不同。在傳奇中又退爲次要的角色。

旦　由古劇中之裝旦而來。旦之一字，爲宋元娼妓之稱，爲劇中裝扮婦女者。或曰旦卽狚，猿之雌者，狚好淫，俗書作旦。（下錄李亞仙花酒曲江池雜劇有「我也曾雲雨鄉調猱弄旦」一語，可證以上二說之皆有正確性也。）（元時卽以娼伎裝旦，實爲中國戲劇中男女合演之先導，大概後世以風化攸關而被禁止了。）旦亦當場主唱之正角色，其重要與末等。在古劇中眞實扮演的重要角色爲「副淨」、「副末」，而非末、旦，在元劇中皆已退居次要的地位。

淨　爲參軍的促音，歌舞戲中執竹竿以勾念者，故稱竹竿子。亦作靚。或曰以其臉上塗抹不淨，而反稱之曰淨，未知孰是。副淨別於正淨而言。

丑　丑者，醜也。飾劇中鄙賤人物，又帶有諧謔嘲弄性的角色，劇中地位雖不甚重要，然爲不可少的令人發笑的角色。

末、旦、淨、丑爲元劇中扮演的主角，以末、旦爲正角，淨、丑爲副角。末有外末、沖末、二末、小末之分。旦有老旦、大旦、小旦、旦徠、色旦、搽旦、外旦、貼旦之別。末、旦、淨、丑之外，又有「外。」其職扮男亦扮女，不知是否外末外旦之省。或謂四色之外另有一色之義。

傳奇中以「生」代「末」以末專扮年老的人。在崑曲的唱演中生旦二色，分別甚繁，其行腔使調，各各不同；在曲本中則較簡，蓋於習唱時視劇中人的身分、年歲、性格等而爲之搭配。此伶工之事，作曲者可無須措意於此也。

裝旦之外，又有裝孤，二者均非角色，言以演者裝扮孤或裝扮旦也。孤，當以帝王官吏自稱孤寡，故謂之孤，蓋假裝官吏者。傳奇中以外飾之。

第三節　曲的結構

雜劇的結構，一本必爲四折，以同宮調之曲一套爲一折，一折易一宮調。一折又限用一韻，逐折換韻，折之長短無定，多則十數曲。一本中有時加楔子，楔子或在第一折之前，或在各折之間，也有兼用者；其制甚短，大率僅一二曲。元紀君祥之趙氏孤兒一劇凡五折，又有楔子，爲元劇中僅有之變例。雜劇之曲詞爲代言，科白爲敍事，皆爲適應搬演而設，與詩、詞、散曲及其他樂府歌辭異其旨趣。又每折中唱者祇限一人，非旦卽末，他色皆有白無唱，唱亦限於楔子中；在四折正劇中，則非旦末不可。惟旦末二色不必爲劇中主唱人物，苟此折不唱，則易他色代扮之，以旦末扮主唱者。此種限制，在元劇中亦少例外。元劇的結構如此之嚴，作者必感得拘束與不自由，唱者旣甚廢力，聽者亦覺單調，故明雜劇已打破此種規律，一本不限四折，一折中唱者不止一人，甚有用南曲作雜劇者，這都是必然的趨勢與應有的進步，未可以深責明人爲不守矩矱焉。

傳奇的結構，大異於雜劇，一切都較雜劇爲自由。牠不限定齣數，（齣同折，傳奇用之）若敷衍極長的故事，有多至五六十齣者。若殿本傳奇，昭代簫韶中皆有十本，每本二十四齣，凡二百四十齣成一全劇，這是少見的。一齣中之曲旣不限一宮調，又不限一韻，且有用南北合套者。一切角色皆有白有唱，不獨數色可合唱一齣，且可合唱一曲。如是則歌聲繁複而多變化，聽者自更爲悅耳。因爲不限齣數，於敍事更可曲折詳盡，極酣暢淋漓之致。此皆傳奇更爲進步之處。但傳奇的這種結構，是否取自雜劇、更加以變化，抑另有所本，爲不知耳。案傳奇的起源似乎還在雜劇之前，現今所有的傳奇曲本，則都在雜劇盛行之後，故無論如何，不能不疑心今之傳奇必受雜劇很多的影響，因爲牠的結構處處像雜劇，又都較雜劇爲寬放與進步，這種寬放與進步，似乎修改雜劇以成者。

曲的結構中尙有題目、正名、下場詩等。雜劇每本之末，必有題目正名兩項，其下各綴六言七言或八言的聯句一句或兩句，其中很有用正名中的字句作劇名者，正名二字的取義，大約在此。毛西河說：這題目、正名是扮演人下場之後另有人代念的，不知確否？傳奇中無此體制，於每齣之末必有七言四句的下場詩，由扮演者正要下場時念的。有一人獨念，有四人分念。有割取第一齣末下場詩中字句作爲劇名的，這猶是元人家法。傳奇每齣之前必標齣目，以四字或兩字構成。雜劇無之，蓋雜劇僅四折，可逕以次第名之；傳奇多至數十齣，一用齣目，既可標明一齣的劇情，又便於稱述，這是應有的必要的創造，雜劇似可無需，傳奇則非此不可。茲將南北曲相異之點，更列一表於下，以淸眉目，且補上述之不足。其相同者則略而勿論焉。

南北曲差異表

類別	北曲	南曲
分幕	一本四折	齣數無定
序曲	楔子、用於本首或折間或兼用	開場、標目、家門等必爲首齣
牌調	不分	有引子、過曲之分
宮調	六宮十一調　一折限一宮調有借宮	五宮八調　不限一宮調、有集曲及南北合套
押韻	一折限一韻	不限一韻
四聲	無入聲以之派入三聲	有入聲
題目	有　在本末	無
正名	有　在本末	無
齣目	無	有
下場詩	無	有　在齣末
角色	末旦淨丑外	生　旦　淨　丑　外　末
唱者	限末旦、一折一人　餘皆有白無唱	各色皆有白有唱　可合唱一齣或一曲
樂器	以絃樂爲主　如琵琶三絃等	以管樂爲主　如笛笙簫管等
聲音	高亢　悲壯　嘈雜　促迫	清遠　柔和　飄逸　紆徐

曲的起源，已於第一章中約略言之矣。其中科、白二者，亦非元明人的創造，皆託始於兩宋雜劇，於此再將兩宋雜戲附帶的說一說。

小說、演史　小說的名稱很古，但爲著述之事，與戲曲無關。宋之小說，以說話爲事，與今之評話同。所說的都是故事，也有不關史跡，說煙粉、靈怪、傳奇、公案等等的。演史主在演講史跡，實與小說同科。今之五代評話，宣和遺事，京本小說等，卽宋代說話人的脚本。

傀儡戲　傀儡戲的起源也很古，至今尚有演之者。宋之傀儡種類頗多，均以敷衍故事爲主，與戲劇同。

訝鼓戲　訝鼓是舞動的一種雜劇，亦雜以言詞，舞時多假裝各色人物，始行於軍中。

舞隊　舞隊也裝作種種人物以表演的，也有演故事的。其表演沒有定所，大概到處流浪，有似歐西的吉卜色。

上述種種雜戲，無論直接間接，於戲劇的進步必有相當的助力。此外幾種從略。於此更將前章及本章所述各節，作一曲的演化圖，以示其相互的關係與其演進的概況。

此圖十分簡略，祇不過舉出重要的幾種。圖中橫的方面是分隔朝代的，各朝代的闊度並不與其年數作比例，但求表示出某種戲曲約略產生在某一個時期而已。縱的方面，祇是一條中綫略限南北各點位置的高低，毫無關係，全爲作圖的便利而如此。分布的圖中的單綫與雙綫，乃表示兩者間關係之疏密的。

曲的演化圖

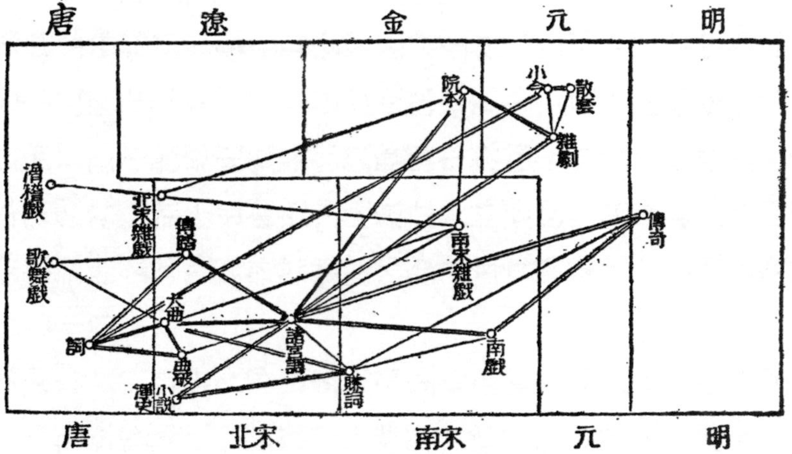
唐
遼
金
元
明
滑稽戲
歌舞戲
詞
北宋雜戲
傳踏
大曲
曲破
小說
講史
諸宮調
賺詞
院本
南宋雜戲
南戲
小令
散套
雜劇
傳奇
唐
北宋
南宋
元
明

第三章　曲的聲律

第一節　曲的聲韻

曲的聲韻，較詞更嚴。上去二聲須嚴行分別，不能假借。入聲則派入三聲，並不獨立一部。南曲中入聲獨用，此南北語音使然，非有寬嚴於其間也。有時亦可作平聲用。又曲中之韻，都平仄通協，沒有全平全仄的牌調，皆須依譜行之，不得亂押。

曲字須分別陰陽、清濁，不但平聲如此，上去亦然。元周德清作中原音韻，共分十九部韻。以入聲配隸三聲，平聲分陰陽二類，其言曰『平聲獨有二聲，有上平聲，有下平聲，（今北方語言中上下平之分甚顯，此風土自然之理，非周氏好為苛細也。）上平聲非指一東至二十八山而言，下平聲非指一先至二十七咸而言。』又云『陰者即下平聲，陽者即上平聲。』這是詞曲家、詞章家的論說，與聲韻學上所云陽聲收鼻音，陰聲不收鼻音之論，恐是不涉究竟如何是陰？如何是陽？周氏未曾言明。第自其部居者察之，似平聲之較有向高性者為陰平聲，更有向低性者為陽平聲，如「東」之與「同」，「支」之與「時」，「歸」之與「回」皆是。劉復實驗四聲變化之一例，其論平聲云：『最高點與最低點的距離並不甚長，卻也不甚短；向高性薄弱，所以雖然在做重音字的時候，其最高點也並不甚高，向低性卻很表顯，上去入三聲所不能到的低點，牠能達到。』又曲中之所謂清濁，卽關乎陰陽，與聲韻學上所言者亦有不同，以發音時氣程阻礙的位置而分爲喉齶舌齒脣五部，以之分屬宮商角徵羽五音。宮音爲最濁，羽音爲最清，亦卽喉音最濁，脣音最淸。又十二律中，黃鍾之管最長，其聲最濁，應鍾之管最短，其聲最淸。既知宮音與黃鍾爲最濁，羽音與應鍾爲最淸，其淸濁之程度與其排列之次序，爲正比例。又知管長者濁，管短者清；以物理學論之，管長者其音波長，其振幅大，其振動數少，其聲大而低；管短者悉反是。是陰陽清濁，胥判於此數者，第喉舌所不能辨，其所能辨者又未能通曉於衆人之前耳。

又北曲中清聲爲陰，濁聲爲陽；陽聲揭起，陰聲抑下，南曲則清聲揭起，濁聲抑下，適與北曲相反，斯可異耳。

第二節　曲的牌調

曲調猶詞調，所以別各曲之音調、腔拍者，猶今之歌譜、樂譜也。曲調由詞調變化而來，有完全襲用詞調、毫不變易者，有名異詞同，名同詞異者；或名調兩異，自有其變化之跡可尋者。但元明人自創者多，襲用者少。大概曲調較詞調爲短，若慢詞之在百字以上者較少。

曲調多於詞調，詞調之見於詞律一書者凡八百二十六調，曲調合南北計之，約一千八百之譜，多一倍以上。

曲調與詞調尙有一不同之點，卽曲調中可以加襯字，詞調不能。加襯字時，須檢譜中板式的疏密而酌定之，遇過疏處，或竟一字都不能加。南曲中除引子，本宮賺，不是路外，都有一定的板式，北曲無定式，視襯字之多少而可活動的。

曲的聯套，頗有一定。某曲爲引子，應在前，某曲爲過曲，應在後。又某曲之後，應爲某牌，某牌之後，應列某支，其間皆有定例，不容顚倒。此事須檢古人成作爲之，惟精於音律者，可自出新意，另行搭配。蓋曲調有高低，音節有卑亢。一調有一調之音色；有歡愉者，有哀苦者，有端莊者，有諧謔者，有和平者，有噍殺者。有宜於生旦者，有宜於淨丑者。萬不能以同屬一宮調而隨意聯套與搭配也。

第三節　曲的宮調

曲的宮調少於詞，北曲所用有六宮十一調如下：

六宮　仙呂宮　南呂宮　中呂宮　黃鍾宮　正呂　道宮

十一調　大石調　小石調　高平調　般涉調　歇指調　商角調　雙調　商調

角調　宮調　越調

此十七宮調中，較詞少一高宮及仙呂調、中呂調、正平調、黃鍾羽四調，而多商角調、角調、宮調三調。

南曲又比北曲少一道宮及高平調，歇指調，宮調，角調，而多一羽調，共十三宮調。崑腔南北兼唱，其宮調較多有六宮十二調；黃鍾宮、仙呂宮、正宮、南呂宮、中呂宮、道宮及大石調、小石調，般涉調、歇指調、越調、高平調、雙調、商調、商角調、宮調、角調、羽調。然常用者祇九調，爲正宮、中呂宮、南呂宮、仙呂宮、黃鍾宮之五宮，及大石調、雙調、商調、越調之四調，亦較之九宮。茲括一表以明之。

詞
黃鐘宮
仙呂宮
正　宮
高　宮
南呂宮
中呂宮
道　宮
大石調
小石調
般涉調
歇指調
越　調
仙呂調
中呂調
正平調
高平調
雙　調
羽　調
商　調

北曲	南曲	崑腔
同	同	◎同
同	同	◎同
同	同	◎同
同	同	◎同
同	同	◎同
同		同
同	同	◎同
同	同	同
同	同	同
同		同
同	同	◎同
同		同
同	同	◎同
		同
同	同	◎同
商角調	同	同
角調		同
宮調		同

加◎者爲常用之九宮，其他各調或有目無曲，或屬曲過少，不能成套，故不常用。

因清濁陰陽之關係，一調有一調之情感。陽春白雪正音譜等書云：

仙呂調唱清新綿邈　南呂宮唱感嘆傷悲
中呂宮唱高下閃賺　黃鍾宮唱富貴纏綿
正宮唱惆悵雄壯　道宮唱飄逸清幽
大石唱風流蘊藉　小石唱旖旎嫵媚
高平唱條抝洸漾　般涉唱拾掇抗塹

商角唱悲傷宛轉
商調唱悽愴怨慕
宮調唱典雅沈重

歇指唱急併虛歇
雙調唱健捷激裊
角調唱嗚咽幽揚
越調唱陶寫冷笑

第四章　曲的演進

第一節　元代概述（雜劇爲主）

雜劇創自何人，果不可知，謂爲一人所獨創，亦理之不可信者。從來論劇的人，頗有以首創雜劇一事歸之關漢卿者。漢卿自是一代大家，與其同時之馬致遠，白樸，鄭光祖並稱關馬鄭白，爲雜劇中第一流人物。又王實甫，宮天挺，喬吉諸人，都與漢卿同時，亦曲家之表表者，他們對於雜劇都有很大的貢獻。所以雜劇的創造者，不能專屬漢卿一人，寧可說漢卿與其同時諸作家所共同努力以成此七寶樓臺者也。

關、馬、王三人皆大都人，（今北平，元爲大都）白，眞定人，（今正定）鄭，平陽人，（今山西襄陵）喬，太原人，宮，大名人，都在河北、山西兩省，雜劇之稱北曲，有由來也。此七人中除關王二人外，其餘都到過江浙，或是作吏，或是流寓，雜劇後期之盛於杭州，自亦有故。

再以時代考之，關、王爲最先。王之事實不可考，關於金末官太醫院令，金亡不仕，其生年當在十二世紀之末或十三世紀之初，享壽倘在六十以上，則其卒年當在1260之後，距今已六百七十年了。（白視關爲後輩，白之生年在1226。）

蒙古滅金，廢科目之試者垂八十年，一般聰明才智之士，乃無所逞其技巧；詩詞等舊套已做膩了。其時正當南宋末葉，一切說唱、搬演的雜戲都很發達，其結構也頗完整，如諸宮調和賺詞等，都是戲劇中很進步的作品。元人因之而雜糅之，另加一番新的組織，將動作、言語歌唱三者冶於一鑪，使人當場搬演。敍事體的詩詞，一變而爲代言體的曲子。文雅的詞句，一變而爲俚俗的白話，這是必然的要求。由是忠臣烈士，孝義廉節，披袍秉笏，神仙道化之流；上則廟堂重典，下則閭閻細故，一切可驚可愕，可泣可歌之事，無不可搬演於數尺紅氍毹上，乃使天下之人奔走駭汗，咨嗟歎息而不能自已。元劇既有此千古未有之奇觀，自然像草上之風，偃靡一世。一班正苦於無法消遣的文人，乃各逞其心思才力，競爲新樂府的創作，或措意於詞句的超妙，或致力於音調的和諧，或着眼於事節的離奇，或留心於劇情的熨貼。而後元人雜劇，蔚爲一代之偉觀。惟是雜劇的作者都是一班布衣下吏，屈居下位的人。那些達官貴人，祇作小令、套數，而不作雜劇。因此元劇中得保存了不少的樸質、醇厚、雄健、草野之氣，未曾爲金碧所塗飾，終算是頗純粹的北方的民衆藝術。又作雜劇的都是漢人，蒙古及色目人祇作小令、套數。這不關漢人的文藝創作力優於其他民族，大約貴人多忙，不惜措意於冗長而鄙俗的雜劇。

元劇的作者，依鍾嗣成錄鬼簿分爲三輩，亦卽元劇發達的三時期：一、前輩名公才人，卽王靜安所稱蒙古時代；二、已亡名公才人，卽王氏所稱一統時代；三、方今名公才人，卽王氏所稱至正時代。第一期作者最多，其質量亦稱獨絕，凡有名的作家與劇本幾盡在此期中。第二期中鄭光祖、宮天挺、喬吉三人可稱傑出，餘子碌碌，已不足齒數了。第三期則皆自鄶以下矣。所以元劇發達的現象頗爲特別，中國文學的興衰，其發展的歷程，大都是紡錘形的，獨元劇的興亡，有如倒立的錐體，頭部最大，以下漸次削小，喻之虎頭蛇尾，也很貼切，這是爲的什麼呢？

元雜劇之存於今者，凡一百十六本，（西廂五本作一本計）有作家名氏者凡八十八本。各家多寡不同，大都祗一二本，而關漢卿獨有十三本。作者凡四十六人。（馬致遠與李時中、花李郎、紅字李二合作一本，作三人計）其有里居可考者四十一人，（花李郎、紅字李二不可考，惟馬致遠、李時中皆大都人，其爲大都無疑）加二李得四十三人。（花李郎係倡夫，義同李花郎。紅字當係混名，其人皆姓李）其中居北方者三十六人，居南方者僅七人。北方皆在河北、山西、山東、河南四省，以大都爲最多。女直亦有一人。南方則杭州居其六，此外嘉興一人。南北人數之比，爲1：5弱。再以時代考之，第一期中凡三十人，盡是北人，作劇六十五本。第二期十八，北六人，南四人，作劇十六本，第三期四人，南三人，餘一人未詳，作劇五本。此外有二人，作劇二本，時地皆不詳。三期中人數之比，約爲6：2：1。本數之比，約爲13：3：1

第一第二期中的北人，很有遊宦或寓居江、浙的，他們便帶了雜劇的種子，散播到南方來，便在杭州一帶生長開花了。大概土性不宜，移植後第一代的花果，已遠不及北方的原產，至第二代非但更不如前，連枝葉也萎黃了，幸有明人的灌溉，總算保存一時，然不久終至枯槁而絕種。所可惜者，那北方的原種，亦僅如曇花一現，其壽命並不比南方爲長。北雜劇何以不宜於移植南方？何以連原產地的北方也少有人種植呢？

曰：南方人的胃口不同，他們似乎不甚喜歡這種花色和果味。南人性質輕柔，不喜深紅濃紫類於粗野的顏色，也不喜辛辣羶腥刺激性過强的滋味。他們有旖旎繽紛的桃李，有甜密細嫩的果實。雜劇的種子雖帶到了南方，帶到了土地肥沃的南方，然而南人不喜栽培，所以沒有幾代便斷種了。

曰：北方人也喜歡南方的花果，漸漸繁殖到北方去，便滋長而佔有了雜劇的園地。再者那些舊園丁，老的老了，死的死了；很多有手法有經驗的園丁，流寓到南方去了。因此雜劇的花，連原產地的北方也絕種了。

蓋雜劇演唱的時候，和以絃索，繁音促節而聲調高亢，雖有沈雄悲壯之氣，然乏綿邈清新之致，以是不諧南人之耳。又其詞句多北方或蒙古的土語，雖未嘗嫌她鄙俚不文，實在難於入耳。何況腥膻葱蒜的氣味很重，南人不免於膩嘴。其時南戲亦已盛行，簫管幽揚，清遠飄逸，唱那生旦的戲文，演那兒女的私情，所有悲歡離合之情，雪月風花之景，南人觀之無不爲之如醉如狂，神魂顛倒，這是南人所最配胃口的。因此雜劇雖已流傳到南方，並不爲一般聽衆所怎樣的喜悅，祇有少數人好嘗這種異味，牠便逐漸衰微下去了。故雜劇之在南方雖嘗風靡一世的盛過，但時期並不長，實因南戲的潛勢力太大，未可輕侮。元自一統之後，南北交通更暢了，北曲既可流傳到南方來，南戲自亦可以流行到北方去。其時燕京定都未久，一切方物，當然遠不及南方。臨安爲南宋故都，擅湖山之勝，一班北方的才人，很多寓居南方，且樂不思蜀的不返了。即如第一期雜劇作家三十人中，（有里居可考的）我們可以查考出他曾經流寓或游宦在南方的有七人。第二期作家中北人凡六，可以考證他在南方的有五人。第三期本無北人，可不論。其他不甚著名的作家，自然沒法知道他們有沒有到南方去。試想有這許多作家，羣向南方遷移，南方的空氣不免起了短時間的波動，不料雜劇之在北方，却難乎爲繼了。不久便同化於南。及南戲盛行而北劇衰微了。

這是雜劇的興亡有如倒立的錐體的緣故。

關漢卿，號已齋叟，大都人。金解元，仕金爲太醫院令，金亡不仕。所撰雜劇見於正音譜有六十三種，今存十三種，以竇娥冤金綫池爲最。正音譜評其詞『如瓊筵醉客』。關嘗悅媵婢，欲納之，乃作小令貽其夫人云：『鬢鴉臉霞，屈殺了將陪嫁！規模全似大人家，不在紅下。巧笑迎人，文談回話，眞如解語花。若咱得他，倒了葡萄架。』夫人答以詩云：『聞君偷看人圖，不似關王大丈夫。金屋若將阿嬌貯，爲君唱徹醋葫蘆。』關見之太息而已。此亦詞壇笑話。

王實甫，大都人，與漢卿同時，或稍前。作劇十三種，今存二種，正音譜評其詞『若花間人』。所作西廂記最負盛名。西廂原爲四本，每本四折，共十六折，至草橋店夢鶯鶯爲止。關卿續編一本四折，乃成二十折。西廂爲戲曲中最膾炙人口的書。其所以致此者，與金人瑞有關係。金爲千古極偉大的文學批評家，月光如炬，將水滸、西廂與莊、騷、馬史、杜律並稱爲才子書，皆加以獨特的批評，於是西廂記風靡一世。至於西廂原本反不常見，所見者皆第才子，亦可見其傳之廣矣。其所批評實與讀者以極大的幫助，尤其在心理上的揣摩，能很妙的將曲白中的含義，闡洩無餘，可使讀者首肯，或忍俊不禁，或拍案叫絕。他的批評，有極大的魔力，有時比曲的本身還要大，還要引人入勝。惟一味詆譏關之續作，與任意改削文詞，毫不顧及音律，是其所短，金蓋重在詞章，於曲學爲門外漢。茲將西廂之淵源與衍變，作一簡略的統系表，可以見得千一百年來國人對於這樁故事的愛好與熟習，其中人之深，實不可思議呵！

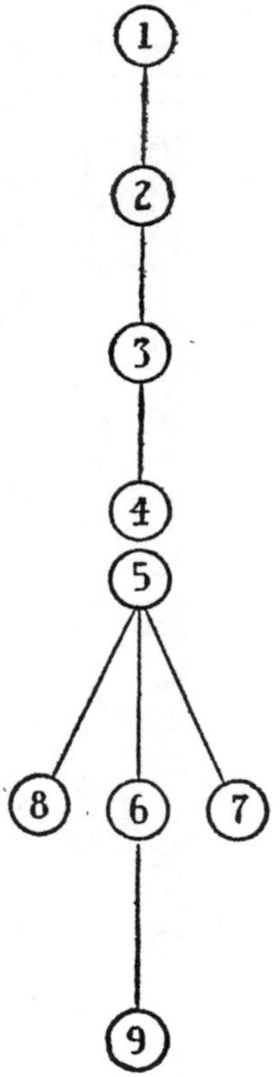

(1)唐元稹會眞記傳奇
(2)宋趙令時商調蝶戀花鼓子詞
(3)金董解元西廂搊彈詞（亦稱紘索西廂）
(4)元王實甫西廂記雜劇
(5)元關漢卿續西廂雜劇

(6)明無名氏改北西廂（亦稱陳眉公原本西廂記）
(7)明李日華南西廂傳奇
(8)明陸采南西廂傳奇（不知是否卽上一種）
(9)淸金人瑞批改第六才子書

此外續西廂，新西廂，翻西廂，錦西廂，後西廂，東廂記等不可悉書，其他加評語的尤不暇深考，此種盛況，惟紅樓夢可與媲美。鄭光祖謅梅香一劇也是譜的這件故事。

馬致遠，字東籬，大都人，江浙行省務官，正音譜評其詞如『朝陽鳴鳳』列元人第一。其越調天淨沙一支與秋思夜行船一套昔人評爲散曲之冠。作雜劇十四種，今存六種，漢宮秋最著。

張可久，號小山，慶元人。正音譜評其詞『如瑤天笙鶴』小山不作雜劇，散曲獨多，不論質與量，元人中罕有其匹。

白樸，字仁甫，一字太素，號蘭谷，澳州人，居眞定，後寓金陵。正音譜評其詞『如鵬搏九霄』作劇十七種，今存二種，其梧桐雨一劇，最膾炙人口。

鄭廷玉，彰德人，作劇二十四種，今存五種。正音譜評其詞如『佩玉鳴鑾』

李壽卿，名無考，太原人。正音譜評其詞『如洞天春曉。』作劇十種，今存二種。

貫雲石本名小雲石海涯，父名貫只哥，遂以貫爲氏，號酸齋，少時神彩秀異膂力絕人，及長折節讀書，工樂府以套數名，不作雜劇，與徐甜齋並稱酸甜樂府。官翰林學士，稱疾辭居江南，後隱居錢塘，日至西湖，其粉蝶兒西湖遊賞一套最著。正音譜評其詞『如天馬脫羈。』

徐再思號甜齋，嘉興人，其套數不在酸齋之下。正音譜評其詞『如桂林秋月。』

武漢臣，濟南人。正音譜評其詞『如遠山疊翠。』作劇十三種，今存三種。

沈和，字和甫，杭州人。作劇六種，今皆失傳。正音譜評其詞『如翠屏孔雀。』南北合套之法，創自和甫，爲曲中重要人物。

尙仲賢，眞定人。江浙行省務官。正音譜評其詞『如山花獻笑。』作劇十種，今存四種。

白无咎以散套名。正音譜評其詞『如太華孤峯。』

馮子振，字海粟，攸州人。能文亦以散套名。

楊梓，海鹽人。以從征爪哇功，官至杭州路總管，致仕卒，追封宏農郡侯，謚康惠。楊氏善音律，又得名人傳授，其家僮無有不善南北歌調者。海鹽人亦因是以能歌名浙右。（即所稱海鹽腔，海鹽腔似當溯源於南宋張樞）今傳雜劇三種。

宮天挺亦作天授，字大用，大名人，卒於常州。作劇六種，今存一種。正音譜評其詞：『如西風鵰鶚。』爲元劇中有數人物。

鄭光祖，字德輝，平陽人，爲杭州路吏，卒於杭。正音譜評其詞：如『九天珠玉。』作劇十九種，今存四種，以倩女離魂稱最。德輝爲元劇四大家之一，馬鄭二家尤爲元明人所宗尙。近人王靜安曾將關、白、馬、鄭及宮大用五家，以唐詩宋詞作喻，茲轉錄如下：

關漢卿	白居易	柳　永
白　樸	劉禹錫	蘇　軾
馬致遠	李商隱	歐陽修
鄭光祖	溫庭筠	秦　觀
宮天挺	韓　愈	張子野

曾瑞，號褐夫，大興人，寓杭州，工散曲，雜劇僅見一種。

喬吉，字夢符，號惺惺道人，又號笙鶴翁，太原人，美容儀，能詞章，居杭州，以西湖梧葉兒百曲著稱。作劇十一種，今存三種。正音譜評其詞：『如神鰲鼓浪。』亦元作家之傑出者。

秦簡夫，名里無考。正音譜評其詞：『如峭壁孤松。』作劇五種，今存二種。

元曲家中尙有三人所當稱述者。楊朝英、周德淸、鍾嗣成是也。此三人不以作曲名而以曲的著述稱。楊朝英青城人，與貫雲石同時，以酸齋故自稱澹齋。正音譜評其詞：『如碧海珊瑚。』曾輯陽春白雪、太平樂府二集，爲元人散曲之寶庫。

周德淸、字挺齋，高安人。正音譜評其詞：『如玉笛橫秋。』著中原音韻，將平聲分陰陽二類，淸王鵕撰音韻輯要。更進一步將上去二聲亦分陰陽，由是始有可資信賴之韻書。周氏爲曲韻之創始者，王氏爲曲韻之完成者，其功皆不可沒也。

鍾嗣成字繼先，號醜齋，汴人。正音譜評其詞：『如騰空寶氣。』作錄鬼簿二卷，於元劇家之姓名、爵里、曲目、傳記等都有記載，爲曲中重要著作。

施惠字君美，一云姓沈，杭州人，巨目美髯，好談笑，作幽閨記傳奇，（亦稱拜月亭）此曲從來毀譽者參半。或云：君美卽作水滸傳之施耐庵。未知是否？

雜劇

崔鶯鶯待月西廂記（長亭送別）　元王實甫

案此劇總名見錄鬼簿，原分全劇爲四本，凡一十六折。第一本名張君瑞鬧道場，第二本名崔鶯鶯夜聽琴，第三本名張君瑞害相思，第四本名草橋店夢鶯鶯，此第四本第三折長亭送別，其後卽末折草橋驚夢。後關漢卿續一本名張君瑞慶團圞。全劇譜張生崔鶯鶯事，張生因崔婢紅娘之力，得通鶯鶯，事爲崔母鄭氏所悉，始將崔氏許配張生，以相府中無白衣女壻爲辭，促張入京應試，張乃行，崔氏送至長亭與張餞別事出元稹會眞記。西廂者，普救寺西偏之廂屋，與崔寓爲隣，爲張生借宿處，亦張崔幽會處也。

〔夫人張老上云〕今日送張生赴京十里長亭，安排下筵席。我和長老先行，不見張生小姐來到。〔旦〕〔末〕〔紅〕同上〔旦〕云：今日送張生上朝取應，早是離人傷感。況値那暮秋天氣，好煩惱人也呵！悲歡聚散一杯酒，南北東西萬里程。

【正宮端正好】碧雲天，黃花地，西風緊，北雁南飛。曉來誰染霜林醉？總是離人淚。

【滾繡球】恨相見得遲，怨歸去得疾。柳絲長玉驄難繫，恨不倩疏林挂住斜暉！馬兒迍迍的行，車兒快快的隨，却告了相思迴避，破題兒又早別離。聽得一聲去也，鬆了金釧；遙望見十里長亭，減了玉肌；此恨誰知？

〔紅云〕姐姐，今日怎麼不打扮？〔旦云〕你那知我的心裏呵！

【叨叨令】見安排着車兒馬兒，不由人熬熬煎煎的氣；有甚麼心情花兒靨兒，打扮的嬌嬌滴滴的媚；準備着被兒枕兒，則索昏昏沈沈的睡，從今後衫兒袖兒，都搵做重重疊疊的淚。兀的不悶殺人也麼哥？兀的不問殺人也麼哥？久已後書兒信兒，索與我悽悽惶惶的寄！

〔做到〕〔見夫人科〕〔夫人云〕張生和長老坐，小姐這壁坐，紅娘將酒來！張生，你向前來，是自家親眷，不要迴避。俺將鶯鶯與你，到京師休辱沒了俺孩兒，掙揣一個狀元回來者！〔末云〕小生託夫人餘蔭，憑着胸中之才，視官如拾芥耳。〔潔云〕夫人主見不差，張生不是落後的人。〔把酒了坐〕〔旦長吁科〕

【脫布衫】下西風黃葉紛飛，染寒煙衰草萋迷。酒席上斜簽着坐的，蹙愁眉死臨侵地。

【小梁州】我見他閣淚汪汪不敢垂，恐怕人知。猛然見了把頭低，長吁氣，推整素羅衣。

【幺篇】雖然久後成佳配，奈時間怎不悲啼？意似癡，心如醉，昨宵今日，清減了小腰圍。

〔夫人云〕小姐把盞者！〔紅遞酒旦把盞長吁科云〕請吃酒！

【上小樓】合歡未已，離愁相繼。想着俺前暮私情，昨夜成親，今日別離。我諗知這幾日相思滋味，却原來此別離情更增十倍。

【幺篇】年少呵輕遠別，情薄呵易棄擲。全不想腿兒相挨，臉兒相偎，手兒相攜。你與俺崔相國做女壻，妻榮夫貴，但得一個並頭蓮，煞強如狀元及第。

〔紅云〕姐姐不曾吃早飯，飲一口兒湯水！〔旦云〕紅娘甚麼湯水嚥得下？

【滿庭芳】供食太急，須臾對面，頃刻別離。若不是酒席間子母每當迴避，有心待與他舉案齊眉。雖然是廝守得一時半刻，也合着俺夫妻每共桌而食。眼底空留意，尋思起就裏，險化做望夫石。

〔夫人云〕紅娘把盞者！〔紅把酒科〕〔旦唱〕

【快活三】將來的酒共食，嘗着似土和泥。假若便是土和泥，也有些土氣息，泥滋味。

【朝天子】暖熔熔玉醅，白冷冷似水，多半是相思淚。眼面前茶飯怕不待要吃，恨塞滿愁腸。看蝸角虛名，蠅頭微利，拆鴛鴦在兩下裏：一個這壁，一個那壁，一遞一聲長吁氣。

〔夫人云〕輛起車兒，俺先回去，小姐隨後和紅娘來！〔下〕〔末辭潔科〕〔潔云〕此一行別無話兒，貧僧准備買登科錄看，做親的茶飯，少不得貧僧的。先生在意，鞍馬上保重者！從今經懺無心禮，專聽春雷第一聲。〔下〕〔旦唱〕

【四邊靜】霎時間杯盤狼籍，車兒投東，馬兒向西；兩意徘徊，落日山橫翠。知他今宵宿在那裏？有夢也難尋覓。

張生，此行得官不得官，疾便回來！〔末云〕小生這一去，白奪一個狀元。正是青霄有路終須到，金榜無名誓不歸。〔旦云〕君行別無所贈，口占一絕，爲君送行：「棄擲今何在？當時且自親。還將舊來意，憐取眼前人！」〔末云〕小姐之意差矣！張珙更敢憐誰？謹賡一絕，以剮寸心。「人生長遠別，孰與最關情；不遇知音者，誰憐長嘆人？」〔旦唱〕

【耍孩兒】淋漓襟袖啼紅淚，比司馬青衫更濕。伯勞東去燕西飛，未登程，先問歸期。雖然眼底人千里，且盡生前酒一杯。未飲心先醉，眼中流血，心裏成灰。

【五煞】到京師服水土，趁程途節飲食，順時自保揣身體；荒村雨露宜眠早，野店風霜要起遲；鞍馬秋風裏，最難調護，最要扶持！

【四煞】這憂愁訴與誰？相思只自知。老天不管人憔悴。淚添九曲黃河溢，恨壓山峯華岳低。到晚來悶把西樓倚，見了些夕陽古道，衰柳長堤。

【三煞】笑吟吟一處來，哭啼啼獨自歸。歸家若到羅幃裏，昨宵個繡衾香暖留春住，今夜個翠被生寒有夢知。留戀你別無意，見據鞍上馬，閣不住淚眼愁眉。

〔末云〕有甚言語囑付小生咱？〔旦唱〕

【二煞】你休憂文齊福不齊，我則怕你停妻再娶妻。休要一春魚雁無消息！我這裏青鸞有信頻須寄，你卻休金榜無名誓不歸！此一節君須記，若見了那異鄉花草，再休似此處棲遲！

〔末云〕再誰似小姐？小生又生此念？〔旦唱〕

【一煞】青山隔送行，疏林不做美，淡煙暮靄相遮蔽。夕陽古道無人語，禾黍秋風聽馬嘶。我爲甚麼懶上車兒內，來時甚急，去後何遲？

〔紅云〕夫人去好一會，姐姐咱家去！〔旦唱〕

【收尾】四圍山色中，一鞭殘照裏。遍人間煩惱塡胸臆，量這些大小車兒，如何載得起？

〔旦紅下〕〔末云〕僕童趲早行一程兒，早尋個宿處。相隨流水急，愁逐野雲飛。〔下〕

望江亭中秋切膾（第一折）　元　關漢卿

案此劇記白士中譚記兒事。譚爲學士李希賢妻，有殊色，已寡，所識清安觀住持女冠白姑姑。白有姪名士中，往潭州爲理，路出清安觀，藉白之撮合，卽以譚爲婦，挈之赴任。時有權豪勢宦楊衙內者，聞譚氏美，欲妾之，知爲士中所得，以是銜士中，乃誣士中戀色瀆職於上，上卽命楊誅士中。楊至潭州，正値中秋，玩月望江亭。其事已聞於士中夫婦，譚氏乃僞飾漁婦，潛至望江亭，爲楊切膾勸酒，楊大醉，譚乘間竊其勢劍、金牌、文書等以去。此數者，楊受之於上，以爲誅白之符信者也。後楊與白在衙對責，覓符信不得，始知受紿。楊大窘。時有巡撫湖南都御史李秉忠奉旨暗訪楊誣奏事，至是廉得其實，乃杖楊而削其職，士中照舊任事，並賜夫婦團圓。此其第一折，譜白譚遇合一節。

〔旦兒扮白姑姑上云〕貧道乃白姑姑是也。從幼年間便捨俗出家，在這清安觀裏做着個住持。此處有一女人，乃是譚記兒，生的模樣過人。不幸夫主亡逝已過，他在家中守寡，無男無女，逐朝每日，到俺這觀裏來，與貧姑攀話。貧姑有一個姪兒，是白士中，數年不見，音信皆無，也不知他得官也未？使我心中好生記念今日無事，且閉上這門者。〔正末扮白士中上〕〔詩云〕昨日金門去上書，今朝墨綬已懸魚。誰家美女顏如玉？綵球偏愛擲貧儒。小官白士中，前往潭州為理，路打清安觀經過，觀中有我的姑娘，是白姑姑，在此做住持，小官今日與白姑姑相見，一面便索赴任。來到門首，無人報復，我自過去。〔做見科云〕姑姑，你姪兒除授潭州為理，一徑的來望姑姑。〔姑姑云〕白士中孩兒也，喜得美除，我恰纔道罷，孩兒果然來了也！孩兒，你媳婦兒好麼？〔白士中云〕不瞞姑姑說，你媳婦兒亡逝已過了也。〔姑姑云〕姪兒，這裏有個女人，乃是譚記兒，大有顏色，逐朝每日，在我這觀裏與我攀話。等他來時，我圓成與你，做個夫人，意下如何？〔白士中云〕姑姑，莫非不中麼？〔姑姑云〕不妨事，都在我身上。你壁衣後頭躲者，我咳嗽為號，你便出來。〔白士中云〕謹依來命！〔下〕〔姑姑云〕這早晚，譚夫人敢待來也。〔正旦扮譚記兒上云〕妾身乃學士李希賢的夫人，姓譚，小字記兒。不幸夫主亡化過了三年光景，我寡居無事，每日只在清安觀和白姑姑攀些閒話。我想做婦人的沒了丈夫，身無所主，好苦人也呵！〔唱〕

【仙呂點絳唇】我則為錦帳春闌，繡衾香散，深閨晚，粉謝脂殘，到的這日暮愁無限。

【混江龍】我為甚一聲長嘆？玉容寂寞淚闌干。則這花枝裏外，竹影中間，氣吁的片片飛花紛似雨，淚灑的珊珊翠竹染成斑。我想着香閨少女，但生的嫩色嬌顏，都只愛朝雲暮雨，那個肯鳳隻鸞單？這愁煩，恰便是海來深可兀的無邊岸。怎守得三貞九烈？敢早着了鑽懶幫閒。

〔云〕可早來到也。這觀門首無人報復，我自過去。〔做見姑姑科云〕姑姑萬福！〔姑姑云〕夫人請坐！〔正旦云〕我每日定害姑姑，多承雅意。妾身有心跟的姑姑出家，不知姑姑意下如何？〔姑姑云〕夫人你那裏出得家！這出家無過草衣木食，熬枯受淡。那白日也還閒可，到晚來獨自一個，好生孤悽！夫人只不如早早嫁一個丈夫去好！〔正旦唱〕

〔村裏迓鼓〕怎如得你這出家兒清靜，到大來一身散誕。自從俺兒夫亡後，再沒個相隨相伴。俺也曾把世味親嘗，人情識破，甚麼塵緣羈絆。俺如今罷掃了蛾眉，淨洗了粉臉，却下了雲鬟。姑姑也，待甘心捱你這粗茶淡飯。

〔姑姑云〕夫人，你平日是享用慣的，且莫說別來，只那一頓素齋，怕你也熬不過哩。〔正旦唱〕

【元和令】則你那素齋食，剛一餐；怎知我麁米飯也曾慣。俺從今把心猿意馬緊牢拴，將繁華不挂眼。

〔姑姑云〕夫人，你豈不知雨裏孤村雪裏山，看時容易畫時難；早知不入時人眼，多買胭脂畫牡丹。夫人，你怎生出的家來？〔正旦唱〕

你道是看時容易畫時難，俺怎生就住不的山，坐不的關，燒不的藥，煉不的丹？

〔姑姑云〕夫人，放着你這一表人物，怕沒有中意的丈夫嫁一個去？只管說那出家做甚麼？這須了不的你終身之事。〔正旦云〕嗨！姑姑，這終身之事，我也曾想來，若有似俺男兒知重我的，便嫁他去也罷！

〔姑姑做咳嗽科〕〔白士中見旦科云〕祗揖。〔正旦回禮科云〕姑姑，兀的不有人來，我索回去也。〔姑姑云〕夫人，你那裏去？我正待與你做個媒人，只他便是你夫主，可不好那？〔正旦云〕姑姑，這是甚麼說話？〔唱〕

【上馬嬌】咱則是語話間，有甚干？姑姑也，你便待做了筵席上撮合山。

〔姑姑云〕便與你做個撮合山，也不誤了你。〔正旦唱〕

怎把那隔牆花，强攀做連枝看。

〔做走介〕〔姑姑云〕關了門者，我不放你出去。〔正旦唱〕

把門關，將人來緊遮攔。

【勝葫蘆】你却便引的人來心惡煩，可甚的撒手不爲姦。你暗埋伏隱藏着誰家漢，俺和你幾年價來往，傾心兒契合，則今日索分顏。

〔姑姑云〕你兩個成就了一對夫妻，把我這座清安觀，權做高唐，有何不可？〔正旦唱〕

【幺篇】姑姑，你只待送下我高唐十二山，枉展污了你這七星壇。

〔姑姑云〕我成就了你錦片也似夫妻，美滿恩情，有甚麼不好處？〔正旦唱〕

說甚麼錦片前程眞個罕?

〔姑姑云〕夫人，你不要這等粧幺做勢，那個着你到我這觀裏來。〔正旦唱〕

一會兒甜言熱趲，一會兒惡叉白賴。姑姑也，只被你直着俺兩下做人難。

〔姑姑云〕兀那君子，誰着你這來?〔白士中云〕就是小娘子着我來。〔正旦云〕你倒將這言語贓我誣來，我至死也不順隨你。〔姑姑云〕你要官休也私休?〔正旦云〕怎生是官休怎生是私休?〔姑姑云〕你要官休呵，我這裏是個祝壽道院，你不守志，領着人來打攪，我告到官中，三推六問，枉打壞了你，若是私休，你又青春，他又少年，我與你做個撮合山媒人，成就了你兩口兒，可不省事?〔正旦云〕姑姑，等我自尋思咱!〔姑姑云〕可知道來；千求不如一嚇?〔正旦云〕好個出家的人，偏會放刁。姑姑，他依的我一句話兒，我便隨他去罷，若不依着我呵，我斷然不肯隨他。〔白士中云〕休道一句話兒，便一百句我也依的。〔正旦唱〕

【後庭花】你着他休忘了容易間，則這十個字莫放閒。豈不聞：「芳槿無終日，貞松耐歲寒。」姑姑也非是我要拿班，只怕他將咱輕慢。我我我攛斷的上了竿，你你你掇梯兒着眼看。他他他把鳳求凰暗裏彈。我我我背王孫去不還，只願他肯肯肯做一心人不轉關，我和他守守守白頭吟非浪侃。

〔姑姑云〕你兩個久後休忘我做媒的這一片好心兒!〔正旦唱〕

【柳葉兒】姑姑也，你若題着這椿兒公案，則你那觀名兒喚做清安。你道是蜂媒蝶使從來慣，怕有人攙疾患到你行，求丸散，你則與他這一服靈丹。姑姑也，你專醫那枕冷衾寒。

〔云〕罷、罷、罷，我依着姑姑，成就了這門親事罷。〔姑姑云〕白士中這椿事虧了我麼？〔白士中云〕你專醫人那枕冷衾寒。虧了姑姑，你孩兒只今日就攜着夫人同赴任所，另差人來相謝也。〔正旦云〕既然相公要上任去，我和你拜辭了姑姑，便索長行也。〔姑姑云〕白士中，你一路上小心在意者！你兩口兒正是郎才女貌，天然配合，端不枉了也。〔正旦唱〕

【賺煞尾】這行程則宜疾不宜晚。休想我着那別人絆翻，不用追求相趨趕，則他這等閒人，怎得見我容顏。姑姑也，你放心安！不索恁語話相關，收了纜，撅了樁，踹跳板，掛起這秋風布帆。是看那碧雲兩岸落，可便「輕舟已過萬重山」。〔同白士中下〕

〔姑姑云〕誰想今日成合了我姪兒白士中這門親事，我心中可煞喜也！〔詩云〕非是貧姑硬主張，爲他年少守空房。觀中怕惹風情事，故使機關配白郎。〔下〕

唐明皇秋夜梧桐雨（第四折）　元　白樸

案此劇譜明皇寵貴妃楊氏及馬嵬坡楊氏賜死事。此第四折，敍明皇幸蜀還宮，哀思不已，聽梧桐之夜滴，想春雨之梨花。所謂挑盡孤燈，未成好夢，多情對此，能不潸然者也。

〔高力士上云〕自家高力士是也。自幼供奉內宮，蒙主上擡舉，加為六宮提督太監。往年主上悅楊氏容貌，命某取入宮中，寵愛無比，封為貴妃，賜號太眞。後來逆胡稱兵，偽誅楊國忠為名，逼的主上幸蜀，行至中途，六軍不進，右龍武將軍陳玄禮奏過殺了國忠，禍連貴妃，主上無可奈何，只得從之，縊死馬嵬驛中。今日賊平無事，主上還國，太子做了皇帝，主上養老，退居西宮，晝夜只是想貴妃娘娘。今日教某掛起眞容，朝夕哭奠，不免收拾停當，在此伺候咱。〔正末上云〕寡人自幸蜀還京，太子破了逆賊，即了帝位，寡人退居西宮養老，每日只是思量妃子，教畫工畫了一軸眞容，供養着每日相對，越增煩惱也呵！〔做哭科〕〔唱〕

【正宮端正好】自從幸西川，還京兆，甚的是月夜花朝。這半年來白髮添多少？怎打疊愁容貌。

【么篇】瘦岩岩不避羣臣笑，玉叉兒將畫軸高挑。荔枝花果香檀桌，目覷了傷懷抱！

〔做看眞容科〕〔唱〕

【滾繡球】險些把我氣冲倒，身謾靠，把太眞妃放聲高叫，叫不應雨淚嚎咷，這待詔，手段高，畫的來沒半星兒差錯！雖然是快染能描，畫不出沉香亭畔迴鸞舞，花萼樓前上馬嬌，一段兒妖嬈。

【倘秀才】妃子呵！常記得千秋節華清宮宴樂，七夕會長生殿乞巧？誓願學連理枝比翼鳥。誰想你乘綵鳳返丹霄，命夭！

〔帶云〕寡人越看越添傷感，怎生是好。〔唱〕

【呆骨朶】寡人有心待蓋一座楊妃廟，爭奈無權柄，謝位辭朝。則俺這孤辰限難熬，更打着離恨天最高。在生時同衾枕，不能勾死後也同棺槨。誰承望馬嵬坡塵土中，可惜把一朶海棠花零落了！

〔帶云〕一會兒身子困乏，且下這亭子去閒行一會咱。〔唱〕

【白鶴子】那身離殿宇，信步下亭皐。見楊柳裊翠藍絲，芙蓉拆胭脂蕚。

【么】見芙蓉懷媚臉，遇楊柳憶纖腰。依舊的兩般兒點綴上陽宮，他管一靈兒瀟灑長安道。

【么】常記得碧梧桐陰下立，紅牙筯手中敲。他笑整縷金衣，舞按霓裳樂。

【么】到如今、翠盤中芳草滿，芳樹下，暗香消。空對井梧陰，不見傾城貌！

〔做歎科云〕寡人也怕閒行，不如回去來。〔唱〕

【倘秀才】本待閒散心，追歡取樂，倒惹的感舊恨，天荒地老。怏怏歸來鳳幃悄，甚法兒捱今宵懊惱？

〔帶云〕回到這寢殿中，一弄兒助人愁也。〔唱〕

【芙蓉花】淡氤氳串煙裊，昏慘刺銀燈照。玉漏迢迢，纔是初更報。暗覷清宵，盼夢裏他來到。却不道口是心苗，不住的頻頻叫。

〔帶云〕不覺一陣昏迷上來，寡人試睡些兒。〔唱〕

【伴讀書】一會家心焦燥，四壁廂，秋蟲鬧。忽見掀簾西風惡，遙觀滿地陰雲罩。俺這裏披衣悶把幃屏靠，業眼難交。

【笑和尚】原來是滴溜溜、遶閑堦、敗葉飄，疎剌剌、刷落葉、被西風掃，忽魯魯、風閃得、銀燈爆，廝琅琅、鳴殿鐸，撲簌簌、動朱箔，吉丁當、玉馬兒向簷間鬧。

〔做睡科唱〕

【倘秀才】悶打頦，和衣臥，欸兀剌方纔睡着。

〔旦上云〕妾身貴妃是也，今日殿中設宴，宮娥請主上赴席咱！〔正末唱〕

忽見青衣走來報道，太眞妃將寡人邀宴樂。

〔正末見旦科云〕妃子，你在那裏來？〔旦云〕今日長生殿排宴，請主上赴席！〔正末云〕分付梨園子弟齊備着。〔旦下〕〔正末驚醒科云〕呀！元來是一夢，分明夢見妃子，却又不見了。〔唱〕

【雙鴛鴦】斜軃翠鸞翹，渾一似出浴的舊風標，映着雲屏一半兒嬌。好夢將成還驚覺，半襟情淚濕鮫綃。

【蠻姑兒】懊惱，窨約，驚我來的又不是樓頭過雁，砌下寒蛩，簷前玉馬，架上金雞，是兀那窗兒外、梧桐上、雨瀟瀟；一聲聲灑殘葉，一點點滴寒梢，會把愁人定虐。

【滾繡球】這雨呵！又不是救旱苗，潤枯草，洒開花蕚。誰望道秋雨如膏。向青翠條、碧玉梢，碎聲兒𠲿剝增百十倍歇和芭蕉子管裏珠連玉散飄。千顆平白地瀽甕番盆下一宵，惹的人心焦。

【叨叨令】一會價緊呵，似玉盤中萬顆珍珠落；一會價響呵，似玳筵前幾簇笙歌鬧；一會價淸呵，似翠岩頭一派寒泉瀑；一會價猛呵，似綉旗下數面征鼙操。兀的不惱殺人也麼哥！兀的不惱殺人也麼哥！則被他諸般兒雨聲相聒噪。

【倘秀才】這雨一陣陣打梧桐葉凋，一點點滴人心碎了。枉着金井銀牀緊圍遶，只好把潑枝葉做柴燒，鋸倒。

〔帶云〕當初妃子舞翠盤時，在此樹下；寡人與妃子盟誓時，亦對此樹。今日夢境相尋，又被他驚覺了。

〔唱〕

【滾繡球】長生殿那一宵，轉迴廊，說誓約，不合對梧桐並肩斜靠，儘言詞絮絮叨叨。沈香亭那一朝，按霓裳舞六么，紅牙筯擊成腔調，亂宮商鬧鬧炒炒。是兀那當時歡會栽排下，今日凄涼廝輳着，暗地量度。

〔高力士云〕主上，這諸樣草木皆有雨聲，豈獨梧桐？〔正末云〕你那裏知道，我說與你聽者！〔唱〕

【三煞】潤濛濛楊柳雨，凄凄院宇侵簾幕。細絲絲梅子雨，粧點江干滿樓閣。杏花雨、紅濕闌干、梨花雨、玉容寂寞，荷花雨、翠蓋翩翻，豆花雨、綠葉瀟條。都不似你驚魂破夢，助恨添愁，徹夜連宵。莫不是水仙弄嬌，蘸楊柳，洒風飄。

【二煞】咻咻似噴泉瑞獸臨雙沼，刷刷似食葉春蠶散滿箔。亂灑瓊堦，水傳宮漏，飛上雕簷，酒滴新槽。直下的更殘漏斷，枕冷衾寒，燭滅香消。可知道夏天不覺把高鳳麥來漂。

【黃鍾煞】順西風低把紗窗哨，送寒氣頻將綉戶敲。莫不是天故將人愁悶攪？度鈴聲，響棧道；似花奴，羯鼓調；如伯牙，水仙操。洗黃花，潤籬落；漬蒼苔，倒牆角；渲湖山，漱石竅；浸枯荷，溢池沼；沾殘蝶，粉漸消；灑流螢，焰不着；綠窗前促織叫，聲相近雁影高；催鄰砧，處處擣；助新涼，分外早；斟量來這一宵，雨和人，緊廝熬；伴銅壺，點點敲。雨更多，淚不少。雨濕寒梢，淚染龍袍，不肯相饒，共隔着一樹梧桐直滴到曉。

題目　安祿山反叛兵戈舉，陳玄禮拆散鸞鳳侶；
正名　楊貴妃曉日荔枝香，唐明皇秋夜梧桐雨。

李亞仙花酒曲江池(第四折)　明朱有燉

案此劇本白行簡李娃傳譜鄭元和李亞仙事。元人高文秀石君寶亦嘗取其材作鄭元和風瓦罐，及李亞仙花酒曲江池二劇。此另是一本？其中曲文偶有與上二種相合者，疑後人竄改，非周之因襲也。此第四折敍鄭元和潦倒後，在風雪中唱蓮花落求乞，遇父被毆至死，棄之曲江池杏園亞仙見而憐之，救之始甦，乃留養元和於家，勸以攻讀，後狀元及第，除授成都府參軍，亞仙賜封汧國夫人，終身榮寵焉。

〔二淨藍縷扮上云〕昧已瞞心事不諧，老天一定有安排；今朝乞食沿街走，只爲從前忒愛財。自家趙牛筋，兄弟錢馬力，俺二人爲幫閒局騙人錢物，被官司追要賠償，家財蕩然一空。今日向街上只得唱些蓮花落，求乞些飲食充飢。〔又扮一貼淨上云〕買盡金波爲玉杯，醉鄉終日不聞雷；今朝乞食沿街走，只爲從前好酒來。小人是好酒的王大，只爲這一口鬼黃湯，不聽妻兒勸說，有一貫兩貫都吃在肚子裏了。如今一文也無，只得上街叫化些兒。〔做與二淨見科〕〔又扮一貼淨上云〕一生氣概不凡材，昂昂胸次捲江淮；今朝乞食沿街走，只爲從前好鬭來。自家姓靳，因我受不得氣，好爭鬭，人都喚我是靳老虎。前者爲爭閒氣，打死了一個人，官司拿要償命，將家火賣了，買得一個性命，因此十分窮窘，只得在街上叫化過日。〔做見二淨科正淨云〕哥，你是誰？小人不認得。〔靳云〕我便是靳老虎。〔正淨云〕你如今老鼠也近不得了，近甚老虎？〔靳云〕弟兄每休笑，我也曾做好漢來。〔正淨云〕又不改。〔靳云〕休得閒說，今日聞得有個大官人家送殯，俺們去乞求來！〔衆云〕還有鄭元和在後來也，等他一同去。

〔末扮藍縷上唱〕

【商調集賢賓】我當初占排場也爭奪第一。串了些花胡洞，錦屏圍。我也曾雲雨鄉，調猱醲旦；我也曾風月所，暗約偷期子爲我賞芳春，夢撒了撩丁。因此上向花營納了降旗。想着那老虔婆狠毒心，忒下的小弟子又會虛脾，到如今寸腸千萬結，長嘆兩三回。

【逍遙樂】想當初別時容易，到如今見後艱難，只除是相逢夢裏。迭的俺戰欽欽忍冷擔飢，知他在何處銀箏閒玉笛，抵多少步步相隨。俺只落得半頭斜炕，一個歪瓢兩片破席。

〔末云〕自家是鄭元和，在李亞仙家中使錢，過了一年，被那老虔婆用了個倒宅計，哄我出城，及至回來，不知搬在那里去了，尋不見他。小生手中又無一文錢鈔，衣服藍縷，一言難盡。想當初不知怎生昏迷了不聽人勸，今日落得如此。〔末唱〕

【尚京馬】也是我一時間錯被那鬼昏迷，這是贍表子平生落得的。有見識的哥哥每知了就裏，似這等切切悲悲。從今後有金銀、多償下些買糧食。

〔末又云〕又遇這等冬寒臘月天道，肚裏又飢，身上又冷，紛紛揭揭，下着大雪，怎地是好?〔末唱〕

【梧葉兒】這雪賽柳絮漫天墜，似蝴蝶撲地飛。昏慘慘黑雲垂，玉琢就崇山嶺，粉塡平深澗溪。富漢每笑微微，單注着俺窮子弟年災月值。

〔做與四淨相見科〕〔末云〕衆弟兄每在此，正遇着寒冬冷月，小生記得古人有兩句詩，道的好，詩云：「長安有貧者，宜瑞不宜多。」這等大雪，單道俺每求乞的也呵!〔末唱〕

【醋葫蘆】剪鵝毛，雪正飛；趲羊角，風又悲。好敎俺說之難，思之苦，感之深，擔之久，冷淸淸難捱腹中飢。這些時頭不梳，臉不洗，牙不刷，口不漱，黃懨懨的改了面皮。空敎人搥着胸，攧着脚，揉着腮，撚着耳，叫天呼地。也子是爲貪花，因好酒，愛錢財，爭閒氣，死林侵迤逗的俺怨他誰？

〔衆云〕俺每又飢又冷，下着大雪，怎生是好？〔末云〕俺幾個都爲酒、色、財、氣四般兒落得如此。試聽我說一遍！〔末唱〕

【前腔】酒呵，助豪吟詩百篇，放疎狂醉一席。這酒泛玻璃，斟琥珀，小遭邊，深巷裏，碧澄澄，香馥馥的潑春醅。你道是釣詩鈎，掃愁帚，旋添錦，增和氣，暖融融的紅了面皮。酌葡萄，銀甕裏，飲羊羔，金帳下，笑談一會。下場頭只落得臥糟丘，喝醉水，這的是得便宜番做了落便宜。

【前腔】色呵，歌玉樹，彩雲低，舞霓裳，翠袖垂。只因他柳眉疎，星眼秀，點櫻唇，迎杏臉，美甘甘，嬌滴滴，好東西。更有等蹭花街，踏陣馬，錦纏頭，金買笑，喜孜孜的成了配匹。受用些被兒中，枕兒上，臉兒偎，腿兒壓，雨雲歡會。下場頭只落得守孤燈，捱長夜，這的是得便宜番做了落便宜。

【前腔】財呵，聚青蚨，百萬堆，列珊瑚，十數圍。端的是物之魁，人之膽，失之貧，得之富，最通神的個好相識。你便待販南商，爲北客，慣經營，能積儹，把金銀直堆到北斗齊。你便賽石崇，過郿塢，腰纏着十萬貫，敢誇那豪貴。下場頭只落得披羊皮，蓋藁薦，這的是得便宜番做了落便宜。

【前腔】氣呵，逞饞豪猛力威，志冲霄氣蓋世，勢昂昂雄糾糾，吐虹霓，搏天漢，仰觀着星斗恨雲低。你子待伴遊俠，同惡少，學會拳，打會棒，爭頭鼓腦的尋對敵。你待似孟施舍不膚撓，不目逃，挫一毫若鞭撻的浩然之氣。下場頭只落得叫爹爹呼妳妳，這的是得便宜番做了落便宜。

〔衆云〕俺去來到街上唱個四季蓮花落，討些吃的。〔末四淨同唱〕到春來，正月二月三月是豔陽天。〔和〕見秀才，共佳人，綠楊中，紅杏外，載香車，乘寶馬，來來往往鬬騈闐。〔和〕見幾對黃鶯兒，紫燕兒，遊蜂兒，粉蝶兒，啣泥的，喚友的，偷香的，採蜜的，鬧喧喧。〔和〕城裏人，城外人，爲士的，爲農的，爲工的，爲商的，都來慶賀太平年。〔和〕到夏來，四月五月六月是熱炎天。〔和〕見才子，共佳人，涼亭中，水閣上，捲珠簾，開翠幕，悠悠韻韻的奏冰絃。〔和〕見幾對錦鴛兒，玉鷺兒，遊魚兒，蜻蜓兒，同棲的，共浴的，躍波的，點水的，戲滿一池蓮。〔和〕城裏人，城外人，爲士的，爲農的，爲工的，爲商的，都來慶賀太平年。〔和〕到秋來，七月八月九月是漸涼天。〔和〕見才子，共佳人，乞巧亭，翫月館，東籬邊，南樓上，歡歡喜喜的看嬋娟。〔和〕見幾對鳴鳩兒，促織兒，蒼鷹兒，白雁兒，喚晴的，泣露的，決雲的，傳信的，咿咿啞啞落霞邊。〔和〕城裏人，城外人，爲士的，爲農的，爲工的，爲商的，都來慶賀太平年。〔和〕到冬來，十月十一月十二月是凍雲天。〔和〕見才子，共佳人，擁紅爐，開暖閣，翫梅花，賞瑞雪，齊齊整整列華筵。〔和〕城裏人，城外人，爲士的，爲農的，爲工的，爲商的，都來慶賀太平年。〔和〕〔末云〕且住！恰才街東討得一碗麵來，俺五個人誰先吃？〔衆做爭先科〕〔正淨云〕我且不吃，兀的待西人家劏着燒羊肉筵席哩，我自去討些燒羊肉吃也，你分這一碗麵罷。〔末同衆云〕俺每也不吃麵了也去討羊肉吃去也。〔正淨云〕既然如此，這麵放在那裏？〔末云〕你在此看着俺討得羊肉帶些來與你吃。〔正淨云〕也好，也好，你每上緊去！〔末與衆俱下〕〔正淨云〕被我一個見識，哄得他們一邊去了，這碗麵我自都吃了。〔淨做慌忙吃麵科〕將麵吃了，有汁湯吃不了，不免將破頭巾破靴筒裏傾了，將碗藏了。〔末領衆上云〕趙牛筋這弟子孩兒哄了俺，那得個燒羊，你那碗麵那裏去了？〔正淨云〕我送去四隅頭酒店裏熱着哩，買下酒，叫下唱的專等你每來去吃去！〔衆云〕又是謊，這廝必是獨吃了。〔衆打正淨念云〕打你這乞兒沒用。〔正淨云〕你何曾叫得一文。〔衆打念云〕却怎將麵都吃？〔正淨云〕這是我獨善其身。〔衆打念云〕却怎不留下半碗？〔正淨云〕一時間風捲殘雲。〔衆打念云〕你爲甚酒淹衫袖？〔正淨云〕只因做大雨傾盆。〔衆打念云〕吃了的殘湯剩水。〔正淨取下頭巾云〕都裝在我這個頭巾。〔末收云〕氣財紅粉香醅酒，四件將人百事昏。〔衆同下〕〔外扮老孤引六兒上〕〔做撞見科孤云〕下官是鄭濟，滎陽人也，今有本州舉保，來赴京都，入城來街市上人煙好輳集也。想俺兒子元和，來此赴選，將的錢財忒多了，一定被人圖害了。〔六兒云〕方才這一火唱蓮花落的，內中有一個好似舍人。〔孤云〕舍人二三年無音信了，那裏是他。你試追上看一看者！〔六兒引末上見孤科〕〔孤見噴嗽科〕〔孤云〕好氣死我也！你原來這等不成器，玷辱我，留你何用？六兒，與我打死了這不肖子罷！〔六兒做勸科〕〔孤做打科〕〔孤云〕打死了也不曾？〔六兒云〕死了。〔孤云〕既是死了，拖去曲江池杏園空地丟了者！〔孤六兒下〕〔旦引梅香上云〕想起俺妳妳好歹也瞞着我，使了個倒宅計，躲了那秀才。如今半年有餘，不知他在何處？妳妳要我依舊接人，我却怎生肯也。〔梅香云〕姐姐差矣，姐姐自小也多曾接幾個客人，都不曾守志，偏怎生到這秀才，便要守志起來。〔旦云〕梅香，你不知，俺生在花街柳陌，不曾遇得個稱心可意之人，出於無奈，只得幹覓衣飯，今既得遇秀才，許了嫁他，怎肯又為迎新送舊之事乎？〔末做呻吟科〕〔梅香云〕姐姐，言語中間聽得房後有呻吟哀痛之聲，不知何人？〔旦做聽科〕〔旦云〕梅香，這聲氣好似鄭秀才也，俺們同去看來。〔旦梅香做看科〕〔做認得元和科〕〔同梅香扶起科〕〔旦云〕你却為甚被人打的這般樣兒？〔末做醒起科〕〔末唱〕

【後庭花】老尊君，發怒威若嚴霜，將草擺，險些兒一命臨泉世，閃的我孤身三不歸，不似你毀人賊。

〔旦云〕秀才，你休錯怪我！不干我事，都是俺妳妳做的勾當。俺如今扶你家中將息去來。〔末唱〕

你要我再遊恩地，我便似落花枝不戀蕊，醃韮菜怎入畦？栽不成野薔薇，護不住出牆葵，再難收潑下的水。

【青哥兒】送的我似風前、風前葉墜，好恩情看承、看承容易。我欲待罵幾句、棄舊憐新潑賤的，兜的上我心裏，想起舊日美滿夫妻，事事相依，步步相隨，素手相攜，丹臉相偎，共枕而棲，同桌而食，錦帳羅幃，繡幙香閨，巧畫蛾眉，揀口而吃，換套穿衣。你若還有些病疾，愁得俺似醉如癡，贖藥求醫，禱告神祇，更被你薦嬮禁持，撅丁牙戲，相識輕易，姨夫妬嫉。若瞞兒有些胡爲，你氳地怒起，牀兒前趄，祭燈兒下跪膝。投至得歡歡喜喜，愛多少切切悲悲。有時節應官身直盼到黃昏日沉西。姐姐，你想麼？說來的都做了牙疼誓。

〔旦云〕此事實不干我事，一言難盡。秀才，你怎生被人打得這等模樣？〔末云〕自從被你娘躱了我，一向上街上求乞，不想正遇我父親，將我打死，丟在杏園風雪之中，若不遇大姐相救，豈有元和之命。〔旦做悲科〕〔卜上〕〔做見末怒科〕〔卜云〕這乞兒，怎地又在這裏，你這潑弟子又留他家來，怎地？快快趕他出去，我便不打你！〔旦云〕妳妳，你聽我說！咱想當初秀才將的鈔錢十分多，都在我家使盡了，以致今日這般狼狽，欺天負人，瞞心昧已，神明也不保佑。如今妳妳年紀六十歲了，亞仙家中積攢的錢財，情愿計算妳妳再過二十年衣食之用，贖了亞仙之身，與元和另尋房屋居住，教他用心攻書，以待選場開，必稱所愿也。〔卜云〕你說那裏話，你正青春年少，去伴着這個一千年、一萬世不發跡的窮乞兒，教我怎肯？〔旦云〕你說那裏話！當初是你瞞了我，躱了秀才，今日幸得相見，却如何又要趕他。不聽我的說話，你若不肯依，我尋個自盡也。〔旦持刀自刎科〕〔卜做荒科〕〔卜云〕你休拿刀弄杖的，既然如此，我依你便了。〔旦云〕你休要後悔也！〔末唱〕

【醋葫蘆】乍相逢，如夢裏，誰承望，得重會。這的是有眞情，誰怕隔年期。雖不似孟母三移，將賢聖擬。子要我用心學藝，我將那三場文字愼攻習。

〔旦云〕秀才，你吃的穿的家私裏外，一應盤纏，都是我管。願你不要掛念，只要你上緊攻書，等待科舉，以圖進取。〔末唱〕

【浪來里煞】深謝你俊嬌姿，眷戀心多，感你可憐才，忠厚德。你要我霎時間身到鳳皇池。子我對金鑾答策時，才似水，折蟾宮一枝丹桂，那其間跳龍門，奪得個狀元回。〔俱下〕

第二節　明清概述（傳奇爲主）

傳奇的發達，異於雜劇，牠與一般的中國文學同一現象的。宋末元初的南戲曲本，今已蕩然無存，故看了現存最早的作品，如元末明初的琵琶，及荆、劉、拜、殺四集，我人不無過於成熟之嫌，似乎牠興得太暴。我們極希望發見一種由宋大曲到傳奇的一種過渡的東西，不論牠是宋諸宮調也好，宋南戲也好，南宋雜劇也好。有如生物學中發見始祖鳥的化石一樣，我們有了這種寶物，然後可以眞實斷定傳奇的近祖究竟是什麼？牠與雜劇的關係，究竟是怎樣的。但是到那裏去找呢？

我們若承認傳奇的血統中確有雜劇的成分，說得顯豁些，卽傳奇中確有模仿和采取雜劇的成分，或變化雜劇已有形態以成之者。（自然也有南戲的血統）則五傳中惟琵琶可稱完善，荆釵、幽閨、已不甚高明，白兔、殺狗、二傳，非但沒有過於成熟之嫌，反覺得太形惡劣了。

南戲起於南宋，元時與雜劇並茂，惜其曲本無傳，其制不可考。惟元末、明初有荆、劉、拜、殺、四大傳奇流存後世。荆釵爲明祖第十六子寧獻王權作，其詞殊不佳，大抵以藩邸之尊，故流傳較盛。拜月亦稱幽閨，元施惠作，其詞頗襲取關漢卿拜月亭雜劇；全本中以拜月一齣爲最佳，幾全摘漢卿原詞。殺狗爲徐畛作，徐明初人。白兔之作者已佚。此四傳雖爲後人所盛稱，嚴格論之，均非佳構。惟在現今所存傳奇中爲最古，這是可以珍惜的。琵琶爲高明作，情詞樸茂，遠出四傳之上，與西廂並稱爲南北曲之祖。

明初傳奇，略盡於此，嗣後逐漸衰微，雖有流傳，無足稱述。中葉以後，始復振起。嘉靖間王世貞作鳴鳳記，譜楊椒山死事，爲一代忠烈生色，至今尙有演唱之者。同時太倉有魏良輔者，變弋陽、海鹽諸腔而創水磨調，（卽崑腔）崑山梁辰魚作浣沙記付之，良輔爲之訂律、製譜，由是風靡一世，其他諸腔，乃成絕響。清代末葉，皮黃代興，崑腔始漸消歇，然盛行於國內者已三百餘年。繼梁魏而起者，有吳江沈璟及臨川湯顯祖，皆萬曆間人。沈精於音律，能辨析毫芒；湯肆其才情，不妨拗人嗓子。是皆明代傳奇之雄。他若玉玦之作者鄭若庸，明珠之作者陸采，紅拂之作者張鳳翼，紅梨之作者徐復祚，其人皆居吳下，爲嘉萬間之表表者。明代傳奇作家以阮、吳爲殿，阮大鋮所作頗多，以燕子箋、春燈謎稱最。吳炳有粲花五種，療妬羹爲最負盛名。

明代雜劇作家，亦頗不少。開國之初，有王子一等，所作誤入桃源等六種，著錄元曲選中，猶是元人家法。周憲王有燉，定王之子，明祖之孫，所作不下三十種。其才足與寧獻王相頡頏。寧獻王除作荊釵記外，又有雜劇十二種。其目具見其所著正音譜中。此後近百年間，頓然衰歇，恰與傳奇的起伏一樣。至正德、嘉靖間，王九思、康海所作之杜甫遊春，中山狼出，雜劇的萌芽，重復蘇醒，曲壇上又漸形熱鬧。接着便出了個詞壇飛將徐渭，作四聲猿，才情雄肆，自是千古奇才！他又以南曲作雜劇，別開一種風氣。不但如此，南曲既侵入了雜劇的領域，自是北曲更形窮促，南曲益發張皇了。崑山梁辰魚以浣紗著名，又作紅綫女雜劇，也頗當行。他若馮惟敏之不伏老，梅鼎祚之崑崙奴，王衡之鬱輪袍，沈自徵之霸亭秋，都是明雜劇中有名的。明代尚有女作家二人，一爲楊愼的夫人黃氏，一爲吳江女子葉小鸞。黃氏所作都散曲，瓊章有鴛鴦夢雜劇。中國女文學家實在太少了！作詩的比較多些，作詞的已少見，作曲的眞是鳳毛麟角，爲不世出之人物，得此兩人，好似獲得了明珠、寶玉一樣的可貴！

戲曲自嘉、萬間復興之後，一直盛到清代中葉，並未中斷過。乾嘉以後，乃漸次衰歇，將歸於絕滅。文學的興衰，本不能斷斷然以朝代爲斷的。即如清代的戲曲，是明代戲曲中興後的後半期，其間一脈相承，沒有可以分割的痕跡。

清代的戲曲，在數量上似比明代要差些，在質量上並不亞於明代，在訂律、結構、排場方面，反有超越明代之處。不過清代的作家，已沒有明代的繁夥而普遍，這便是盛極而衰之象。乾嘉以後，舊曲之歌唱依然很盛，新詞之作者已寥若晨星，其中更找不出一本精美的作品，劇曲就此衰亡了。

清初傳奇，以吳偉業之秣陵春，袁于令之西樓記，李玉之一、人、永、占，李漁之十種曲，尤侗之鈞天樂爲最著。繼之者爲南洪、北孔，洪名昇，錢塘人，作長生殿；孔名尚任，曲阜人，孔子裔孫，作桃花扇；二傳精心結撰，敲訂音律，博徵事實，皆歷十餘年而成，可爲傳奇之典型。長生殿全本五十齣，無齣不工整完美，尤爲數百年來集大成之作。此後有藏園之九種，倚晴樓之七種，可稱名著，其他鮮足稱述。

清代也頗有作雜劇的人，其現象一如明代。著名者即吳、袁、于、蔣、孔、黃數家，此外有舒位之瓶笙館修簫譜，楊觀潮之迎風閣曲均佳勝，餘可不論。

清代女曲家亦得兩人，一王筠作全福記，一吳藻香作飲酒讀離騷雜劇。

元、明、清三朝散曲之論列從略，因爲牠是曲中的小支，惟於作家傳略中擇其尤者敘述若干人，以補其闕。

高明，字則誠，溫州瑞安人，或作平陽人，寓鄞之櫟社，作琵琶記，被稱爲南曲之祖。明太祖聞其名召之，以老病辭還，卒於家。既卒，有以其記進者，太祖覽之曰：五經四書在民間如五穀不可缺；此記如珍羞美味，富貴家其可無耶？關於琵琶記故事的來歷，有謂譏其友人王四者，王四嘗爲榮傭，顯達後，遂棄其妻周氏，而坦腹於時相不花家。則誠作記以諷之。「琵琶」有四王字，以影王四，「蔡邕」與「榮傭」諧聲。百家姓中「趙」字首列，「周」字居五，故稱趙五娘。不花家牛渚，故稱牛丞相。或謂元人呼牛爲不花。記中張太公，則誠自寫也。又有人說：此記乃牛僧儒之子繁，與其友人蔡生事，記中所譜皆事實也。事見說郛所載唐人小說中云云。這件故事在南宋初業已流行，已編入民間說唱中。陸游詩云：『斜陽古柳趙家莊，負鼓盲翁正作場。死後是非誰管得？滿村聽說蔡中郎。』（小舟遊近村）則誠之琵琶，恐卽掇拾盲翁所說唱的故事，不關王四什麼的。惟其來源是否出自唐人小說，則未遑深考。卽使有之，爲什麼不直稱蔡生而乃誣衊賢者，使中郞在地下還蒙此惡名呢？這又是一無可解答的疑點。

朱權，明太祖第十六子，封寧獻王，自號涵虛子，丹邱先生。作雜劇十二種，皆失傳，傳者僅荊釵記傳奇一種，此記雖爲四大傳之一，實不如琵琶遠甚。又著有太和正音譜，『採摭當代羣英詞章，及元之老儒所作，依聲定調，按名分譜，集爲二卷。』（正音譜自序）爲曲學中頗關典要之書。

徐畛，字仲由，淳安人。嘗云吾詩文未足品藻，惟傳奇詞曲，不讓古人，作殺狗記奇傳，文詞鄙俚，恐非仲由原作。

朱有燉，周定王長子，襲封周憲王，號誠齋，工雜劇散曲，其才氣頗高，作劇不下三十種，均見盛明雜劇中，其散曲有誠齋樂府傳世。

陳鐸，字大聲，號秋碧，下邳人，居金陵。善音律，所作散曲至多。

楊愼，字用修，號升庵，新都人。爲翰林修撰，充經筵講官，以事謫戍雲南。學問淹博，著作宏富，爲明代第一。除詩文外，雜著有一百餘種。又工詞曲，著有陶情樂府。夫人黃氏亦擅詞曲，近人輯有楊升庵夫婦散曲行世。

馮惟敏，字汝行，號海浮，臨朐人。能詩文，尤善樂府，著不伏老雜劇，今有海浮山堂詞稿四卷，其散曲集也。其詞豪放，多本色語，爲曲中辛劉一派，明人中頗爲少見。

鄭若庸，字中伯，號虛舟，崑山人。能詩善曲，所著有玉玦記傳於世。開後人綺豔駢儷一派，嗣後作曲者漸重詞藻，元人本色之風寖殺削矣。此中國文學中常有的趨勢，亦文學衍變中所必經的階段，果不獨傳奇爲然。

梁辰魚，字伯龍，崑山人。雅擅詞曲，其散曲江東白苧一集，妙絕當世。時有太倉人魏良輔者，工度曲，變弋陽、海鹽、諸腔爲水磨調。伯龍作浣紗記，就之商訂音律，良輔又爲之製譜，曲成傳唱一時，甚至流播海外。崑腔盛業，得熾燎於歌場者逾三百年。

徐渭，字文長，一字天池，號青藤，山陰人。著有四聲猿，其詞雄健豪邁，有如辛幼安。湯臨川目爲詞壇飛將，蓋才思橫溢，其學又足以濟之。又長於詩，放縱恣肆，一如其曲，自是文學史中一怪傑，後竟以狂疾死，惜哉！四聲猿一本四折，一折一事，不相連綴：曰漁陽弄，曰翠鄉夢，曰雌木蘭，曰女狀元，皆精警超妙。

湯顯祖，字義仍，號若士，臨川人。雄於才，時望甚隆，舉進士，不得志於有司，侘傺以終。所居玉茗堂，文史狼藉，賓朋雜坐，雞塒豕圈，接跡庭戶，若士歌詠俛仰其間，晏如也。作劇凡四：曰牡丹亭，曰紫釵記，曰邯鄲夢，曰南柯記。曲之本事，皆託於夢，故稱四夢。其中以牡丹亭爲最。其才力之雄勁，詞采之雋妙，爲明代傳奇第一。其本色渾樸處，已直入元人堂奧，惜其詞多不協律，嘗大言曰：余意所至，不妨拗折天下人嗓子。蓋亦橫放傑出，曲子中縛不住者。婁江女子俞二姑，酷嗜牡丹亭，至爲之斷腸而死，其中人之深有如是者。

沈璟，字伯英，號寧庵，世稱詞隱先生，吳江人。舉進士，官光祿寺正卿。精研音律，著有南曲譜二十卷，曲家奉爲圭臬。作劇二十一種，存者僅義俠記一本及一種情，望湖亭，翠屏山中數折而已。其作曲一字不苟，無一字不協律，嘗云：寧協律而詞不工，讀之不成句，而謳之始協。其旨趣適與臨川相反，臨川重在詞意，吳江重在曲律，各趨一端，格不相入，似未可軒輊於其間也。

施紹莘，字子野，號峯泖浪仙，華亭人，作花影集散曲四卷，其中套數之多，爲明人冠。其曲之前後多有敍跋，其間不乏雋妙文字，白石道人未可專美於前。

沈仕，字青門，一字野筠，仁和人，有唾窗絨散曲集，多香奩之作。

徐復祚，字陽初，常熟人。著有紅梨記，宵光劍，梧桐雨諸傳奇及一文錢雜劇，以紅梨爲最著，明曲中佳構也。

吳炳，字石渠，宜興人。官東閣大學士，爲清兵執送衡州，不食死。作曲五，曰療妒羹，曰畫中人，曰綠牡丹，曰西園記，曰情郵記，合稱粲花五種，粲花其別墅也。以療妬羹最負盛名。情郵、西園亦佳，要亦明末曲家之一大作手。

阮大鋮，字圓海，懷寧人。其人依附客魏，陷害賢良，爲士林所不齒。曲則朱明三百年間除玉茗外幾無人可與抗衡，所作八種，曰雙金榜、曰牟尼合、曰春燈謎、曰忠孝環、曰燕子箋、曰桃花笑、曰井中盟、曰獅子賺，以燕子箋爲最勝，曾以吳綾作朱絲闌書此劇進奉弘光宮中，民間演之者，歲無虛日，於此可以覘其盛矣。

吳偉業，字駿公，號梅村。明進士，國亡，退居林下，爲有司催迫入都，官國子祭酒，清初一大詩人也。少年之作頗綺豔，亡國後風格一變，多蒼涼之音。所作樂府，有秣陵春傳奇及臨春閣、通天臺二劇。其詞悲涼淒楚，棖觸萬端。對故國之河山，見故宮之禾黍；其身世又有難言之隱，乃不自覺其思之深而言之哀也。三種中秣陵春尤稱傑構。

袁于令，字令昭，號籜庵，原名韞玉，又名晉，吳縣人。精音律，以西樓記負盛名，此外有玉符記，珍珠衫，鷫霜裘，金瑣記四種及雙鶯傳雜劇一種，其詞均不見佳，卽傳唱極盛之西樓記亦無甚出色處。

尤侗，字同人，一字展成，號西堂，又號悔庵，長洲人。康熙鴻博，工詩詞，又長於曲，其讀離騷劇曾供奉內廷。黑白衞劇又爲王阮亭、冒辟疆諸名士所賞。此外尚有弔琵琶、桃花源、淸平調三劇。以鈞天樂傳奇爲尤勝。說者謂爲影射葉小鸞。小鸞爲明末葉紹袁之季女，母沈宜修，姊紈紈、小紈，妹小蘩，均能詩，年僅十六，著有鴛鴦夢雜劇。

李玉，字玄玉，吳縣人。明進士，國亡不仕。與吳梅村友善，作北詞廣正譜，梅村爲之序，爲曲家所宗。作劇三十三種，亡佚大半，傳者以眉山秀及一、人、永、占四傳爲最。一、人、永、占乃一棒雪、人獸關、永團圓、占花魁之合稱。

李漁，字笠翁，蘭溪人，寓杭州。著一家言小說。作傳奇十五種，盛行者十種。十種中以風箏誤爲最。笠翁之曲排場勻稱，科白生動，人情畢肖，是其所長。雖曲詞不免惡俗，歌場中傳唱特盛，有以也。

孔尙任，字季重，號東塘，曲阜人。與洪昉思並稱南洪北孔，爲康熙中二大曲家。作有桃花扇傳奇，閱十餘年，可見其功力之深矣。此傳以侯方域李香君二人爲經，以明末南都諸人物及其事跡爲緯，皆確考時地，雖一科諢之微，亦必有所來歷，直可作宏光一朝之信史讀。千古傳奇中所創見者。惜曲文欠精警，爲美中不足耳。

洪昇，字昉思，號稗畦，錢塘人，爲王漁洋詩弟子，以曲名。所作長生殿傳奇，歷十餘年，凡三易稿始成。於曲詞、科白、排場、音律方面，無一不出色當行，盡善盡美，可稱千古傳奇第一，爲傳奇中一部典型之作。後以國忌日搬演，致得罪多人。亦因此而傳播更盛，一時梨園中幾無有不演此劇者。昉思所作尚有四嬋娟、鬧高唐、天涯淚、孝節坊等，皆爲長生殿所掩，世罕流傳。後窮困墮水死。

蔣士銓，字心餘，鉛山人。以進士官編修，風神散朗，如魏晉間人，工詩，與袁枚、趙翼並稱乾隆三大家。作曲十三種：四絃秋等雜劇七種，臨川夢等傳奇六種，盛行於世者凡九種，稱藏曲九種曲。聲詞並妙，爲世所稱。

黃燮清，原名憲清，字韻珊，海鹽人。作倚晴樓七種曲，以帝女花爲最。

傳奇

琵琶記（糟糠自厭）　明高明

案此乃一大倫理劇，凡四十二齣，中如趙氏之貞孝，牛氏之賢淑，張太公之義俠，於綱常名教有足多者。全部多至性血淚文字，其感人也深，非若西廂還魂等純以風月浮詞作排場者可比。惟蔡中郎難免擔一不孝罪名，爲厚誣賢者耳。其情節大略爲東漢蔡邕飽學多才，以親老不求仕進，時朝廷招賢，蔡父及隣人張太公勸邕應試，邕不樂焉。郡太守既以邕名報上，蔡父暨張太公復竭力慫恿之，邕乃行，以家事託張太公，遂與家人訣別。妻趙五娘賢德女子也，婚後纔兩月耳。邕入都，連試皆捷，大魁天下。時丞相牛太師無嗣，僅一女，甚賢淑，以上命妃邕，邕上表辭焉，勿許，遂入贅牛相家。牛氏事邕久，廉得其情，堅欲與邕歸省其家，牛相無奈，乃遣家人往迎邕父母及趙氏來京。邕家自邕出走後，連遭饑饉，無以爲活，賴趙氏乞諸其隣以養姑嫜，已則以糠覈果腹。旋蔡父母相繼世，趙氏斷髮換錢並得張太公之助，始克營葬，躬荷畚鍤往瘞焉。趙氏既經張太公之勸，晉京訪邕，作道姑裝束，自畫二老眞容負之，且行且彈琵琶以得食。既抵京，訪牛相之門叩焉，不期與牛氏遇，牛氏大爲感動，乃留趙氏，以姊禮事之，由是夫婦團聚。邕既聞大故，乃告官盡禮，挈二婦歸陳留。後因牛相請，以一門孝義而旌表其家。上授邕中郎將，趙氏牛氏並封夫人也。此第二十一齣糟糠自厭，敍趙氏以糠粃充飢事，其孝順歌中糠和米幾句，聞東嘉塡此時，案上雙燭忽交輝，自是神來之筆。

【南調過曲山坡羊】〔旦〕亂荒荒不豐稔的年歲，遠迢迢不回來的夫壻，急煎煎不耐煩的二親，輭怯怯不濟事的孤身體，苦衣典盡，寸絲不掛體，幾番拚死了奴身己，爭奈沒主公婆教誰看取？思之，虛飄飄命怎期？難捱，實丕丕災共危！

【前腔】滴溜溜難窮盡的珠淚，亂紛紛難寬解的愁緒，骨崖崖難扶持的病身，戰兢兢難捱過的時和歲。這糠我待不吃你呵，教奴怎忍饑？我待吃你呵，教奴怎生吃？思量起來，不如奴先死，圖得不知他親死時。

思之，虛飄飄命怎期難捱，實丕丕災共危。

奴家早上安排些飯與公婆吃，豈不欲買些鮭菜，爭奈無錢可買。不想公婆抵死埋冤，只道奴家背地自吃了甚麼東西。不知奴家吃的是米膜糠粃，又不敢教他知道。便使他埋冤殺我，我也不敢分說苦。這糠粃怎的吃得下！〔吃吐科〕

【雙調過曲孝順歌】〔旦〕嘔得我肝腸痛，珠淚垂。喉嚨尚兀自牢嗄住。糠那，你遭礱被舂杵，篩你簸颺你，吃盡控持，好似奴家身狼狽。千辛萬苦皆經歷，苦人吃苦味，兩苦相逢，可知道欲吞不去。〔外淨潛上探覷科〕

【前腔】〔旦〕糠和米，本是相依倚，被簸颺作兩處飛。一賤與一貴，好似奴家與夫壻，終無見期。丈夫，你便是米呵，米在他方沒處尋。奴家恰便似糠呵，怎的把糠來救得人飢餒？好似兒夫出去，怎的教奴供膳得公婆甘旨？〔外淨潛下科〕

【前腔】〔旦〕思量我生無益，死又值甚的？不如忍飢死了爲怨鬼。只一件公婆老年紀，靠奴家相依倚，只得苟活片時。片時苟活雖容易，到底日久也難相聚。漫把糠來相比，這糠尚兀自有人吃，奴家的骨頭知他埋在何處？

〔外淨上〕〔淨云〕你在這裏吃甚麼？〔旦云〕奴家不曾吃甚麼。〔淨搜奪科〕〔旦云〕婆婆，你吃不得！〔

外云〕咳!這是甚麼東西?

〔前腔〕〔旦〕這是穀中膜，米上皮。

〔外云〕呀!這便是糠，要他何用?〔旦〕

將來饆饠堪療飢。

〔淨云〕咦!這糠只好將去餵猪狗，如何把來自吃?〔旦〕

嘗聞古賢書，狗彘食人食，也强如草根樹皮。

〔外淨云〕怎的苦澀東西，怕不噎壞了你。〔旦〕

嚙雪呑氈，蘇卿猶健，餐松食柏，到做得神仙侶。這糠呵，縱然吃些何慮。

〔淨云〕阿公你休聽他說謊，糠粃如何吃得。〔旦〕

爹媽休疑，奴須是孩兒的糟糠妻室。

〔外淨看哭科〕媳婦，我元來錯埋寃了你，兀的不痛殺我也!〔外淨倒旦叫哭科〕

〔仙呂入雙調雁過沙〕〔旦〕苦沈沈，向眞途，空教我耳邊呼。公公婆婆，我不能彀盡心相奉事，反教你爲我歸黃土。教人道你，死緣何故?公公婆婆，怎生割捨得拋棄了奴?

〔外醒科〕〔旦云〕謝天謝地!公公醒了，公公，你闡闍。

【前腔】〔外〕媳婦，你擔饑事姑舅，媳婦，你擔饑怎生度？〔旦云〕公公且自寬心，不要煩惱！〔外〕你生的受苦。媳婦，我錯埋寃了你，你也不推辭，到如今始信有糟糠婦。媳婦，料應我不久歸陰府，也省得爲我死的累

〔旦扶外起科〕公公且在牀上安息，待我看婆婆如何。〔旦叫不醒科〕呀！婆婆不濟事了，如何是好？

【前腔】〔旦〕婆婆氣全無，教奴怎支吾？！咳！丈夫呵，我千辛萬苦，爲你相看顧。如今到此難回護，我只愁母死難留父。況衣衫盡解，囊篋又無。

〔外云〕媳婦，婆婆還好麼？〔旦云〕婆婆不好了！

【前腔】〔外〕天那！我當初不尋思，教孩兒往帝都，把媳婦閃得苦又孤，把婆婆送入黃泉路。算來是我相擔誤，不如我死，免把你再辜負。

〔旦云〕公公，休說這話，請自將息！〔外云〕媳婦，婆婆死了，衣衾棺槨，是件皆無，如何是好？〔旦云〕公公寬心！待奴家區處。〔末云〕福無雙降猶難信，禍不單行卻是眞。老夫爲何道此兩句？爲鄰家蔡伯喈妻房趙氏五娘，他嫁得伯喈，方纔兩月，伯喈便出去赴選。自去之後，遞遭飢荒，公婆年紀皆在八十之上，家裏更沒個相扶持的甘旨之奉，虧殺這五娘子把些衣服首飾之類，盡皆典賣，辦些糧米，供給公婆，

卻背地裏把糠粃𩟄饠充飢。這般荒年飢歲，少甚麼有三五個孩兒的人家，供膳不得爹娘。這個小娘子眞個今人中少有，古人中難得。那婆婆不知道，顛倒把他埋寃，適來聽得他公婆知道，卻又痛心，都害了病。如今不免到他家裏探望則個。呀！五娘子，你爲甚的慌慌張張？〔旦云〕公公，天有不測風雲，人有旦夕禍福，奴家婆婆死了。〔末云〕咳！你婆婆既死了，你公公如今在那裏？〔旦云〕在床上睡著。〔末云〕待我看一看。〔外云〕太公，休怪我起來不得了。〔末云〕老員外，快不要勞動。〔旦云〕太公，我婆婆衣衾棺槨，是件皆無，如何是好？〔末云〕五娘子，你不要愁煩，我自有區處。

【仙呂入雙調玉包肚】〔旦〕千般生受，敎奴如何措手？終不然把他骸骨，沒棺材，送在荒邱。〔合〕相看到此，不由人不珠淚流，正是「不是寃家不聚頭。」

【前腔】〔末〕五娘子不必多憂，資送婆婆在我身上，有你但小心承直公公，莫敎他又成不救。〔合前〕

【前腔】〔外〕張公護救，我媳婦實難啓口，孩兒去後，又遇飢荒，把衣衫典賣無留。

〔合前〕〔末云〕老員外，你請進裏面去歇息，待我一霎時叫家僮討棺木來，把老安人殯斂了，選個吉日，送在南山安葬去。〔外云〕如此多謝太公周濟！

〔旦〕只爲無錢送老娘，　〔末〕須知此事有商量；
〔合〕歸家不敢高聲哭，　惟恐猿聞也斷腸。

牡丹亭(驚夢)　明湯顯祖

案此傳賦癡情女子杜麗娘事,杜爲南安太守杜子充之女,春日遊園,倦而假寐,夢與一後生合,因此感思成疾,抑鬱而卒。麗娘於病中嘗自畫小像一幀,嗣爲柳生夢梅所得。生卽麗娘夢中所遇之人,前此從未知名識面者也。生雖得像,實不知出自何人手筆,更不知畫中人之爲誰,第愛其美,朝夕供玩。久之,畫中人冉冉而下,遂與生成幽媾,斯蓋麗娘魂也。後生從其敎,發其塚棺、啓,而麗娘蘇矣。二人遂爲夫婦。此齣譜麗娘遊園驚夢一節,爲全本最精警處。牡丹亭乃遊園入夢處也。

【遶地遊】〔旦上〕夢回鶯囀,亂煞年光遍,人立小庭深院。〔貼〕注盡沈煙,拋殘繡綫,恁今春關情似去年!

【烏夜啼】〔旦〕曉來望斷梅關,宿妝殘;〔貼〕你側着宜春髻子恰憑闌。〔旦〕剪不斷,理還亂,悶無端;〔貼〕已分付催花鶯燕借春看。〔旦〕春香,可曾叫人掃除花逕?〔貼〕分付了。〔旦〕取鏡臺衣服來!〔貼取鏡臺衣服上〕雲髻罷梳還對鏡,羅衣欲換更添香。鏡臺衣服在此。

【步步嬌】〔旦〕裊晴絲吹來閑庭院,搖漾春如線。停半晌,整花鈿,沒揣菱花,偷人半面,迤逗的彩雲偏。行介步香閨,怎便把全身現?

〔貼〕今日穿插的好!

【醉扶歸】〔旦〕你道翠生生出落的裙衫兒茜,豔晶晶花簪八寶塡;可知我一生兒愛好是天然,恰三春好處無人見！不提防沉魚落雁鳥驚諠，則怕的羞花閉月花愁顫。

〔貼〕早茶時了，請行！〔行介〕你看畫廊金粉半零星，池館蒼苔一片青；踏草怕泥新繡襪，惜花疼煞小金鈴。〔旦〕不到園林，怎知春色如許！

【皂羅袍】〔旦〕原來姹紫嫣紅開遍，似這般都付與斷井頹垣！良辰美景奈何天，賞心樂事誰家院？恁般景致，我老爺和奶奶再不提起。〔合〕

朝飛暮卷，雲霞翠軒，雨絲風片，煙波畫船。錦屏人忒看的這韶光賤。

〔貼〕是花都放了，那牡丹還早。

【好姐姐】〔旦〕遍青山啼紅了杜鵑，荼蘼外煙絲醉軟。春香呵，牡丹雖好，他春歸怎占的先？

〔貼〕成對兒鶯燕呵。〔合〕

閑凝眄，生生燕語明如翦，嚦嚦鶯歌溜的圓。

〔旦〕去罷！〔貼〕這園子委是觀之不足也。〔旦〕提他怎的？〔行介〕

【隔尾】〔旦〕觀之不足由他繾，便賞遍了十二亭臺是枉然！到不如興盡回家閑過遣。

〔作到介〕〔貼〕開我西閣門，展我東閣牀；瓶插映山紫，鑪添沉水香。小姐，你歇息片時，俺瞧老夫人去也。〔下〕〔旦嘆介〕默地遊春轉，小試宜春面，春呵，得和你兩留連，春去如何遣？咳，恁般天氣，好困人也！

春香那裏？〔作左右瞧介〕〔又低首沈吟介〕天呵，春色惱人，信有之乎？常觀詩、詞、樂府，古之女子因春感情，遇秋成恨，誠不謬矣。吾今年已二八，未逢折桂之夫；忽慕春情，怎得蟾宮之客？昔日韓夫人得遇于郎，張生偶逢崔氏，曾有題紅記、崔徽傳二書。此佳人才子，前以密約偷期，後皆得成秦晉。〔長嘆介〕吾生於宦族，長在名門，年已及笄，不得早成佳配，誠爲虛度青春。光陰如過隙耳！〔淚介〕可惜妾身顏色如花，豈料命如一葉乎？

【山坡羊】〔旦〕沒亂裏春情難遣，驀地裏懷人幽怨。則爲俺生小嬋娟，揀名門一例、一例裏神仙眷。甚良緣，把青春拋的遠！俺的睡情誰見？則索因循靦腆。想幽夢誰邊？和春光暗流轉。遷延，這衷懷那處言？淹煎，潑殘生除問天。

身子困乏了，且自隱几而眠。〔睡介夢生介〕〔生持柳枝上〕鶯逢日暖歌聲滑，人遇風情笑口開；一逕落花隨水入，今朝阮肇到天台。小生順路兒跟着杜小姐回來，怎生不見？〔回看介〕呀！小姐，小姐，〔旦作驚起介〕〔相叫介〕〔生〕小生那一處不尋訪小姐來，却在這裏。〔旦作斜視不語介〕〔生〕恰好花園內，折取垂柳半枝。姐姐，你既淹通書史，可作詩以賞此柳枝乎？〔旦作驚喜欲言又止介〕〔背想〕這生素昧平生，何因到此？〔生笑介〕小姐，咱愛殺你哩！

【山桃紅】〔生〕則爲你如花美眷，似水流年。是答兒閑尋遍，在幽閨自憐。

小姐，和你那答兒講話去！〔旦作含笑不行生作牽衣介〕〔旦低問介〕那邊去？〔生〕

轉過這芍藥欄前，緊靠着湖山石邊。

〔旦介〕秀才，去怎的？〔生低介〕

和你把領扣鬆，衣帶寬，袖稍兒搵着牙兒苫。也則待你忍耐溫存一餉眠。

〔旦作羞生前抱旦推介〕合。

是那處曾相見？相看儼然，豈難道這好處相逢無一言。

〔生强抱旦下〕〔末扮花神束髮冠紅衣插花上〕催花御史惜花天，檢點春工又一年；蘸客傷心紅雨下，勾人懸夢綵雲邊。吾乃掌管南安府後花園花神是也。因杜知府小姐麗娘與柳夢梅秀才，後日有姻緣之分。杜小姐遊春感傷，致使柳秀才入夢，咱花神專掌惜玉憐香，竟來保護他，要他雲雨十分歡幸也。

【鮑老催】〔末〕單則是混陽烝變，看他似蟲兒般蠢動，把風情搧。一般兒嬌凝翠綻魂兒顫。這是景上緣，想內成因中見。呀，淫邪展污了花臺殿。

咱待拈片落花兒驚醒他。〔向鬼門丟花介〕

他夢酣春透了怎留連？拈花閃碎的紅如片。

秀才纔到的半夢兒夢畢之時，好送杜小姐仍歸香閣吾神去也。〔下〕

【山桃紅】〔生旦攜手上〕這一霎天留人便，草藉花眠。

〔小姐可好〕〔旦低頭介〕〔生〕

則把雲鬟點，紅鬆翠偏。

小姐休忘了呵！

見了你緊相偎，慢廝連，恨不得肉兒般團成片，也逗的個日下胭脂雨上鮮。

〔旦〕秀才你可去呵？〔合前〕〔生〕姐姐，你身子乏了，將息將息。〔送旦依前作睡介〕〔輕拍旦介〕姐姐，俺去了！〔作回顧介〕姐姐，你可十分將息！〔生下〕〔旦〕〔作醒低叫介〕秀才，秀才，你去了也。〔又作癡睡介〕〔老旦上〕夫壻坐黃堂，嬌娃立繡窗；怪他裙衩上，花鳥繡雙雙。孩兒，孩兒，你爲甚瞌睡在此？〔旦作醒叫秀才介〕咳也。〔老旦〕孩兒，怎的來？〔旦作驚起介〕奶奶到此。〔老旦〕我兒何不做些針指，或觀玩書史，舒展情懷，因何晝寢於此？〔旦〕孩兒適花園中閑玩，忽值春喧惱人，故此回房，無可消遣，不覺困倦少息，有失迎接，望母親恕兒之罪！〔老旦〕孩兒，這後花園中冷靜，少去閑行！〔旦〕領母親嚴命。〔老旦〕孩兒學堂看書去！〔旦〕先生不在，且自消停。〔老旦嘆介〕女孩兒長成，自有許多情態，且自由他。正是宛轉隨兒女，辛勤做老娘。〔下〕〔旦長嘆介〕〔看老旦下介〕哎也！天那！今日杜麗娘有些僥倖也。偶到後花園中，百花開遍，覩景傷情，沒興而回。晝眠香閣，忽見一生年可弱冠，豐姿俊妍。於園中折得柳絲一枝，笑對奴家說：姐姐既淹通書史，何不將柳枝題賞一篇？那時待要應他一聲，心中自忖，素昧平生，不知名姓，何得輕與交言。正如此想間，只見那生向前說了幾句傷心話兒，將奴摟抱去牡丹亭畔，芍藥闌邊，共成雲雨之歡，兩情和合，眞個是千般愛情，萬種溫存。歡畢之時，又送我睡眠，幾聲將息，正待自送那生出門，忽值母親來到，喚醒將來，我一身冷汗，乃是南柯一夢。忙身參禮母親，又被母親絮了許多閑話，奴家口雖無言答應，心內思想夢中之事，何曾放懷，行坐不寧，自覺如有所失。娘呵，你叫我學堂看書去，知他看那一種書消悶也。〔作掩淚介〕

【綿搭絮】〔旦〕雨香雲片，纔到夢兒邊。無奈高堂喚醒，紗窗睡不便。潑新鮮、冷汗粘煎，閃的俺心悠步嚲，意欲鬟偏。不爭多費盡神情，坐起誰忺？則待去眠。

〔貼上〕晚妝銷粉印，春潤費香篝。小姐，薰了被窩睡罷！

【尾聲】〔旦〕困春心，遊賞倦，也不索香薰繡被眠。天呵，有心情那夢兒還去不遠。

春望逍遙出畫堂　　間梅遮柳不勝芳
可知劉阮逢人處　　回首東風一斷腸

桃花扇（餘韻）　　清孔尚任

案此傳敍侯方域與李香君離合悲歡之事。又雜以弘光朝南都史跡，事事有來歷，不憑虛構，可作一朝信史讀。香君既許身侯生，權貴田仰謀奪之，香君堅拒，血濺扇面，楊文驄因血點畫成桃花一枝，此扇今猶存慧山某氏家云。美人風調，自足千秋，血染桃花，尤爲哀豔。此爲末一齣餘韻，借柳敬亭蘇崑生老贊禮口中唱出興亡遺恨，故宮禾黍，無限悲涼，庾信哀江南，無此沈痛；梅郵秣陵春，庶幾近之。

【西江月】〔淨扮樵子挑擔上〕放目蒼崖萬丈，拂頭紅樹千枝。雲深猛虎出無時，也避人間弓矢。建業城啼夜鬼；維揚井貯秋屍。樵夫賸得命如絲，滿肚南朝野史。

在下蘇崑生。自從乙酉年同香君到山，一住三載，俺就不曾回家。往來牛首棲霞，採樵度日。誰想柳敬亭與俺同志，買隻小船，也在此捕魚爲業。且喜山深樹老，江闊人稀。每日相逢，便把斧頭敲著船頭，浩浩落落，儘俺歌唱，好不快活？今日柴擔早歇，專等他來，促膝閒話，怎的還不見到？〔歇擔盹睡介〕〔丑扮漁翁搖船上〕年年垂釣鬢如銀，愛此江山勝富春；歌舞叢中征戰裏，漁翁都是過來人。俺柳敬亭送侯朝宗修道之後，就在這龍潭江畔，捕魚三載，把些興亡舊事，付之風月閒談。今值秋雨新晴，江光似練，正好尋蘇崑生飲酒談心。〔指介〕你看他早已醉到在地，待我上岸喚他醒來。〔作上岸介〕〔呼介〕蘇崑生。〔淨醒介〕大哥果然來了。〔丑拱介〕賢弟偏杯呀？〔淨〕柴不曾賣，那得酒來？〔丑〕愚兄也沒賣魚，都是空囊，怎麼處？〔淨〕有了，有了，你輸水，我輸柴，大家煮茗清談罷！〔副末扮老贊禮提絃攜壺上〕江山，江山。一忙，一閑。誰贏，誰輸。兩鬢，皆斑。〔見介〕原來是柳蘇兩位老哥。〔淨丑拱介〕老相公，到福德此？〔副末〕老夫住在燕子磯，今乃戊子年九月十七日，是福德星君降生之辰。我同些山中社友，怎得到神祠祭賽已畢，路過此間。〔淨〕為何挾着絃子，提著酒壺。〔副末〕見笑見笑，老夫編了幾句神絃歌，名曰問蒼天。今日彈唱樂神，社散之時，分得這瓶福酒，恰好遇着二位，就同飲三杯罷！〔丑〕怎好取擾？〔副末〕這就叫有福同享。〔淨丑〕好好、〔同坐飲介〕〔淨〕何不把神絃歌領略一回。〔副末〕使得，老夫的心事、正要請敎二位哩。〔彈絃唱巫腔淨丑拍手襯介〕

【問蒼天】新歷數，順治朝，五年戊子。九月秋，十七日，嘉會良時。擊神鼓，揚靈旗，鄉鄰賽社。老逸民，剃白髮，也到叢祠，椒作棟，桂為楣，唐修晉建。碧和金，丹間粉，畫壁精奇。貌赫赫，氣揚揚，福德名位。山之珍，海之寶，總掌無遺。超祖禰，邁君師，千人上壽。焚郁蘭，奠清醑，奪戶爭墀。草笠底，有一人，掀鬚長嘆。貧者貧，富者富，造命奚為？我與爾，較生辰，同月同日。囊無錢，竈斷火，不啻乞兒。六十歲，花甲週，桑榆暮矣。亂離人，太平犬，未有亨期。稱玉斝，坐瓊筵，爾餐我看。誰為靈，誰為蠢，貴賤失宜。臣稽首，叫九閽，開聾啓瞶。宣命司，檢祿籍，何故差池？金闕遠，紫宸高，蒼天夢夢。迎神來，送神去，輿馬風馳。歌舞羅，雞豚收，須臾社散。倚梧槐，對斜日，獨自凝思。濁享富，清享名，或分兩例。內才多，外財少，應不同規。熱似火，福德君，庸人父母。冷如冰，文昌帝，秀士宗師。神有短，聖有虧，誰能足願。地難填，天難補，造化如斯。釋盡了，胸中愁，欣欣微笑。江自流，雲自卷，我又何疑？

〔唱完放弦介〕丟醜之極。〔淨〕妙絕，逼眞離騷九歌了。〔丑〕失敬，失敬，不知老相公竟是財神一轉哩。

〔副末讓介〕請乾此酒！〔淨咂舌介〕這寡酒好難吃也。〔丑〕愚兄倒有些下酒之物。〔淨〕是什麼東西？

〔丑〕請猜一猜！〔淨〕你的東西，不過是些魚、鼈、蝦、蟹。〔丑搖頭介〕猜不著，猜不著。〔淨〕還有什麼異味？

〔丑指口介〕是我的舌頭。〔副末〕你的舌頭？你自下酒，如何讓客？〔丑笑介〕你不曉得古人以漢書下酒。這舌頭會說漢書，豈非下酒之物？〔淨取酒斟介〕我替老哥斟酒，老哥就把漢書說來。〔副末〕妙、妙，只恐菜多酒少了！〔丑〕既然漢書太長，有我新編的一首彈詞，叫做秣陵秋，唱來下酒罷！〔副末〕就是俺南京的近事麼？〔丑〕便是。〔淨〕這都是俺們耳聞眼見的。你若說差了，我要罰的。〔丑〕包管你不差。

〔丑彈弦介〕六代興亡，幾點淸談千古慨。半生湖海，一聲高唱萬山驚。〔照盲女彈詞唱介〕

【秣陵秋】陳隋煙月恨茫茫，井帶胭脂土帶香。駘蕩柳綿沾客鬢，叮嚀鶯舌惱人腸。中興朝市繁華續，遺孽兒孫氣焰張。只勸樓臺追後主，不愁弓矢下殘唐。蛾眉越女纔承選，燕子吳歈早擅場。力士僉名搜笛步，龜年協律奉椒房。西崑詞賦新溫李，烏巷冠裳舊謝王。院院宮妝金翠鏡，朝朝楚夢雨雲牀。五侯閫外空狼燧，二水州邊白雀舫。指馬誰攻秦相詐，入林都畏阮生狂。春燈已錯從頭認，社黨重鉤無縫藏。借手殺讎長樂老，脅肩媚貴半閒堂。龍鍾閣部啼梅嶺，跋扈將軍譟武昌。九曲河流晴喚渡，千尋江岸夜移防。

瓊花刼到雕欄損，玉樹歌終畫殿涼。滄海迷家龍寂寞，風塵失伴鳳徬徨。青衣啣壁何年返？碧血濺沙此地亡。南內湯池仍蔓草，東陵輦路又斜陽。全開鎖鑰淮、揚、泗，難整乾坤左、史、黃。建帝飄零烈帝慘，英宗困頓武宗荒。那知還有福王一，臨去秋波淚數行。

〔淨〕妙，妙，果然一些不差。〔副末〕雖是幾句彈詞，竟似吳梅村一首長歌。〔淨〕老哥學問大進，該敬一杯。〔斟酒介〕〔丑〕倒叫我吃寡酒了。〔淨〕愚弟也有些須下酒之物。〔丑〕你的東西，一定是山殽野蔌了。〔淨〕不是，不是，昨日南京賣柴，特地帶來的。〔丑〕取來共享罷！〔淨指口介〕也是舌頭。〔副末〕怎的也是舌頭？〔淨〕不瞞二位說，我三年沒到南京，忽然高興進城賣柴，路過孝陵，見那寶城享殿，成了芻牧之場。〔丑〕呵，呀呀！那皇城如何？〔淨〕那皇城牆倒宮塌，滿地蒿萊了。〔副末掩淚介〕不料光景至此。〔淨〕俺又一直走到秦淮，立了半晌，竟沒一個人影兒。〔丑〕那長橋舊院，是咱們熟遊之地，你也該去瞧瞧？〔淨〕怎的沒瞧。長橋已無片板，舊院賸了一堆瓦礫。〔丑搥胸介〕咳，慟死俺也！〔淨〕那時疾忙回首，一路傷心，編成一套北曲，名爲哀江南，待我唱來！〔敲板唱弋陽腔介〕俺樵夫呵，

【哀江南】【北新水令】山松野草帶花挑，猛抬頭秣陵重到。殘軍留廢壘，瘦馬臥空壕，村郭蕭條，城對著夕陽道。

【駐馬聽】野火頻燒，護墓長楸多半焦。山羊羣跑，守陵阿監幾時逃？鴿鴿蝠糞滿堂拋，枯枝敗葉當階罩。

誰祭掃？牧兒打碎龍碑帽。

【沈醉東風】橫白玉八根柱倒，墮紅泥半堵牆高。碎琉璃瓦片多；爛翠翠窗櫺少。舞丹墀燕雀常朝。直入宮門一路蒿，住幾個乞兒餓殍。

【折桂令】問秦淮舊日窗寮，破紙迎風，壞檻當潮。目斷魂消。當年粉黛，何處笙簫。罷燈船端陽不鬧，收酒旗重九無聊。白鳥飄飄，綠水滔滔，嫩黃花有些蝶飛，新紅葉無個人瞧。

【沽美酒】你記得跨青溪半里橋，舊紅板沒一條。秋水長天人過少。冷清清的落照，賸一樹柳彎腰。

【太平令】行到那舊院門，何用輕敲，也不怕小犬嘷嘷。無非是枯井頹巢，不過些磚苔砌草。手種的花條、柳梢，儘意兒採樵。這黑灰是誰家廚竈？

【離亭宴帶歇拍煞】俺曾見金陵玉殿鶯啼曉，秦淮水榭花開早。誰知道容易冰消。眼看他起朱樓，眼看他讌賓客，眼看他樓塌了！這青苔碧瓦堆，俺曾睡風流覺。將五十年興亡看飽。那烏衣巷不姓王，莫愁湖鬼夜哭，鳳凰臺棲梟鳥。殘山夢最眞，舊境丟難掉。不信這輿圖換稿。謅一套哀江南，放悲聲唱到老。

〔副末掩淚介〕妙是絕妙，惹出多少眼淚。〔丑〕這酒也不忍入脣了，大家談談罷。〔副淨時服扮皁隸暗上〕朝陪天子輦，暮把縣官門；皁隸原無種，通侯豈有根？自家魏國公嫡親公子徐青君的便是。生來富貴，享盡繁華。不料國破家亡，賸了區區一口。沒奈何在上元縣當了一名皁隸，將就度日。今奉本官鐵票，訪拏山林隱逸，只得下鄉走。〔望介〕那江岸之上，有幾個老兒閑坐，不免上前討火，就便訪問。正是開國元勳留狗尾，換朝逸老縮龜頭。〔前行見介〕老哥們，有火借一個！〔丑〕請坐！〔副淨坐介〕〔副末問介〕看你打扮像一位公差大哥。〔副淨〕便是。〔淨問介〕要火吃煙麼？小弟帶有高煙，取出奉敬罷。〔敲火吸煙奉副淨介〕〔副淨吃煙介〕好高煙，好高煙。〔作暈醉臥倒介〕〔淨扶介〕〔副淨〕不要拉我，讓我歇一歇，就好了。〔閉目臥介〕〔丑問副末介〕記得三年之前，老相公捧著史閣部衣冠，要葬在梅花嶺下，後來怎樣？〔副末〕後來約了許多忠義之士，齊集梅花嶺，招魂薶葬，倒也算千秋盛事，但不曾立得碑碣。〔淨〕好事好事，只可惜黃將軍刎頸報主，拋屍路傍，竟無人埋葬。〔副末〕如今好了也。是我老漢同些村中父老，檢骨殯殮，起了一座大大的墳塋，好不體面。〔丑〕你這兩件功德，卻也不小哩！〔淨〕二位不知。那左寧南氣死戰船時，親朋盡散，卻是我老蘇殯殮了他。〔副末〕難得難得，聞他兒子左夢庚襲了前程，昨日搬柩回去了。〔丑掩淚介〕左寧南是我老柳知己，我曾託藍田叔畫他一幅影像，又求錢牧齋題贊了幾句，逢時遇節，展開祭拜，也盡俺一點報答之意。〔副淨醒作悄語介〕聽他說話，像幾個山林隱逸。〔起身問介〕三位是山林隱逸麼？〔衆起拱介〕不敢，不敢，爲何問及山林隱逸？〔副淨〕三位不知麼？現今禮部上本，搜尋山林隱逸，撫按大老爺，張掛告示，布政司行文，已經月餘，並不見一人報名，府縣著忙，差俺們各處訪拏，三位一定是了，快快跟我回話去！〔副末〕老哥差矣！山林隱逸，乃文人名士，不肯出山的。老夫原是假斯文的一個老贊禮，那裏去得。〔丑淨〕我兩個是說書唱曲的朋友，而今做了漁翁樵子，益發不中了。〔副淨〕你們不曉得那些文人名士，都是識時務的俊傑，從三年前俱已出山了。目下正要訪拏你輩哩。〔副末〕啐！徵求隱逸，乃國家盛典，公祖父母俱當以禮相聘，怎麼要拏起來？定是你這衙役們奉行不善。〔副淨〕不干我事，有本縣籤票在此，取出你看。〔取看籤票欲拏介〕〔淨〕果然這事哩。〔丑〕我們竟走開何如？〔副末〕有理。避禍今何晚，入山昔未深。〔各分走下〕〔副淨趕不上介〕你看他登岸涉澗，各逃走無踪。

【清江引】大澤深山隨處找，預備官家要。抽出綠頭籤，取開紅圈票。把幾個白衣山人、讒走了。

〔立聽介〕遠遠聞得吟詩之聲。不在水邊，定在林下。待我信步找去便了。〔急下〕內吟詩曰：

漁樵同話舊繁華　短夢寥寥記不差
曾恨紅箋啣燕子　偏憐素扇染桃花
笙歌西第留何客　煙雨南朝換幾家
傳得傷心臨去語　每年寒食哭天涯

長生殿（彈詞）　清洪昇

案此傳凡五十齣，亦譜明皇貴妃事。前半多從開、天遺事、長恨歌傳等參錯而成，後半多憑虛構。如覓魂，寄情等齣，倘有長恨歌、傳可依據，若織女證盟，明皇仙會等更掇拾唐人莫須有之說而加以肊造。此彈詞一齣，借李龜年一曲琵琶彈出天寶當年遺事，悲傷感歎，可泣可歌。不啻長生殿全部縮影。李爲內院老伶工，此齣乃自『正是江南好風景，落花時節又逢君』語脫化而成。

〔末白鬚舊衣帽抱琵琶上〕一從鼙鼓起漁陽，宮禁俄看蔓草荒；留得白頭遺老在，譜將殘恨說興亡。老漢李龜年，昔爲內苑伶工，供奉梨園，蒙萬歲爺十分恩寵。自從朝元閣教演霓裳，曲成奏上，龍顏大悅，與貴妃娘娘各賜纏頭，不下數萬。誰想祿山造反，破了長安，聖駕西巡，萬民逃竄。俺每梨園部中也都七零八落，各自奔逃。老漢來到江南地方，盤纏都使盡了，只得抱着這面琵琶，唱個曲兒餬口。今日乃清溪鷲峯寺大會，遊人甚多，不免到彼賣唱。〔嘆科〕！咳想起當日天上清歌。今日沿門鼓板，好不頹氣人也！〔行科〕

【南呂一枝花】不隄防餘年值亂離，逼㩳得歧路遭窮敗。受奔波風塵顏面黑，歎衰殘霜雪鬢鬚白。今日個流落天涯，只留得琵琶在。揣羞臉上長街，又過短街。那裏是高漸離擊筑悲歌，倒做了伍子胥吹簫也那乞丐。

【梁州第七】想當日奏清歌、趨承金殿，度新聲供應瑤階。說不盡九重天上恩如海。幸溫泉，驪山雪霽，泛仙舟，興慶蓮開。翫嬋娟，華清宮殿；賞芳菲，花萼樓臺。正擔承雨露深澤，驀遭逢天地奇災。劍門關塵蒙了鳳輦鸞輿，馬嵬坡血污了天姿國色，江南路哭殺了瘦骨窮骸。可哀，落魄，又得把霓裳御譜沿門賣。有誰人喝聲采？空對着六代園陵草樹埋，滿目興衰。

〔虛下〕〔小生巾服上〕花動遊人眼，春傷故國心；霓裳人去後，無復有知音。小生李謩，向在西京留滯，亂後方回。自從宮牆之外，偷按霓裳數疊，未能得其全譜，昨聞有一老者，抱着琵琶賣唱，人人都說手法不同，像個梨園舊人，今日鷲峯寺大會，想他必在那裏，不免前去尋訪一番。一路行來，你看遊人好不盛也！〔外巾服副淨衣帽淨長帽帕子包首扮山西客攜丑妓上〕〔外〕閒步尋芳惜好春，〔副淨〕且看勝會逐遊人；〔淨〕大姐，喒和你及時行樂休空過！〔丑〕客官，好聽琵琶一曲新。〔小生向副淨科〕老兄請了，動問這位大姐說甚麼琵琶一曲新？〔副淨〕老兄不知，這裏新到一個老者，彈得一手好琵琶，今日在鷲峯寺趕會，因此大家同去一聽。〔小生〕小生正要去尋他，同行如何？〔衆〕極好。〔同行科〕行去去去，去去行行，已到鷲峯寺了，就此進去。〔同進科〕〔副淨〕那邊一個圈子，四圍板櫈，想必是波？我每一齊捱進去，坐下聽者。〔衆作坐科〕〔末上見科〕列位請了！想都是聽曲的，請坐了，待在下唱來請教波！〔衆〕正要領教。〔末彈琵琶唱科〕

【轉調貨郎兒】唱不盡興亡夢幻，彈不盡悲傷感嘆。大古里凄涼滿眼對江山，我只待撥繁弦傳幽怨，翻別調寫愁煩，慢慢的把天寶當年遺事彈。

〔外〕天寶遺事，好題目波！〔淨〕大姐，他唱的是甚麼曲兒？可就是喒家的西調麼？〔丑〕也差不多兒。〔小生〕老丈，天寶年間遺事，一時那裏唱得盡者。請先把楊貴妃娘娘，當時怎生進宮，唱來聽波！〔末彈唱科〕

【一轉】想當初慶皇唐太平天下，訪麗色，把蛾眉選刷。有佳人生長在弘農楊氏家，深閨內端的玉無瑕。那君王一見了歡無那，把鈿盒金釵親納，評跋做昭陽第一花。

〔丑〕那貴妃娘娘，怎生模樣波？〔淨〕可有喒家大姐這樣標致麼？〔副淨〕且聽唱出來者！〔末彈唱科〕

【三轉】那娘娘生得來仙姿佚貌，說不盡幽步窈窕。真個是花輸雙頰柳輸腰，比昭君增妍麗，較西子倍風標，似觀音飛來海嶠，恍嫦娥偷離碧霄。更春情韻饒，春酣態嬌，春眠夢悄。縱有好丹青，那百樣娉婷難畫描。

〔副淨笑科〕聽這老翁說的楊娘娘標致，恁般活現，倒像是親眼見的，敢則謊也？〔淨〕只要唱得好聽，管他謊不謊！那時皇帝怎麼樣看待他來，快唱下去者。〔末彈唱科〕

【四轉】那君王看承得似明珠沒兩，鎮日裏高擎在掌。賽過那漢宮飛燕倚新妝。可正是玉樓中巢翡翠，金殿上鎖著鴛鴦，宵偎晝傍。直弄得個伶俐的官家顛不剌、懵不剌、撇不下心兒上。弛了朝綱，占了情場。百支支寫不了風流帳。行廝並，坐廝當。　赤緊的倚了御牀，博得個月夜花朝同受享。

〔淨倒科〕哎呀，好快活！聽得噌似雪獅子向火哩。〔丑扶科〕怎麼說？〔淨〕化了。〔衆笑科〕〔小生〕當日宮中有霓裳羽衣一曲，聞說出自御製，又說是貴妃娘娘所作，老丈可知其詳？請聽唱與小生聽咱！〔末彈唱科〕

【五轉】當日呵，那娘娘在荷庭，把宮商細按，譜新聲，將霓裳調翻。晝長時，親自教雙鬟；舒素手，拍香檀，一字字都吐自朱唇皓齒間；恰便似一串驪珠聲和韻間；恰便似鶯與燕弄關關；恰便似鳴泉花底流溪澗，恰便似明月下泠泠清梵；恰便是緱嶺上鶴唳高寒；恰便似步虛仙珮夜珊珊。傳集了梨園部，教坊班，向翠盤中高簇擁著個娘娘，引得那君王帶笑看。

〔小生〕一派仙音，宛然在耳，好形容波！〔外嘆科〕哎，只可惜當日天子寵愛了貴妃，朝歡暮樂，致使漁陽兵起，說起來令人痛心也！〔小生〕老丈，休只埋怨貴妃娘娘，當日只為誤任邊將，委政權奸，以致廟謨顛倒，四海動搖。若使姚宋猶存，那見得有此？〔外〕這也說的是波。〔末〕嗨！若說起漁陽兵起一事，真是天翻地覆，慘目傷心。列位不嫌絮煩，待老漢再慢慢彈唱出來者。〔衆〕願聞。〔末彈唱科〕

【六轉】恰正好嘔嘔啞啞霓裳歌舞，不隄防撲撲突突漁陽戰鼓。劃地裏出出律律紛紛攘攘奏邊書，急得個上上下下都無措。早則是喧喧嗾嗾、驚驚遽遽、倉倉卒卒、挨挨拶拶出延秋西路，鑾輿後攜着個嬌嬌滴滴貴妃同去。又只見密密匝匝的兵，惡惡狠狠的語，鬧鬧炒炒、轟轟割割四下喳呼，生逼散恩恩愛愛、疼疼熱熱帝王夫婦霎時間畫就了這一幅慘慘悽悽、絕代佳人絕命圖。

〔外副淨同歎科〕〔小生淚科〕哎天生麗質遭此慘毒眞可憐也！〔淨笑科〕這是說唱，老兄怎麽認眞掉下淚來？〔丑〕那貴妃娘娘死後葬在何處？〔末彈唱科〕

【七轉】破不剌馬嵬驛舍冷清清佛堂倒斜，一代紅顏爲君絕。千秋遺恨，滴羅巾血。半棵樹是薄命碑碣，一抔土是斷腸墓穴。再無人過荒涼野，莽天涯誰吊梨花謝？可憐那抱幽怨的孤魂，只伴著嗚咽咽的望帝悲深啼夜月！

〔外〕長安兵火之後，不知光景如何？〔末〕哎呀，列位，好端端一座錦繡長安，自被祿山破陷，光景十分不堪了！聽我再唱波！〔彈唱科〕

【八轉】自鑾輿西巡蜀道，長安內兵戈肆擾。千官無復紫宸朝，把繁華頓消、頓消。六宮中朱戶挂蠨蛸，御榻傍白日狐狸嘯。叫鴟鴞也麽哥，長蓬蒿也麽哥。野鹿兒亂跑，苑柳宮花一半兒凋。有誰人去掃、去掃？玳瑁空梁燕泥兒抛，只留得缺月黃昏照。嘆蕭條也麽哥，染腥臊也麽哥，染腥臊，玉砌空堆馬糞高。

〔淨〕呸！聽了半日，餓得慌了。大姐，喒和你喝燒刀子、吃蒜包兒去！〔做腰邊解錢與末同丑諢下〕〔外〕天色將晚，我每也去罷。〔送銀科〕酒資在此。〔末〕多謝了！〔外〕無端唱出興亡恨，〔副淨〕引得傍人也淚流。〔同外下〕〔小生〕老丈我聽你這琵琶，非同凡手，得自何人傳授？乞道其詳。〔末〕

〔九轉〕這琵琶曾供奉開元皇帝，重提起心傷淚滴。

〔小生〕這等說起來，定是梨園部內人了。〔末〕

我也曾在梨園籍上姓名題，親向那沈香亭花裏去承値，華清宮宴上去追隨。

〔小生〕莫不是賀老？〔末〕

俺不是賀家的懷智，

〔小生〕敢是黃旛綽？〔末〕

黃旛綽同咱皆老輩，

〔小生〕這等想必是雷海青？〔末〕

我雖是弄琵琶却不姓雷，他可罵逆賊久已身死名垂。

〔小生〕這等想必是馬仙期了？〔末〕

我也不是擅場方響馬仙期，那些舊相識都休話起！

〔小生〕因何來到這裏？〔末〕

我只爲家亡國破兵戈沸，因此上孤身流落在江南地。

〔小生〕畢竟老丈是誰波？〔末〕

你官人絮叨叨苦問俺爲誰，則俺老伶工名喚做龜年身姓李。

〔小生揖科〕呀，原來却是李教師失瞻了！〔末〕官人尊姓大名，爲何知道老漢？〔小生〕小生姓李名謩，

〔末〕莫不是吹鐵笛的李官人麼？〔小生〕然也。〔末〕幸會幸會。〔揖科〕〔小生〕請問老丈，那霓裳全譜，

可還記得波？〔末〕也還記得官人爲何問他？〔小生〕不瞞老丈說。小生性好音律，向客西京，老丈在朝

元閣演習霓裳之時，小生曾傍著宮牆，細細竊聽，已將鐵笛偷寫數段，只是未得全譜。各處訪求，無有

知音。今日幸遇老丈，不識肯賜教否？〔末〕既遇知音，何惜末技！〔小生〕如此多感！請問尊寓何處？〔末〕

窮途流落，尙乏居停。〔小生〕屈到舍下暫住，細細請教如何？〔末〕如此甚好。

【煞尾】俺一似驚烏繞樹向空枝外，誰承望做舊燕尋巢入畫棟來。今日箇知音喜遇知音在。這相逢異

哉，恁相投快哉，李官人呵，待我慢慢的傳與你這一曲霓裳播千載。

〔末〕桃蹊柳陌好經過（張籍） 〔小生〕聊復迴車訪薜蘿（白居易）

〔末〕今日知音一留聽（劉禹錫） 〔小生〕江南無處不聞歌（顧況）

中華語文叢書

詩賦詞曲概論

作　　者／丘瓊蓀　著
主　　編／劉郁君
美術編輯／中華書局編輯部

出 版 者／中華書局
發 行 人／張敏君
行銷經理／王新君
地　　址／11494 台北市內湖區舊宗路二段181巷8號5樓
客服專線／02-8797-8396　　傳　　真／02-8797-8909
網　　址／www.chunghwabook.com.tw
匯款帳號／兆豐國際商業銀行　東內湖分行
　　　　　067-09-036932　中華書局股份有限公司

法律顧問／安侯法律事務所
印刷公司／維中科技有限公司　海瑞印刷品有限公司
出版日期／2015年11月台四版
版本備註／據1973年1月台三版復刻重製
定　　價／NTD 430

國家圖書館出版品預行編目（CIP）資料

詩賦詞曲概論 / 丘瓊蓀編. --臺四版.--臺北市
：中華書局, 2015.11
面；公分. --（中華語文叢書）
ISBN 978-957-43-2871-0(平裝)

1.中國文學 2.文學理論

820.1　　104020205

NO.H1005
ISBN 978-957-43-2871-0（平裝）

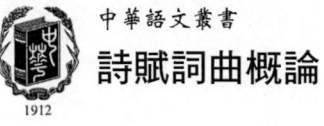